T0272241

En la
vida real

Love Kim, Jessica
En la vida real / Jessica Love Kim ; traducción Gina Marcela Orozco Velásquez. -- Editora Margarita Montenegro Villalba. -- Bogotá : Panamericana Editorial, 2017.
308 páginas ; 22 cm. -- (Narrativa Contemporánea)
ISBN 978-958-30-5526-3
1. Novela estadounidense 2. Amistad - Novela 3. Secretos - Novela I. Orozco Velásquez, Gina Marcela, traductora II. Montenegro Villalba, Margarita, editora III. Tít. IV. Serie.
813.54 cd 21 ed.
A1565238

CEP-Banco de la República-Biblioteca Luis Ángel Arango

Primera edición en Panamericana Editorial Ltda., septiembre de 2017
Título original: *In Real Life*

Calle 12 No. 34-30. Tel.: (57 1) 3649000
Fax: (57 1) 2373805
www.panamericanaeditorial.com
Tienda virtual: www.panamericana.com.co
Bogotá D. C., Colombia

Editor
Panamericana Editorial Ltda.
Edición
Margarita Montenegro Villalba
Traducción del inglés
Gina Marcela Orozco Velásquez
Diseño de carátula y guardas
Martha Cadena
Diagramación
Martha Cadena

ISBN 978-958-30-5526-3

Impreso por Panamericana Formas e Impresos S. A.
Calle 65 No. 95-28. Tels.: (57 1) 4302110 - 4300355. Fax: (57 1) 2763008
Bogotá D. C., Colombia
Quien solo actúa como impresor.

Impreso en Colombia - *Printed in Colombia*

En la vida real

Jessica Love

Traducción Gina Marcela Orozco Velásquez

Para lagwgn101

¿Por qué crees que te llamo Fantasma?
Más que todo porque es imposible verte.
Punchline

Capítulo 1

Viernes

MI MEJOR AMIGO y yo jamás nos hemos visto.

Hablamos todos los días por teléfono o en línea, y sabe más de mí que cualquier otra persona; es como si conociera lo más profundo de mi alma. Aun así, nunca nos hemos visto en la vida real.

A veces, cuando estoy hablando con Nick, me pregunto cómo nos involucramos en una amistad tan complicada y extraña. A primera vista, nuestra relación seguramente no parece ser tan insólita. Por ejemplo, es la tarde del viernes previo a las vacaciones de primavera de mi último año y estoy tendida junto a la piscina con los pies sumergidos en el agua fría. Mi espalda está apoyada sobre el suelo de concreto y estoy hablando con él por teléfono. Así paso casi todos los viernes desde las 3:30 p. m. hasta más o menos las 4:25 p. m., antes de que él se vaya a ensayar con su banda, y yo me dedique a una de mis diversas obligaciones escolares o familiares.

Parece bastante normal, pero el problema es que Nick vive en un estado diferente, a 440 kilómetros de aquí. Sí, lo investigué.

—Fantasma —me dice, porque Nick nunca me llama Hannah—, sabes que haría cualquier cosa por mi mejor amiga, y esta no es la excepción. Me encargaré de que maten a esa chica por ti sin pensarlo dos veces. Solo dame veinticuatro horas.

Me río mientras deslizo los pies de un lado al otro en el agua de la piscina.

—No hace falta recurrir al asesinato. Es solo un tonto viaje del gobierno estudiantil. Ya lo habré superado al terminar la semana.

Aunque sería muy tentador planear la muerte violenta de Aditi Singh, queda claro que la única razón por la que se inscribió para ir a la conferencia nacional de liderazgo, cuando en realidad debería ir la presidente de la clase (es decir, yo), es porque a mí me habían aceptado en UCLA y a ella, no; por lo que se merece mi dedo del medio. Pero ella no puede verlo porque estará en Washington D. C., durante las vacaciones de primavera, y yo, en casa, sin planes, como toda una perdedora.

—Bueno —dice Nick—, avísame si cambias de opinión. Así de importante es nuestra amistad para mí. La seña es "ornitorrinco". Solo dila y ¡plas!, haré que desaparezca.

Me incorporo, saco los pies de la piscina y los cruzo enfrente de mí.

—¿Cómo harías eso?

—Oye, vivo en Las Vegas. Tengo conexiones con la mafia. Todos aquí las tienen.

—Estás en tu último año de secundaria y vives en una urbanización de Henderson. No eres Al Pacino o Robert de Niro, precisamente.

—¿Cómo lo sabes? Puede que todo lo que te haya dicho durante los últimos cuatro años sea solo una fachada. Necesito tener una identidad falsa. Nadie sospecha de un chico blanco, callado e insignificante.

—Tienes razón. Hay muchas cosas que no sé de ti. Creo que podrías estar ocultándome varios secretos terribles —digo para seguirle la corriente, pero es absolutamente falso. Estoy bastante segura de que sé todo lo que hay que saber acerca de Nick Cooper.

Cuando mi hermana conoció a su hermano en un concierto hace cuatro años y nos sugirieron que comenzáramos a hablar en línea, sé que él pensaba que uno de los amigos de su hermano le estaba jugando una broma, hasta que le envié una fotografía. Sé que a mitad del tercer año se afeitó la cabeza cuando su profesor preferido de Inglés tuvo que someterse a quimioterapia. Sé que su voz se oye ronca cuando se despierta en medio de la noche para responder las llamadas telefónicas que le hago cuando estoy aburrida y quiero hablar con él. Sé que hay un agujero en la costura de la manga de la camiseta de la suerte de Rage Against the Machine que heredó de su hermano Alex, pues he visto muchas fotografías de ella. Sé su segundo nombre (Anthony), la hora y el día en que nació (24 de septiembre a las 3:58 a. m.) y su color favorito (gris). Él sabe más de mí que cualquier otra persona, incluso las cosas supervergonzosas. Nos hemos enviado mensajes y millones de fotografías, nos hemos enviado paquetes por correo, hacemos videoconferencias y hablamos por teléfono.

Simplemente, nunca hemos estado en el mismo lugar al mismo tiempo.

No me parece extraño ser tan cercano a alguien que nunca he visto en persona. Por supuesto, él vive en Nevada y yo en el sur de California, pero hablo más con él que con las personas con las que he estudiado desde el jardín de infancia. La verdad, me gustaría que pudiéramos ir juntos al cine o hacer cosas normales, pero vemos las mismas películas al mismo tiempo y nos burlamos de ellas por videoconferencia, que es más o menos lo mismo.

Al otro lado de la línea, su risa se detiene abruptamente y su voz cambia.

—¿Secretos? ¿Qué secretos podría tener?

—¿Quién sabe? —Intento sonar conmocionada e imperturbable, pero no logro evitar que una risa se cuele—. Hasta donde sé, tienes una vida secreta en la mafia. ¿Tienes un sobrenombre por el que deba llamarte?

Su voz se relaja de nuevo cuando se da cuenta de que estoy bromeando.

—Claro que sí. Me dicen Nick Nudillos. No, espera. Nick el Clic.

—¿Eso qué significa?

—No sé, pero rima. ¿Acaso esos nombres no siempre riman?

—No sé nada acerca de los nombres de los mafiosos, Nick el Clic, pero los nombres que riman hacen que los mafiosos parezcan menos letales.

Se oye movimiento, un ruido sordo y un chirrido del otro lado de la línea, y lo imagino desplomándose de espaldas sobre su cama sencilla.

—Detesto que aún estés molesta por no haber podido ir al viaje.

—No es que esté molesta, es solo que… cumplí todas las reglas, Nick. Hice exactamente lo que tenía que hacer. Ser la presidente de la clase durante cuatro años implica poder ir a ese viaje, en lugar de Aditi Singh. ¡Los que fueron vicepresidentes solo una vez no pueden ir! Se supone que este debía ser *mi año*. Incumplió las reglas pero, de todos modos, la eligieron. ¿Cómo es que infringe todas las reglas y obtiene lo que quiere tan fácilmente? No es justo.

—Bueno, ya sabes lo que dicen…

—¿Que la vida no es justa?

—Bueno, eso también. Pero iba a decir que las reglas se hicieron para romperse.

Sí, eso es lo que dice la gente, pero va en contra de mi ADN de chica coreana buena. Las reglas se hacen para cumplirlas, o al menos eso es lo que mis padres me enseñaron desde el momento en que aprendí a gatear. Si bien ellos no son extremadamente exigentes, sí son bastante estrictos. Siempre he cumplido todas las reglas, he hecho exactamente lo que me dicen que haga y siempre ha funcionado a mi favor.

Hasta que dejó de funcionar y me encontré en casa durante las vacaciones de primavera, tratando de averiguar cómo hacer un muñeco vudú de Aditi Singh.

Odio las reglas.

Una puerta se cierra de golpe en algún lugar de Las Vegas y hace eco en mi teléfono.

—Maldición —dice Nick—. Tengo que irme, Fantasma. Ya llegaron los chicos.

—¿Van a ensayar para la presentación de mañana? ¿Estás nervioso?

La banda de Nick, Automatic Friday, logró ser telonera de una banda popular de Las Vegas tras inscribirse y ganar una competencia de bandas de UNLV en febrero. Siempre supe que eran grandiosos, excepto por ese nombre tonto que intenté cambiar durante todo el tercer año de secundaria, y me emocionaba la idea de que otras personas también tuvieran la oportunidad de enamorarse de su música.

—Eh, veamos. En lugar de nuestra acostumbrada fiesta en el jardín, Automatic Friday abrirá el concierto de Moxie Patrol en House of Blues de Las Vegas. Probablemente esta sea la única oportunidad de tocar en un lugar legítimo como una banda real. Yo diría que "nervioso" no alcanza a describir el grado de terror puro que estamos sintiendo.

—Veré su presentación, por cierto —digo—. Estaré en la primera fila con un letrero que diga "Te amo, Nick". ¿Vas a lanzarme una púa de guitarra?

—Voy a hacer algo incluso mejor —dice—. Voy a lanzarte la guitarra.

—¿Qué dices? ¡Me causarías una conmoción cerebral! —Ambos reímos—. Pero de veras me gustaría poder ver su única y verdadera presentación. —Nick no dice nada porque ambos sabemos que las probabilidades de ver tocar a Automatic Friday son casi las mismas que las de perforarme alguna parte del cuerpo en la que no debería haber ningún agujero—. Bueno, pensar en eso sí que me está deprimiendo. Me voy. Saluda a Oscar de mi parte.

—Está bien. ¿Recibiste nuestro paquete?

—¡Sí! Me encanta la camiseta. Me la puse para ir a estudiar hoy.

Sí, después de dormir con ella la noche anterior. Esa camiseta negra con el nombre de la banda en medio de un bombo fucsia, la A y la F escritas con baquetas, es el mejor regalo que me ha enviado hasta ahora.

Al parecer, la caja de bolitas de pastel que le envié la semana pasada fue un éxito. Decorada para que se pareciera a mi gato, Bruce Lee.

—Oscar diseñó la camiseta. Quería que la tuvieras.

—Dale las gracias de mi parte. —Sonrío mientras miro la camiseta y aliso el frente—. Ahora tendré que pensar en algo más creativo para enviar de vuelta.

—Estaré esperando junto al buzón. Hablamos luego, Fantasma.

—Envíame un mensaje cuando haya terminado el ensayo.

Siento que nuestras conversaciones no terminan cuando nos despedimos. Siempre se me ocurren un centenar de cosas que quiero decirle después de que presiono el botón de "Finalizar llamada" en mi pantalla, pero guardo todo para después porque siempre hay un después para nosotros.

Me arrastro de vuelta hasta el césped, me tiendo en él y dejo que el sol de la tarde caliente mi rostro mientras comienzo a soñar despierta como todos los viernes de 4:26 a 4:45 p. m. Después de colgar el teléfono, siempre me desconecto e imagino cómo sería salir con Nick en la vida real, conocernos en persona en lugar de ser solo amigos virtuales y de teléfono. Hoy me imagino en uno de sus conciertos, gritando y bailando como loca en medio de la multitud, mientras él toca la guitarra y...

—¿Con qué sueñas, demente? Tienes una sonrisa enorme en el rostro. Es espeluznante.

La puerta corrediza de vidrio se cierra y sé que mi mejor amiga de la vida real, Lo, estará de pie junto a mí en cuestión de segundos. Pasará las vacaciones de primavera en mi casa, junto con mi hermana mayor Grace, que está cursando su último año en UCLA, mientras mis padres celebran su vigesimoquinto aniversario de bodas en un crucero por México. Mamá y papá dijeron que querían que Grace nos cuidara a Lo y a mí, pero, conociendo a mi hermana, estoy casi segura de que será al contrario.

—Bueno —le digo, mientras me pongo de pie e intento sacar la imagen de Nick de mi cabeza y sacudo el césped de mis *jeans*—, solo estaba pensando en contratar a un jefe de la mafia para que se encargara de Aditi Singh por mí. Nada grave.

Lo cambió su atuendo escolar de *jeans* y suéter con capucha por un vestido de flores corto que cubre su bikini, y liberó su pelo largo, negro y ondulado, de su cola de caballo habitual. Me mira de arriba abajo y luego sacude la cabeza.

—Estabas hablando con Nick, ¿verdad?

Me encojo de hombros. Como Lo es mi mejor amiga de la vida real, sabe todo sobre Nick. Bueno, no *todo*. Soy egoísta cuando se trata de mi amistad con él y hay muchas cosas que me reservo. Incluso cuando no sabe todo, Lo ha creído durante años que estoy secretamente enamorada de él. Últimamente se ha mostrado arrogante cuando lo menciono, como si estuviera celosa o algo así. Detesta estar en segundo lugar.

Deja caer su bolso de viaje en el césped y se agacha para sentarse sobre él.

—Sabes lo que voy a decir. Es hora de que hagas algo respecto a esta situación. Grace y yo estábamos hablando de eso en la cocina. —Se inclina sobre el césped y llama a gritos a mi hermana, que estaba asaltando el refrigerador cuando salí a responder la llamada de Nick—. ¡Grace! ¡Ven! ¡Vamos a reunirnos!

Me quejo.

—La verdad, no hace falta meter a Grace en esto.

Pero es muy tarde. Pocos segundos después sale mi hermana Grace, vestida con su uniforme habitual de *jeans* negros, camiseta negra de alguna banda de *punk* con un nombre extraño y con delineador de ojos negro. Se desploma en una de las sillas que hay junto a la piscina, con un sándwich de pavo colgando de su boca.

—¿De qué estamos hablando? —pregunta entre mordiscos de sándwich.

—Debemos discutir sobre Hannah y Nick —dice Lo—. Hannah, ¿qué es lo que sucede? ¿Por qué nunca se han visto? Has estado hablando en línea con él desde hace… ¿cuatro años? Es mucho tiempo. ¿Estás segura de que es de fiar?

Sacudo la cabeza, como si con eso pudiera librarme del interrogatorio.

—Vive en Las Vegas, Lo. No es como si estudiara en otro colegio, y por supuesto que es de fiar. Lo conocí por medio de Grace. Pregúntale.

Grace levanta sus manos y agita el sándwich.

—Ah, no. No me metas en eso. Conocí a su hermano en un concierto cuando estaba en la secundaria y hablé con él como un minuto. De ningún modo apruebo al sujeto.

—Pero sabes que Alex es real —digo—, y Nick y Alex se ven exactamente iguales, entonces sabes que no es un trol ni nada parecido.

Le he mostrado fotografías de Nick a Grace y está de acuerdo con que, gracias a su pelo marrón enmarañado, sus gafas de montura negra y gruesa, y su sonrisa amplia, es la viva imagen de su hermano mayor, quien llamó la atención de Grace en un concierto hace muchos años. El tatuaje que cubre el brazo derecho de Alex es la única manera de poder distinguir a los hermanos Cooper a simple vista.

Grace se encoge entonces de hombros y vuelve a atacar su sándwich.

—Como sea.

Recojo mi pelo y lo enrollo en un moño.

—Oigan, Las Vegas está a cuatro horas de aquí, cruzando la frontera del estado. Saben lo que mamá y papá piensan de todo esto.

Lo se levanta y se pasea por el borde de la piscina.

—Piensa esto, Hannah. Legalmente, casi eres adulta y tienes un auto. Supongo que él también sabe conducir. Si quisieran, podrían hacerlo realidad. No es una distancia imposible.

—Lo intentamos una vez —digo—. No funcionó y...

—¿Y qué? —Grace terminó el sándwich y ahora recoge las migajas de sus *jeans* negros como si estuviera buscando un tesoro—. Sí, esa vez fue un desastre total, en gran parte por mi culpa. Todavía me siento mal, por cierto. Pero ¿por qué no lo intentaron de nuevo?

Lo se detiene cuando llega a donde está Grace y se pone de pie junto a mi hermana, como formando un frente unido.

—Eso fue hace años. Las cosas han cambiado.

Ese día causó uno de mis más grandes arrepentimientos. Después de superar la sensación parcial de alivio que me causó el hecho de que nuestros planes fracasaran, solía desear que hubiera una manera de regresar el tiempo e intentarlo de nuevo. Pero Lo conoce a mis padres. Mamá había dicho que no tenía permitido conducir para encontrarme con Nick, y, una vez mamá prohíbe algo, simplemente no se puede hacer. Me refiero a que no soy como Grace. Para nada.

Grace y Lo me miran fijamente. Nunca reacciono bien bajo una presión así, con la gente frente a mí, tratando de sacarme a la fuerza de mi zona de confort.

El impulso de huir de su interrogatorio es muy fuerte, por lo que, en lugar de contestar, hago algo supermaduro y pongo los ojos en blanco. Después doy un paseo indiferente hacia la casa, en busca de un refugio seguro lejos de su impertinencia.

—Tengo que hacer pis —digo por encima del hombro.

Pero en realidad no tengo ganas de hacer pis y me dirijo a mi habitación en vez de ir al baño. Solo necesito un descanso de Grace y Lo, por lo que me tiendo en la cama y oprimo el botón de mi iPod hasta que encuentro *Ghost in the Machine*, una de las listas de reproducción que Nick creó para mí. Es una mezcla de canciones de Automatic Friday y de otras bandas independientes con el mismo estilo. Esa lista de reproducción, en particular, suele ser la primera que elijo porque tiene muchas canciones sobre la angustia del amor no correspondido que siempre me han gustado. Oprimo "Reproducir" y sonrío cuando las primeras notas familiares provenientes de la voz rasgada del vocalista y compositor llenan mi habitación.

No sé cuántas veces me he quedado dormida oyendo esas canciones o conducido mi auto con ellas a todo volumen, mientras se apoderan de mis pensamientos. Ha habido momentos, sobre todo recientemente, en los que la letra me ha tocado de una manera tan profunda que desearía que Nick la hubiera escrito y que lo hubiera hecho solo para mí. Era una idea insólita porque las cosas entre nosotros no son así. Para nada. Pero hay algo en la música que lleva mi cabeza a lugares extraños.

Alguna vez le pregunté a Nick sobre el vocalista. Quería saber si la pasión de las canciones de Jordy MacDonald estaba inspirada en una novia o en algún gran amor perdido. Nick dijo que Jordy era muy hábil y sé que no se refería a su destreza con los instrumentos. Dijo que Jordy estaba con una chica distinta cada fin de semana y que los demás miembros de la banda ya ni siquiera se molestaban en memorizar los nombres de las chicas. Grité a Nick cuando dijo eso porque lo hizo sonar como un completo idiota, pero me aseguró que solo estaba bromeando y luego procedió a nombrar las últimas doce chicas que Jordy había llevado, con nombre y apellido, me dijo cómo se veían y añadió un comentario degradante que Jordy había dicho acerca de cada una de ellas al día siguiente. Renuncié al lado sensible de Jordy después de eso y dejé de buscar mensajes en las canciones. Aun así, no dejé de soñar.

Ya que tengo a Nick presente, saco mi teléfono y le envío un mensaje de texto, aunque dudo que responda porque está en su ensayo.

> Espero que tengan planeado tocar mis canciones favoritas en su gran presentación de mañana.

Siempre le ruego que toque al menos las partes de guitarra de mis canciones favoritas durante nuestras videoconferencias, pero siempre le da vergüenza. Me conformo con imaginarlo tocar mi lista soñada de canciones en sus presentaciones.

Mi teléfono anuncia su respuesta de manera casi inmediata. Qué extraño.

Siempre las tocamos, Fantasma.

Miro por la ventana y veo que Lo está en su bikini y ya se metió a la piscina. Flota sobre mi delfín inflable y habla con Grace, que se acomodó en la silla de playa. A juzgar por el movimiento de su cabeza, supongo que están hablando por millonésima vez sobre la reciente separación de Grace y Gabe, su novio de mucho tiempo que vivía con ella, porque al parecer es lo único de lo que puede hablar en estos días. Al menos dejó de llorar. Esas son buenas noticias.

Esta es mi vida alocada y excitante, amigos. Las vacaciones de primavera de mi último año las pasaré sentada junto a la piscina con Lo y Grace, nadando y pasando el rato con ellas, tal como lo hemos hecho cada fin de semana desde que terminó la relación de Grace. Mis padres se fueron de viaje, la universidad comenzará pronto y debería estar haciendo algo emocionante, pero en su lugar me estoy arriesgando a tener las vacaciones de primavera más aburridas y predecibles de todos los tiempos, mientras Aditi Singh disfruta de mi viaje de gobierno estudiantil y mi mejor amigo toca con su banda en House of Blues de Las Vegas como toda una estrella de *rock*.

Cumplir las reglas durante los últimos diecisiete años no me ha llevado a ningún lado.

En serio debo hacer algo al respecto.

Capítulo 2

El verano después del décimo grado

NUNCA PODRE OLVIDAR EL DÍA en que Nick y yo casi nos conocimos.

Nuestra casi reunión vivió y murió el verano después del segundo año. El mensaje de texto instigador llegó mientras estaba tendida en mi cama tratando, como estudiante destacada que soy, de adelantar mis lecturas de verano.

> Llámame cuando puedas, Fantasma. Quiero hacerte una pregunta extraña.

Miré el reloj. Grace iba a conducir desde UCLA para que fuéramos a almorzar con mamá, pero, como de costumbre, estaba retrasada, porque la hora de Grace no tenía absolutamente ninguna relación con el reloj. Oprimí el botón de marcación rápida para llamar a Nick.

—Pensé que estabas almorzando con tu hermana.

—¿Ni siquiera merezco un "hola"?

—Lo siento. Hola, Fantasma. Pensé que estabas en el almuerzo.

—Sabes cómo es Grace. Ni siquiera ha llegado y, cuando llegue, seguramente querrá lavar su ropa. El almuerzo se convertirá en cena a este ritmo. —Me reí—. ¿Qué ocurre?

—¿Estás sentada?

—Lo estoy.

—Quiero hacerte una propuesta alocada.

—No, no voy a robar un banco contigo.

—No es tan alocada, pero se acerca.

Doblé la esquina de mi página de *La cruzada de los niños* y me di la vuelta para acomodar mi almohada e incorporarme un poco.

—Te escucho.

—Bueno, ya que los dos tenemos nuestras licencias de conducción, creo que debemos conocernos. Es decir, en persona.

Me levanté de un salto. ¿Conocernos en persona? ¿Nick y yo? ¿Qué? No podíamos hacerlo. Sería muy raro. ¿Qué nos diríamos el uno al otro? Sería incómodo. Incorrecto. El mundo podría hacer implosión y… no.

No.

—¿Fantasma? ¿Sigues ahí?

—Sí, es solo que estoy sorprendida. No estaba esperando que dijeras eso. —Ese fue el eufemismo del año.

—Lo tengo todo planeado. No puedo hacer que conduzcas hasta aquí y no sé si mi camioneta pueda llegar hasta allá, pero podemos encontrarnos en Barstow. Es equidistante a las dos ciudades y está en medio de la nada, pero hay un McDonald's genial en un antiguo vagón de tren y hay un centro comercial pequeño. Estoy seguro de que hay una sala de cine o algo así. No nos aburriremos. La verdad es que nunca nos aburrimos, no si estamos juntos.

Recitó sin respirar los planes que tenía para que nos reuniéramos en Barstow, pero yo aún no había asimilado el hecho de que quisiera que nos encontráramos. Habíamos hablado durante dos años, sobre todo en línea y, aunque recientemente habíamos empezado a enviarnos mensajes de texto y a hablar por teléfono, por alguna extraña razón nunca lo había considerado una persona real. La verdad, nunca se me había pasado por la cabeza la idea de conocernos en persona.

Además estaba la posibilidad de que nos reuniéramos y de que ni siquiera nos agradáramos. ¿Y si no nos llevábamos bien? ¿Y si nuestras diferencias, que eran divertidas e interesantes por teléfono, eran irreconciliables en la vida real? Encontrarnos implicaba arriesgar nuestra amistad tal como era, y no estaba segura de poder tolerar eso.

—Estás muy callada, Fantasma. ¿Qué opinas? —Estaba hablando muy rápido y su voz se oía más aguda de lo normal—. Hagámoslo.

—Sí —dije sin convicción.

Se me ocurrió que ese era uno de esos momentos decisivos para una amistad, un momento para darla por sentada o por terminada. No quería darla por terminada y no quería que supiera lo insegura que estaba, ni que pensara que mi titubeo se debía a que tenía dudas de él o de nuestra amistad, de modo que no lo hice. Aun así, no tenía ni idea de cómo se reflejaría nuestra amistad virtual en la vida real.

—¿Sí? Grandioso. —Prácticamente pude oír su sonrisa—. Tendremos que fijar una fecha y decidir dónde reunirnos y todo eso.

—Les preguntaré a mis padres si están de acuerdo con que conduzca tan lejos. —Tan pronto como lo dije, me di cuenta de que, si decidía que no quería hacerlo, podía resguardarme en la excusa de mis padres.

Mis padres eran geniales, mucho más que los padres de algunos de mis otros amigos asiáticos, si bien la mayoría de las veces eran bastante estrictos. Pero lo cierto es que, incluso los padres más permisivos, no permitirían que su hija de dieciséis años condujera a la mitad de la nada para reunirse con algún chico extraño que conoció en Internet, ¿no es así?

¿Qué tipo de adolescente era yo, que esperaba que mis padres rechazaran mi petición descabellada? Lo, sin duda, me daría una bofetada por eso. Bueno, si se lo dijera.

—Si no te dejan venir sola, trae a Lo contigo. Me encantaría conocerla.

No, eso sería aún peor. Lo sabía que Nick existía, pero no sabía mucho más, y yo no tenía ningún deseo de explicárselo. Prefería ir sola y arriesgarme a ser asesinada a hachazos por un extraño de Internet en lugar de decirle algo.

—Bueno, no recuerdo lo que dijiste acerca de las reglas de conducción de Nevada, pero las leyes de California dicen que aún no puedo llevar a otro menor en mi auto, y no llevaré a Grace ni a mis padres.

—Entonces solo seremos tú y yo, Fantasma.

—Si nos encontramos en persona, entonces ya no podrás llamarme Fantasma. No voy a ser un fantasma. Voy a ser real.

Nick me había dado el sobrenombre casi un año atrás, durante una charla nocturna que pasó de destrozar la pésima película que ambos habíamos visto la noche anterior, a convertirse en un debate inusualmente serio sobre nuestra extraña amistad. Admitió que yo le parecía demasiado buena para ser cierta y que a veces sentía que era imposible que yo pudiera ser real. Me preguntó por qué seguía hablando con él a pesar de que estábamos tan lejos el uno del otro y yo admití que él era diferente a cualquier persona que conocía en la vida real, aunque en el buen sentido, y que hablar con él era sin duda lo mejor de mi día.

Nick estuvo de acuerdo y dijo que casi me podía sentir junto a él todo el día, aunque no me podía ver, como si yo fuera un fantasma. Me alegró mucho que solo estuviéramos hablando en línea porque esa descripción me hizo sonrojar tanto que pensé que mi rostro iba a quedarse rojo por el resto de mi vida.

Fantasma nació esa noche, y me ha estado llamando Fantasma desde entonces.

Nunca logré inventar un sobrenombre igual de significativo para él.

—No —dijo—. Siempre serás Fantasma, sin importar lo demás.

Mi alivio me sorprendió. Tal vez reunirnos en persona no cambiaría las cosas.

—Pero antes tengo que decirte algo. Sé que va a sonar tonto, de modo que no te burles, ¿de acuerdo? —Tosió y lo oí cambiar el teléfono de lado—. Tengo miedo de no agradarte. No soy bueno para la vida real, ¿sabes? Para hablar y esas cosas. Soy muy extraño. Siempre digo lo incorrecto y arruino las cosas.

Negué con la cabeza, aunque sabía que él no podía verme.

—No creo nada de eso. Hablo contigo casi todos los días y nunca has arruinado nada.

Nick bajó la voz hasta que casi se convirtió en un susurro.

—Porque aquí no debo ocultarme. Esto es virtual, por ese motivo eres la única persona con la que realmente puedo hablar, Fantasma. Eres la única persona con la que he hablado de verdad.

Dudaba que fuera muy diferente en persona, pero también sabía que era mucho más fácil ser uno mismo cuando no había nada, ninguna hermana mayor, ninguna banda, ni una imagen de niña buena tras la cual ocultarse.

—Bueno, actúa como lo haces en este momento y te prometo que no pensaré que eres extraño.

Hablamos hasta que Grace finalmente decidió aparecer. Escogimos una fecha para reunirnos y anotamos en el calendario el jueves siguiente a la hora del almuerzo. Nos encontraríamos en el McDonald's de Barstow, instalado en el vagón de tren, y luego decidiríamos qué hacer. No llevaríamos a nadie y regresaríamos a casa antes de que oscureciera. Lo único que quedaba por hacer era pedirles permiso a nuestros padres. Bueno, él no tenía que hacerlo. Su padre, que había estado muy abstraído desde que la madre de Nick y Alex murió cuando Nick tenía ocho años, apenas se daba cuenta de lo que hacía. Su hermano, por el contrario, lo había estado acosando para que nos reuniéramos desde que teníamos trece años. De hecho, yo sospechaba que la insistencia recalcitrante de Alex había sido el catalizador para que sugiriera el encuentro.

No había poder humano que lograra convencer a mamá del plan, pero pensé que si se lo pedía cuando Grace estuviera cerca, tal vez existiría la posibilidad de que mi hermana me respaldara ante mamá. Después de todo, había sido Grace quien me había presentado a Nick después de conocer a Alex en un concierto. Alex había conducido cuatro horas para ver a su banda favorita, Strung Out, en un espectáculo secreto, cerca de nuestra casa, y mi hermana y él hablaron en línea durante varias semanas hasta que ella se aburrió y lo cambió por un espécimen más nuevo y brillante. Era típico de Grace. Era el diablillo sobre mi hombro, animándome con su tridente a ser más aventurera.

En el almuerzo, dos horas más tarde, esperé el momento ideal para abordar el tema. Por suerte, Grace me dio la oportunidad perfecta.

—¿Cómo está Nick?

—¿Quién es Nick? —Mamá estaba junto a mí en la mesa y tomó un sorbo de café mientras me lanzaba una mirada sagaz, como si estuviera ocultándole algún secreto enorme. Estaba a punto de decirle que se tranquilizara, cuando Grace respondió por mí.

—Es el *novio* virtual de Hannah.

La miré exasperada.

—Ah, sí, al que le debemos el bombardeo de mensajes de texto a toda hora. Por fortuna, no tenemos que pagar cada uno de esos mensajes, como lo hicimos cuando Grace tenía tu edad.

—Los buenos tiempos —dijo Grace, dándole un gran mordisco a su *panino* de albóndigas.

—Nick *no* es mi novio. Para nada, y está bien —dije—. Creó una banda con sus amigos.

—Veo que siguió los pasos de su hermano. —Grace se limpió la salsa marinara de las comisuras de la boca—. ¿Cuánto tiempo más seguirás con ese romance virtual? ¿Suspirarán por su relación lejana el resto de sus vidas?

—Solo somos amigos —espeté—. No hay nada de romance y mucho menos suspiros.

—Qué explicación más verosímil —dijo Grace con sarcasmo—. Hablas con él las veinticuatro horas, los siete días de la semana; es más que una amistad. No creo que hables tanto con Lo.

—Veo a Lo todos los días en el colegio. Hablo con ella diez veces más, pero no puedes verlo. —Pateé la espinilla de Grace bajo la mesa. A pesar de que no estaba ciento por ciento segura de reunirme con Nick, no quería que arruinara todo el plan antes de que mamá tuviera la oportunidad de destrozarlo, y da la casualidad de que iba a preguntarle a mamá al respecto. Me giré para quedar frente a mamá—. Yo... Me preguntaba si tal vez podría reunirme con él el próximo jueves.

Mamá apretó los labios.

—¿Dónde vive?

—En Las Vegas —dijo Grace, con la boca llena de papas fritas.

El rostro de mamá se contrajo hasta mostrarme el mayor ceño fruncido de la historia, como diciendo: "¡Ni lo pienses!". La había visto enseñárselo a Grace con frecuencia, pero creo que esa había sido la primera vez en que estaba dirigido a mí. ¿Por qué las madres son tan hábiles para hacer ese gesto?

—Pero no quiero conducir hasta Las Vegas —dije, pateando a Grace de nuevo—. Sería una tontería, ¿verdad? Queremos encontrarnos a medio camino, en Barstow.

El rostro de mamá se relajó lo suficiente como para darme esperanzas. Parecía mucho más dispuesta a seguir escuchando, sabiendo que sería en California.

—Barstow está a dos horas de aquí, Hannah. No creo que sea buena idea.

—Me aseguraré de que los neumáticos estén bien inflados, de cambiar el aceite y de llevar todo lo que necesito, y llamaré cada hora para reportarme. —Activé el gesto dulce e inocente que Grace me había enseñado el verano anterior a la escuela secundaria y que tan bien me había servido a lo largo de los años—. Por favor, mamá. Hemos estado hablando desde hace mucho. Somos *amigos* y queremos reunirnos.

Hasta ese momento había estado indecisa sobre la reunión, pero tan pronto como le dije a mamá lo mucho que quería conocer a Nick, me di cuenta de que era cierto.

Sí, tenía ganas de encontrarme con él. Cara a cara.

La frente de mamá se arrugó.

—No podrás hacerlo a menos que alguien te acompañe. ¿Puedes llevar a Lo?

—Me encantaría, pero no puedo llevarla en mi auto.

—Iré contigo —dijo Grace.

Entrecerré los ojos desde el otro lado de la mesa, y ella me devolvió una sonrisa macabra en respuesta.

—No te preocupes; no te avergonzaré ni nada parecido. Me aseguraré de que las cosas no se tornen demasiado románticas.

—¡Grace! Te dije que las cosas no son así. ¿Acaso no tienes clases los jueves?

—No. No logré inscribirme al curso de verano, por lo que estoy completamente libre, y solo estoy fastidiándote: me comportaré. Ya deja de angustiarte. —Se rio—. Piensa que, de esta forma, no tendrás que contarles a tus amigos acerca de él. Tu secreto está a salvo conmigo.

—¿Por qué Lo no sabe acerca de este muchacho? —Mamá se inclinó hacia mí como si estuviera a punto de confesar un crimen. Dios, si se tratara de *ese* tipo de historia, sin duda no le contaría los detalles.

—Ella sabe quién es Nick —dije, encorvándome en la mesa—, pero no sabe los detalles.

Mamá me tocó el hombro para que me enderezara, y lo hice.

—No debes ocultarles información a tus amigos, Hannah. —Grace siempre imitaba perfectamente la voz sermoneadora de mamá. Mamá y yo la miramos.

—Basta, Grace. —Mamá puso las manos alrededor de la taza de café y se volvió hacia mí—. Bien, lo pensaré, pero con la condición de que sea Grace quien te lleve, y antes tendré que hablar con tu padre.

Sonreí. Prácticamente había triunfado. Papá era un abogado exitoso y muy estricto en cuanto a mis calificaciones y actividades extracurriculares, pero se convertía en un osito de peluche cuando se trataba de su esposa e hijas.

—Gracias, mamá. —Apoyé la cabeza en su hombro, y ella acarició mi pelo.

Casi no pude dormir la víspera del día en que Nick y yo nos íbamos a reunir, pero tan pronto salí de la cama, supe que todo iba a salir mal. Podía sentirlo en el aire. Olía a desastre y el olor estaba en todas partes.

Todo comenzó con Grace.

Me levanté de la cama sin necesidad de la alarma y fui al baño para darme una ducha, pero la puerta del baño estaba cerrada con llave y un sonido desagradable de arcadas provenía del otro lado de la puerta.

Golpeé la puerta.

—¿Qué pasa, Grace? ¿Qué ocurre ahí dentro?

Pero no hacía falta que respondiera, pues yo sabía lo que había sucedido. Se había quedado con nosotros la noche anterior en lugar de ir a su casa en Los Ángeles para poder lavar la ropa gratis y probar algo distinto a la comida rápida antes de nuestro viaje a Barstow. Le dijo a mamá y a papá que iba a reunirse con su amiga Priya para ver una película, pero en su lugar fue a ver a su ex, Patrick, a quien mamá y papá llamaban El-que-no-debe-ser-nombrado, y eso significaba que había ido a una fiesta a embriagarse. Esas eran las arcadas. Grace tenía una resaca terrible.

—Solo dime que no condujiste —dije por la rendija de la puerta.

—Un amigo de Patrick condujo el auto hasta acá —gimió.

Una vez supe que Grace no estaba muriendo y que no iba a tener que matarla con mis propias manos por conducir ebria, necesitaba poner en marcha el plan B: convencer a mamá de que podía hacer el viaje por mi cuenta.

Pero cuando bajé al primer piso, sosteniendo a nuestro gato Bruce Lee a manera de parachoques, encontré a mamá en la cocina, empapada de pies a cabeza, con la ropa adherida al cuerpo.

—¿Qué te ocurrió?

Si las miradas mataran, mamá habría desatado un apocalipsis nuclear.

—Tu hermana —dijo— se llevó mi auto para reunirse anoche con Priya, porque el suyo no tenía combustible, y dejó las ventanas abiertas.

—¿Está lloviendo? —Ni siquiera había mirado hacia afuera, pero pude oír la lluvia golpeando la ventana de la cocina y gemí.

—Una tormenta de verano —dijo mamá, con el agua goteando desde su pelo hasta su rostro—. El interior del auto está completamente empapado.

El estúpido amigo del estúpido Patrick dejó las estúpidas ventanas abajo. Increíble. Abrí la boca a pesar de que no estaba segura de lo que iba a decir, pero mamá me interrumpió.

—Ni se te ocurra ir a ningún lado hoy.

—Pero, mamá…

Bruce Lee, reacio a los enfrentamientos como lo estaba yo en ese momento, se retorció en mis brazos y me sacó sangre con sus garras cuando se abría paso hacia el suelo.

Gato traidor.

—Tu hermana está intoxicada y está vomitando en este momento. No dejaré que mi hija de apenas dieciséis años conduzca sola hasta el desierto para encontrarse con un chico que solo conoce a través de Internet.

—Pero…

—En especial durante una lluvia torrencial como esta. Obtuviste tu licencia hace solo unos meses, Hannah, y no tienes la práctica suficiente para conducir con este clima. Sabes bien que a todo el mundo en California se le olvida conducir cuando llueve. Lo siento, pero no hay absolutamente nada que puedas hacer. Por favor, no me lo vuelvas a pedir.

Mis ojos se llenaron de lágrimas. Mamá aún estaba goteando, pero se acercó y trató de darme un abrazo. No dejé que se me acercara; le di la espalda, corrí a mi habitación, me dejé caer en la silla del escritorio y miré el computador portátil, preguntándome cómo iba a decírselo a Nick.

Si nuestro punto de encuentro hubiera estado más cerca, o si no hubiera estado lloviendo, o si Grace hubiera ido al cine como había dicho, o si alguien hubiera subido las malditas ventanas, o si hubieran ocurrido otro centenar de cosas, habría podido convencer a mamá, pero era como si el universo estuviera decidido a fastidiarme.

Mientras me acomodaba de un lado a otro en la silla, consideré brevemente la idea de salir a escondidas.

Le diría a mamá que iba a alguna parte con Lo y conduciría hasta Barstow, con todo y asientos mojados. Me emocionó la idea de romper las reglas y de desacatar una orden directa, pero tan pronto como contemplé la idea, las dudas se hicieron presentes.

Un neumático podría desinflarse, podría perderme o Nick podría ser un secuestrador-asesino-violador, y nadie sabría dónde buscar mi cuerpo desmembrado.

Tomé la moneda que Nick me había enviado por correo el mes anterior, era el primer regalo que me daba. Era del Hotel y Casino Circus Circus, y había llegado a mi buzón pegada a la parte posterior de una postal de "Las Vegas en la noche". Yo había respondido, a su vez, con una moneda que había comprado en Disneyland unos años atrás, pegada a una fotografía de los tres fantasmas de *La mansión embrujada*.

Deslicé los dedos sobre el rostro del payaso que estaba grabado en la moneda. Era tonto pensar que podía romper las reglas. Grace era la experta en la materia, yo no.

¿Y por qué querría hacerlo, de todos modos? ¿Cuál era el objetivo? Nick era mi amigo, pero no era más que eso. No había necesidad de que nos conociéramos en persona.

No sabía por qué, pero me sentía aliviada de que todo eso hubiera pasado. Tal vez todo salió mal por una buena razón.

Hannah: Malas noticias.

Nick: Nooooo. No me des malas noticias.

Hannah: Está lloviendo.

Hannah: De hecho, está diluviando. Empezó de la nada.

Nick: Noooooooooooo.

Hannah: Y Grace está enferma. Se embriagó anoche y está vomitando.

Nick: Noooooooooooooooooooooooooooo.

Hannah: Y destrozó el auto.

Hannah: Es como si el mundo hubiera decidido arruinarme el día.

Nick: Entonces, ¿no vendrás?

Hannah: No puedo.

Hannah: Lo siento.

Hannah: ¿Estás ahí?

Nick: Sí.

Nick: Solo estoy decepcionado.

Nick: Estaba muy ansioso por hacer esto.

Nick: Lo dejamos para otro momento, ¿verdad?

Nick: ¿Verdad?

Capítulo 3

Viernes

TAL VEZ SEA LA NUEVA canción de Automatic Friday que se está repitiendo, una canción depresiva en la que la voz rasgada de Jordy suena muy afligida y se siente tan cercana como si él estuviera cantando sobre mi edredón de lunares rosa. Tal vez sea el hecho de pensar que ellos van a presentarse en un lugar real mañana y que yo no estaré allí. Tal vez sea el recuerdo de ese día desafortunado en el que Nick y yo debimos conocernos, y la extraña mezcla de pesar y alivio que sentí cuando todo se canceló, y que aún me persigue casi dos años después. Tal vez sea el rencor residual hacia Aditi Singh y la expresión petulante de su rostro fruncido cuando la Sra. Marx le dijo que sería la primera vicepresidente de último año de la historia de nuestra escuela en ir a Washington, o tal vez sea ver la moneda del Circus Circus sobre mi cómoda, ligeramente cubierta de polvo.

No sé qué sea, pero la combinación de estas cosas me anima a actuar y, antes de darme cuenta de que mis piernas se mueven, tomo la moneda, corro escaleras abajo y salgo al patio trasero, donde Lo sigue flotando y Grace, que al parecer no come cuando está estudiando, está devorándose una lata de Pringles.

—¿Y si vamos a Las Vegas? —digo abruptamente apenas cierro la puerta de cristal detrás de mí.

—¡¡¡¿¿¿Qué???!!! —Grace escupe unos cuantos trozos de Pringles.

—Qué asco, Grace.

—Lo siento —dice ella, limpiándose con la manga las migas de papa que tiene en el rostro—. Creo que estoy en el patio equivocado. ¿Qué fue lo que dijiste?

Respiro profundo y dejo salir el aire lentamente, pensando todas las palabras antes de decirlas.

—Vamos las tres. Son las vacaciones de primavera y podemos ir mañana a Las Vegas, en el auto, a ver la presentación de Nick. Es muy importante y quiero estar allí.

Grace procesa lo que estoy diciendo, y creo que casi puedo ver los engranajes girando en su cabeza. Era la misma Grace que había pasado sus años de adolescencia escapando por la ventana para ir a conciertos de *punk-rock* en los días de colegio. La misma Grace que un día llegó a casa después de un concierto, donde había conocido a un chico lindo con el cual habló durante unos días en línea, que me había dicho: "Tiene un hermano de tu edad. Deberían hablar", y que luego abandonó al chico lindo y se fue tras el siguiente. La misma Grace que me animaba constantemente a hacer algo que no se esperara de mí, lo que fuera; a romper una regla, sin importar cuán insignificante.

Su sonrisa casi abarca todo su rostro.

—¿Estás diciendo lo que creo que estás diciendo? —Lo sale de la piscina de un salto, agarra una toalla del extremo de la silla de Grace y se envuelve en ella, todo en menos de lo que parece ser medio segundo. Se para frente a mí, con su pelo largo goteando sobre mis pies—. Tú, Hannah Cho, estudiante, hija y ciudadana perfecta, ¿en serio estás proponiendo que vayamos en secreto a Las Vegas, la Ciudad del Pecado, para ver en persona a ese chico sin decirles a nuestros padres dónde estamos?

Guardo la moneda en mi bolsillo de atrás.

—Pues al diablo —digo, pero me estremezco tan pronto salen las palabras—. No, no es lo que quiero decir. Quiero a mamá y a papá. Me refiero a las reglas, al diablo con ellas. Al diablo con la gente que me dice lo que puedo y no puedo hacer. —Me siento llena de energía, viva—. Es solo una noche. Viajamos mañana, vemos la presentación, pasamos la noche en un hotel y regresamos a casa al día siguiente. Ni siquiera sabrán que nos fuimos.

El entusiasmo de Grace prácticamente brota de su rostro mientras corre desde el sillón y me da un fuerte abrazo.

—¡Lo sabía! ¡Sabía que podías hacerlo! Hubo momentos en los que me preguntaba si de veras éramos familia, pero sabía que un día harías algo completamente ilegal y me harías sentir orgullosa.

Lo también se une al abrazo, pero sigue estando empapada, por lo que ambas la apartamos, si bien eso no arruina su emoción.

—Siempre he querido ir a Las Vegas —dice, saltando de un pie al otro—, y siempre he querido ser testigo del momento en el que rompieras las cadenas de tus grilletes de niña buena y dejaras que la Hannah salvaje se manifestara. ¡Esto será una locura!

—No lo malinterpretes —digo—. Tengo una colección de suéteres de punto. No soy de las que se enloquecen.

—Ah, no —dice Grace—. Si vamos a hacer esto, tenemos que hacer las cosas bien. Asaltaremos el armario de Lo. Tiene mucha ropa atrevida y…

—¡Oye! —interrumpe Lo.

—Y haremos que te veas tan sensual, que ni siquiera te reconocerás. Ah, y Nick... bueno, se morirá cuando te vea.

—Tranquilas, chicas. —Levanto las manos y me alejo de Lo y de Grace, que me ven como si fuera un proyecto de artes y manualidades—. Lo nuestro no es así.

Grace suelta una carcajada ruidosa. Es tan fuerte que cae de nuevo sentada en el sillón.

—¿Qué es tan gracioso? —pregunto.

—Por supuesto que es así —dice, mientras intenta recuperarse de la risa.

Miro a Lo para que me ayude, ella sabe que Nick y yo solo somos amigos. No sabe nada de los sentimientos que han comenzado a surgir últimamente cuando escucho sus listas de reproducción, pero sí sabe que he tenido una larga historia de novios en los últimos años y que no soy de esas chicas que suspiran por su mejor amigo. De hecho, el mes pasado empecé a estar sola por primera vez desde hace mucho tiempo. He tardado en superar la catástrofe con Josh Ahmed, pues pensé que era el indicado. Me refiero a que no quiero involucrarme con nadie antes de ir a la universidad. No es como si sintiera algo por Nick, ni él por mí. No.

De modo que espero que Lo me defienda ante Grace, que ha estado ocupada en UCLA y jugando a la casita con su ex, y no se da cuenta de que mi vida no está centrada en Nick. Pero en vez de eso, Lo se acerca a Grace, desliza su brazo húmedo bajo el de mi hermana y dice:

—Así es, Hannah, y es grave.

* * *

La realidad de lo que me comprometí a hacer se consolida cuando Lo corre a casa a reunir su ropa provocativa y me deja a solas en la sala de estar con la emocionada Grace. Mi hermana rebota en el sofá y usa su teléfono celular, mientras yo arruino la alfombra con mi ir y venir.

—¿Dónde nos quedaremos? ¿Cómo conseguiremos un hotel sin que mamá y papá lo sepan? El único dinero que tengo es el de la tarjeta de crédito "para emergencias", y dudo que esto esté a la altura de un auto averiado, un incendio o una lesión física.

Grace levanta la vista de su teléfono.

—Oye, el hecho de que decidas hacer una locura es una emergencia de quinto nivel para mí. Tenemos que apresurarnos antes de que cambies de opinión.

Le lanzo una mirada fulminante, pero ella la rechaza con un gesto.

—Le escribiré a Nick. —Me acerco a la mesa de centro para desconectar mi teléfono del cargador—. Tal vez sepa dónde nos podemos quedar.

—¡No! —Grace se lanza sobre el sofá y toma mi teléfono antes de que pueda alcanzarlo—. Nada de mensajes. Debe ser sorpresa.

—¿Por qué?

—Porque es más divertido de ese modo. Imagina su expresión cuando llegues a la presentación. Enloquecerá. En el fondo siento que es mala idea hacer algo tan importante y tan radical sin avisarle a Nick. Mi estómago se cierra como un puño ante la idea de ocultarle ese secreto, incluso si es solo por veinticuatro horas y si es un secreto divertido. Le cuento todo a Nick. Bueno, casi todo. Pero le cuento más cosas que a nadie, incluyendo a Lo.

Pero entonces me permito imaginar la escena que Grace plantea: Nick toca la guitarra en el escenario de House of Blues con su banda y luego me ve en medio de la multitud. Hay un instante de reconocimiento, una sonrisa, un abrazo, emoción.

Es el momento que puso en marcha una gran cantidad de sueños, el momento al que creí haber renunciado cuando decidí que nunca iba a conocer a Nick y permití que el alivio fuera más fuerte que el arrepentimiento.

Puedo guardar un secreto por una noche si eso me permite vivir esa experiencia.

—Bueno, está bien, que sea sorpresa. —Suelto mi moño, sacudo mi pelo y vuelvo a recogerlo—. Pero eso no resuelve el problema del hotel.

Grace salta del sofá, me entrega el teléfono y me da una palmada en el trasero.

—Lo tengo resuelto, gracias a *Rocker*.

—¿*Rocker*? ¿Por qué? —No entiendo qué tiene que ver la práctica de Grace en la revista *Rocker* con el hotel, pero soy toda oídos.

—Bueno, como sabes, esa práctica causó un problema entre Gabe y yo.

—Uno de muchos, sí.

Grace pone los ojos en blanco.

—En fin, desde que terminamos, me he dedicado a hacer cosas para ellos. He estado tratando de darles ideas para sus artículos —dice—. Se me ocurrió que, ya que les sobran expertos en la música de Los Ángeles, podía investigar sobre el ámbito artístico de Las Vegas o algo así. Bandas de Las Vegas. A mi editora le gustan ese tipo de cosas. —Se ve muy complacida consigo misma y es reconfortante ver confianza en su rostro de nuevo. El fin de esa relación casi destruye a Grace; creía que Gabe se había llevado la confianza de ella cuando se fue.

—Pero solo eres practicante —digo—. Haces café y copias, no das ideas para los artículos.

Grace revuelve su bolso de cuero envejecido y saca un papel. Arranca una nota adhesiva fucsia de un tirón y la pone frente a mi rostro.

—Mira esto.

Garabateado en la nota adhesiva dice: "¡Excelente idea para un artículo, Grace! Me gustaría que me enviaras más".

Niego con la cabeza y le devuelvo la nota adhesiva.

—¿Y?

—Sucede que acabo de enviarle un mensaje a mi editora y le dije que me dirigía a Las Vegas. Al parecer, es una huésped frecuente del Planet Hollywood y, cuando le dije que quería investigar para un artículo mientras estaba allí, elogió mi ambición y me ofreció su descuento. ¿Puedes creerlo?

—Bueno, un descuento es genial, Grace, pero ¿y el resto del dinero?

—Oye, sé que acumulas tu mesada, de modo que no actúes como si fueras pobre. Además, mamá y papá me dejaron dinero para comprar víveres para la semana. Creo que esta es una causa mucho mejor.

—¿Mejor que la comida? Morirás de hambre sin un suministro infinito de frituras.

—Esto vale la pena. —Grace me codea—. No digas que nunca hice nada por ti, hermanita.

Me dejo caer de nuevo en el sofá. Toda esa situación, toda esa idea, no habían parecido más que palabras hasta el momento. Pero, ahora que teníamos una habitación de hotel… ¿en serio íbamos a ir a Las Vegas?

—No sé —digo—. Sé que nunca diría esto, pero creo que estoy equivocada. Vamos a meternos en problemas, mamá y papá se enterarán y puede que Nick no quiera que esté allí. Tal vez descubra que es un pervertido o algo por el estilo. Es una pésima idea. Quedémonos en casa y veamos algo en Netflix en vez de eso.

—Hannah —dice Grace, y toma mi mano. Su mirada se ve seria y triste—. Necesito que hagamos esto. Necesito salir de aquí. No me he sentido normal desde que… —No termina la oración, pero no hace falta. A pesar de que Grace ya no vive con nosotros, y no lo ha hecho desde que se fue a la universidad, todavía pasa mucho tiempo en casa, por lo que vi de primera mano lo devastadora que había sido su ruptura con Gabe. Gabe era un novio despreciable, controlador y terco, y mi hermana, a pesar de su carácter fuerte, se sometió a sus exigencias y se convirtió en una persona diferente. Cuando la abandonó, la dejó destrozada. Hay piezas de la antigua Grace que están surgiendo de entre los escombros, pero está tomando más tiempo del que esperábamos para recuperarse.

—Lo sé.

—Solo… Sé que esto es para ti, pero también es para mí. —Grace suelta mi mano y tira distraídamente de la llave de plata de Tiffany que cuelga de su cuello, un regalo del mismo imbécil. Desearía que dejara de ponérselo—. Quiero ir a Las Vegas para poder hacer algo además de sentarme y pensar en él, ¿sabes? —Su voz se apaga, desaparece. Entonces, con la misma rapidez con que apareció su depresión, se obliga a salir de ella y deja caer el collar sobre su pecho—. Oye, sabes a lo que me refiero. Tú también acabas de terminar con alguien.

Sí, con Josh Ahmed, mi novio perfecto más reciente, y yo había dado por terminada la relación antes de Navidad. Pero Grace y yo sabíamos que mi ruptura era cosa de aficionados comparada con la de ella.

—Está bien, iremos.

—Fabuloso —dice ella, y su rostro se ilumina—. Me emociona saber que por fin vas a besar a ese chico, mañana por la noche.

—Grace, tienes que sacarte esa idea de la cabeza. Claro que no lo besaré. —Empujo su hombro con fuerza—. Ya te lo dije, así no es mi relación con Nick.

Pero eso no quería decir que nunca lo hubiera pensado.

Capítulo 4

Hace cuatro meses

ALERTA DE SINCERIDAD: En realidad pensaba mucho en Nick de ese modo.

De hecho, lo hacía todo el tiempo, pero me obligué a fingir que no, hasta que de algún modo creí mis propias mentiras, y eso ni siquiera tiene sentido, si lo pienso bien.

Todo comenzó cuando terminé con Josh Ahmed.

—Hola, Fantasma —dijo Nick, tras contestar el teléfono al primer timbrazo.

No recuerdo cómo ni cuándo sucedió, pero en algún momento había pasado de ser alguien con quien hablaba en línea de vez en cuando, a ser alguien a quien le enviaba mensajes ocasionales, y luego a convertirse en la primera persona a la que llamaba cuando necesitaba hablar.

—¿Estás ocupado?

—¿Qué pasa?

Sabía que sonaba desesperada, y lo estaba. Acababa de salir corriendo de la casa de mi novio. Aturdida y al borde de las lágrimas, estaba tratando de aferrarme con todas mis fuerzas a mi cordura, a mi dignidad y a mi autoestima. Todas se me estaban escapando como agua entre las manos, pero aún tenía a Nick. Él ayudaría a que me sintiera mejor. Siempre lo hacía.

Jadeé en el teléfono mientras intentaba recuperar el aliento.

—Háblame, Fantasma. ¿Estás bien? ¿Qué es lo que ocurre? —Era evidente que Nick temía por mí. Su voz sonaba vacilante, tranquila. Ignoraba si estaba siendo atacada, quemada viva o secuestrada por extraterrestres.

—Aguarda un momento, ¿sí? Habla conmigo un rato. Dime lo que estás haciendo mientras camino a casa.

Era de noche y las calles estaban vacías. Josh me había recogido horas antes y, cuando hui de su casa repentinamente, olvidé que no tenía forma de volver a la mía; serían unos treinta minutos a pie sin él. Sin embargo, una caminata larga me vendría bien. Podría sobreponerme de camino a casa.

—Eh. Fui a cenar con Alex y su nueva novia —dijo—. La chica invitó a una amiga a la ciudad, por lo que él quiso alardear y llevarlas a un restaurante del Caesars Palace. Fue demasiado caro y, por supuesto, me hizo pagar mi parte y la de la amiga de su novia. A ella le encantó. Supongo que es bueno, aunque me comporté como todo un idiota, como de costumbre.

—¿Cómo se llama? —Me sorprendieron los celos repentinos que sentí cuando mencionó a la chica, pero también me sentí agradecida por esa sensación, pues mi respiración se calmó y pude contener el llanto por el momento.

—¿La amiga? Kate.

—¿Era linda?

—No sé. Hablaba demasiado y no podía despegarse de su teléfono. Estoy casi seguro de que quería que desapareciera.

Eso me calmó aún más.

—¿Qué ordenaste?

Pateé una roca por la acera mientras él describía sus tacos de pollo con gran detalle; estaba agradecida por la distracción y la compañía durante mi extraña caminata.

—Suena delicioso —murmuré.

—Lo estaba. —Tosió—. ¿Estás bien?

—Acabo de terminar con Josh.

—Oh, Fantasma. Lo siento. ¿Qué pasó?

—¿Puedo hacerte una pregunta personal? —Nick sabía casi todo sobre mí, pero era un hecho tácito que los *verdaderos* asuntos personales estaban fuera de nuestro alcance. Él hablaba de sus novias, pero nunca en detalle, y sabía que yo había tenido novios, pero nunca mencioné gran cosa sobre ellos. Sin embargo, era la única persona con la que podía hablar en ese momento, por lo que tenía que cruzar esa línea. No estaba lista para hablar con Grace, ni con Lo, ni con nadie que conociera a Josh en la vida real.

—Puedes preguntarme lo que sea. Lo sabes.

—Lo sé, pero me refiero a algo de veras personal. De esas cosas de las que no solemos hablar.

—Oh —Tosió. Era una de esas toses forzadas que aparecen cuando es necesario llenar un espacio vacío—. Espera. —Oí el crujido de la puerta al cerrarse y luego el chirrido de su cama cuando se sentó sobre ella—. Muy bien, ¿qué quieres preguntar?

—Esto podría ser incómodo. Sé que no solemos hablar de estas cosas, pero ¿eres… es decir, alguna vez has?…

—No —respondió, antes de que yo pudiera terminar la pregunta—, nunca.

—¿Ni siquiera con Christine? —Había sido su última novia y su relación con ella había sido bastante seria.

Al menos eso había creído, pero él no me habló de ella hasta después de que se separaron—. ¿Por qué no?

Aunque juraba que era extraño, Nick era apuesto y parecía tener varias mujeres tras él.

No podía imaginar a alguien de mi colegio como él que siguiera siendo virgen. Incluso los más idiotas tenían sexo.

—No sé. No dejo que mucha gente se acerque, Fantasma, y, con ella, no… no parecía lo correcto. —Su voz se había apagado. Era como si ni siquiera estuviera al otro lado de la línea, sino que fuera solo un pensamiento en mi cabeza.

—Sí. Sé lo que quieres decir. —Dejé escapar un largo suspiro—. Yo casi… eh, bueno, con Josh hace un instante. Lo habíamos hablado durante semanas y pensé que era el momento adecuado, que él era el chico adecuado y que estaba lista para hacerlo. Pero estábamos… —Me detuve antes de dar demasiados detalles, pues no quería describir nada gráfico—. Estábamos ahí y, en vez de sentirme dispuesta a hacerlo, sentí ganas de vomitar.

Nick se rio.

—No te rías de mí.

—No me estoy riendo de ti. Es lo que ocurrió con tu novio de octavo grado.

—¿Qué?

—¿Lo recuerdas? ¿Cuando empezamos a hablar? ¿Cómo se llamaba? Jeremy Martínez. Dijiste que había intentado besarte y que eso te produjo náuseas. Llamaste a tu madre y ella tuvo que recogerte en el colegio.

—¿Recuerdas eso? —Estaba asombrada. Yo apenas lo recordaba.

—Recuerdo todo lo que me has contado, Fantasma. —Su voz sonaba seria, y creo que el tono nos tomó a ambos por sorpresa, por lo que él se rio, seguramente para aliviar la tensión un poco—. Soy como un elefante. En fin… te entiendo.

—¿En serio?

—También me he sentido así. Cuando las cosas se ponen ardientes…

—No puedo creer que acabaras de decir "ardientes".

—Y sé que debería estar entusiasmado, y lo estoy, pero al tiempo… no sé, no lo estoy. Es como si estuviera en otro lugar.

—¡Exacto! —No podía creer que hubiera sentido lo mismo que yo. Escuchar eso me hizo sentir mucho menos sola.

—Les pregunté a Alex y a algunos amigos al respecto.

—¿Y qué te dijeron? —Me detuve, me senté en la acera y apoyé la cabeza contra un poste de luz.

—Que no es normal.

—Oh.

—Supongo que ambos somos un poco raros. Al menos según Alex. Bueno, él cree que soy bastante raro, de todos modos.

Dibujé círculos en mis *jeans* con el dedo.

—¿Crees que solo estábamos nerviosos? ¿Algo así como el pánico escénico? ¿Te pasa eso cuando subes al escenario con la banda?

Recurrió de nuevo al recurso de la tos.

—Bueno, no me da pánico escénico, pero me pongo un poco nervioso antes de las presentaciones del colegio y esas cosas. No se sentía igual.

—Sí. Tampoco me pareció que fueran nervios normales. —Entonces, sin pensarlo, dije—: Me pregunto si sentiría lo mismo con…

—¿Con quién? —me interrumpió repentinamente y yo sentí una oleada de alivio cuando no tuve que terminar la idea.

Me puse de pie y empecé a caminar de nuevo, como si un cambio de ubicación pudiera cambiar el tema.

—Eh... Con otra persona.

Había estado a punto de decir "contigo". Me preguntaba si sentiría los mismos nervios con Nick, a quien conocía tan bien desde hacía tanto tiempo. Pero nosotros nunca, jamás hablábamos de esas cosas, de cosas que nos harían percibir al otro como una persona real. Éramos fantasmas y los fantasmas no existen en la vida real; no se puede tocar a un fantasma.

Pero durante un segundo, solo un segundo, dejé que la idea ocupara mi cabeza, de todos modos: la misma torpeza nerviosa que acababa de sentir con Josh, pero con Nick en su lugar. Estaba casi segura de que Nick era más alto que Josh y ligeramente más delgado, si es que sus fotografías revelaban la verdad. Dejé que la escena llenara mi mente, y vi que encajaba perfectamente en el pecho de Nick y que él me rodeaba con sus brazos.

Sé que pasó más de un segundo. Al menos unos cuantos segundos. No estaba diciendo nada porque me distraje con la imagen y olvidé que Nick estaba en el teléfono y no conmigo. Me permití pensar cosas que nunca antes había pensado. Me permití pensar en Nick "de esa manera", aunque me había prometido que nunca, jamás, lo haría. Me perdí en la idea.

—Fantasma.

Su voz en el teléfono me sacó de mis pensamientos. Ni siquiera me había dado cuenta de que había dejado de caminar y que estaba parada en medio de la acera. ¿Qué había hecho? ¿Acababa de fantasear con Nick? Mis mejillas ardían y me alegró que no estuviéramos en videoconferencia, pues sin duda se habría dado cuenta.

—Lo siento, Nick. —Estaba muy nerviosa—. Estaba...

"Imaginándome a solas contigo, preguntándome a qué huele tu piel, visualizando tus brazos a mi alrededor".

—¿A dónde te fuiste? —Su tono de voz adquirió una suavidad que nunca antes había oído, y me di cuenta de que sabía lo que había estado pensando. No sé cómo lo sabía, pero así era, y sonaba casi... ¿esperanzado? No—. ¿Estabas pensando en...?

—Estaba pensando en Josh —dije rápidamente. Necesitaba cambiar de tema. No podía permitir que Nick supiera lo que había estado pensando, que había dejado que mi mente se saliera de los límites de nuestro territorio.

Admitir algo así podía arruinar nuestra amistad, no estaba dispuesta a ponerla en riesgo.

—Oh, está bien —dijo con una risa nerviosa—. Pensé que tal vez... no importa.

Pasamos la siguiente hora, mucho después de haber llegado a casa a salvo, hablando de cosas triviales, mientras mi mente se alejaba de Josh. Pero no pude sacarme esa imagen de Nick de la cabeza. Esa fue la primera vez que pensé en él de esa manera.

Pero no fue la última.

Capítulo 5

Sábado

ME GUSTARÍA DECIR que el alboroto en el baño me despertó de golpe, pero la verdad es que no sé si, de hecho, pude dormir. Mi mente ansiosa dio vueltas toda la noche y visualizaba las posibles situaciones que harían que el viaje a Las Vegas se convirtiera en un viaje infernal, y cada situación era más ridícula que la anterior. Me refiero a que sé que no habrá una avalancha mientras conducimos a través del desierto, que no quedaremos atrapadas en la camioneta de Grace y que no estaremos obligadas a decidir a cuál de nosotras debemos comernos para sobrevivir, pero intenten explicárselo a mi mente insensata.

Luego, cada vez que creía que iba a quedarme dormida, Lo, quien había regresado con pizza y dos bolsas de ropa atrevida y luego se había quedado dormida en el suelo, empezaba a roncar tan fuerte que creo que Nick podía escucharla en Las Vegas.

Tal vez es el alboroto el que me despierta, o tal vez solo estoy medio dormida y mi mente está a medio camino hacia Las Vegas, pero algo en ese golpe fuerte y en el gorgoteo que llenó el baño infunde miedo en mi corazón; salgo de la cama y me pongo de pie de inmediato. Lo sigue dormida como un tronco en el suelo, lo que significa que el escándalo del baño fue provocado por Grace.

No. Otra vez no.

Corro por el pasillo, saltando sobre Bruce Lee, y golpeo la puerta del baño.

—¿Qué está pasando ahí, Grace? No me digas que saliste anoche y te embriagaste porque, lo juro por Dios, te atropellaré con el auto si me haces eso otra vez.

Pero cuando dejo de golpear, me doy cuenta de que el gorgoteo no es vómito, sino simplemente la bañera que se está vaciando.

La puerta se abre.

—Lo siento —dice Grace—. Se me cayó la crema en el bote de la basura.

Grace está en la puerta con el secador de pelo en una mano y un cepillo en la otra. Su pelo está empapado, recién teñido de rojo, y cae sobre sus hombros.

No lo decoloró antes de teñirlo, por lo que no es mucha la diferencia con respecto a su pelo negro natural. El rojo solo ilumina su rostro, lo resalta, pero hay algo en ese cambio sutil que hace que se vea como la antigua Grace, la Grace de antes de Gabe y de su ruptura con él.

Sus ojos también están iluminados. Tienen un brillo como de chica alocada en busca de problemas, aconsejada por un diablillo en el hombro. No había visto esa mirada en mucho tiempo.

—Despierta a Lo —dice Grace—. Es hora de que empiece esta fiesta.

* * *

En menos de dos horas, las tres estábamos vestidas, con las maletas empacadas y listas en la camioneta de Grace.

Cuando llegamos a la autopista, sigo el consejo de Grace y les envío un correo electrónico preventivo a mamá y a papá, que nos contactan a diario desde el costoso Café Internet del crucero. Les aviso que las tres pasaremos un día bastante aburrido viendo todas las películas posibles en el teatro y que me comunicaré con ellos más tarde.

—La señal puede ir y volver mientras atravesamos el desierto —dice Grace, mientras se une a los demás conductores—. Un buen infractor de las reglas siempre piensa en las cosas que podrían salir mal y se anticipa a los acontecimientos. Hay que ser proactivo.

—Deberías utilizar esos poderes para el bien y no para el mal —dice Lo, empujando el hombro de Grace. Miren quién habla.

Una vez enviado el correo electrónico, me recuesto en el asiento y froto distraídamente mi moneda de payaso con el pulgar, mientras observo la multitud de autos que nos rodean y repaso nuestro plan. El recorrido en auto desde el condado de Orange hasta Las Vegas solo debería tardar unas tres horas y media o cuatro horas, dependiendo de la cantidad de paradas que hagamos y de si Grace conduce aprisa como lo hacen en NASCAR, pero con este tránsito nos retrasaremos. No quiero perderme el espectáculo por culpa del estúpido tránsito del condado de Orange. No quiero perder la oportunidad de ver a Nick.

Por suerte, el tránsito cede tan pronto como llegamos a la autopista 15 y comenzamos a cruzar el desierto, pero solo hemos avanzado unos cuantos kilómetros, cuando Grace cruza los carriles y desvía el auto hacia una salida.

—Parada técnica —dice.

Miro dos veces la señal.

—Estamos en Fontana. ¿Qué hay en Fontana que podríamos necesitar en Las Vegas? Huele como si una vaca hubiera defecado un motor diésel.

—Precisamente. —El tono de Lo suena absolutamente siniestro.

Me doy la vuelta y la miro con los ojos entrecerrados.

—¿Qué pretendes, demente?

Cuando Lo usa ese tono de voz, sé que tiene previsto algún plan demencial. En el colegio tiene mala reputación por sus "grandes ideas". Cuando desafió a Siraj y a Manny a saltar desde el techo hasta la piscina en la fiesta de Seth White el verano pasado, los pobres chicos terminaron con al menos tres huesos rotos. La simulación de *Los juegos del hambre* que organizó con los jugadores de fútbol de primer año fue muy divertida, hasta que su entrenador se enteró de lo que estaban planeando hacer con sus botines. Mi momento favorito fue cuando se presentó al partido de fútbol de bienvenida con una corona enorme, cuando apenas era una de las candidatas a reina. Hago todo lo posible por alejarme de sus travesuras y mantener una reputación ciento por ciento favorable en la oficina de orientación, pero como soy su mejor amiga, no es fácil. Afortunadamente, no me he visto involucrada en ninguna de sus diabluras pasadas, pero ahora estoy atrapada en un auto con ella y con mi hermana descontrolada y, si conozco bien a Lo, activará sus poderes para hacer planes alocados.

—Encenderé el GPS. —La sonrisa de Grace es tan macabra como la voz de Lo. Detesto cuando conspiran en mi contra.

La voz del GPS de Grace nos lleva con su pretencioso acento de una calle sospechosa de Fontana a otra, hasta que llegamos al estacionamiento de un supermercado, una lavandería y una agencia de cobro de cheques.

—¿Me venderás como esclava sexual a cambio de dinero para hacer apuestas? —pregunto.

El estacionamiento es la definición clásica de "temible". Hay vidrios rotos dispersos por todo el asfalto y personajes de aspecto criminal vagando sin rumbo frente a los escaparates. Es exactamente el tipo de lugar que se ve en las noticias sobre chicas adolescentes que salen en busca de una noche de diversión y nunca más se sabe de ellas.

—Así es —dice Lo, mientras escribe de nuevo en su teléfono—. Me dan muy buen dinero por las coreanas sexis. Con las dos, mamá podrá comprarse un nuevo par de zapatos esta noche.

—¿A quién le escribes?

Obviamente, todo el asunto de la trata de blancas es una broma, pero cuando un indigente comienza a gritarle a una ventana clausurada, me doy cuenta de que estoy un poco, bueno, bastante nerviosa respecto a las razones por las que estamos aquí.

—Su nombre es Max —dice Lo.

Arrugo mi rostro en señal de confusión.

—¿El indigente?

—No, tonta. —Desabrocha su cinturón de seguridad y se inclina hacia mí—. Ahora, por favor, promete que no te asustarás.

Suelto un gemido. Esto es típico de Lo. Esa oración siempre precede a un plan aterrador.

—Estarás bien, Hannah —dice Grace, dándome unas palmaditas en el brazo—. Cálmate y escucha a Lo.

—¡Lo casi hizo que me detuvieran una vez!

—Fue un accidente —dice Lo, lo que hizo reír a Grace.

—Tienen que contarme esa historia —dice Grace.

—¿Pueden, por favor, explicarme por qué estamos en este estacionamiento tan remoto?

Lo sonríe.

—Bien. Max es amigo de mi primo Carlos. ¿Recuerdas a Carlos? ¿El que estaba en mi fiesta del Día de Independencia hace unos años?

—¿El que entró a la piscina en pantaloncillos de *jean*?

—Sí, él. Carlos tiene un amigo que se llama Max, y dijo que él nos podía ayudar.

—¿Ayudarnos con qué? Lo, sabes que no quiero consumir drogas ni nada de eso. Si tú lo haces, entonces...

—No, no. Nada de drogas. Lo prometo.

Antes de que Lo pueda continuar con la explicación, una furgoneta entra al estacionamiento y se detiene con un chillido, justo a nuestro lado. El vehículo tiene en el costado una imagen pintada con aerógrafo: el artista representó esa misma furgoneta siendo perseguida por dos patrullas de la Policía y un helicóptero. Sé que es la misma porque la furgoneta de la imagen también tiene pintadas en un costado una furgoneta diminuta y dos patrullas miniatura.

—Vaya —digo.

—Él es Max. —Lo sale de la camioneta de un salto y golpea nuestro parabrisas delantero para que la siga. Respiro profundamente, desabrocho el cinturón de seguridad y, poco a poco, abro la puerta.

—Me quedaré aquí —dice entonces Grace—. No te preocupes, miedosilla. Llamaré si veo que intenta violarlas o algo.

Max no sale de la furgoneta. Cuando Lo se acerca a la ventanilla del lado del conductor, nos mira de arriba abajo, detenidamente.

—Hola, Paloma. —Los miembros de la familia de Lo son los únicos que pueden llamarla por su nombre completo aunque, al parecer, los amigos de la familia, de aspecto sospechoso, también pueden hacerlo.

Max desliza dos sobres por la ventana y se los entrega a Lo, y un encantador olor a humo de marihuana viene con ellos.

—Es lo mejor que pude conseguir, teniendo en cuenta lo que Carlos me envió. —Nos mira de arriba abajo una vez más—. Creo que les servirán.

Mi pulso se acelera y le lanzo una mirada desesperada a Lo. Desearía que me explicara lo que está pasando y por qué estamos en un estacionamiento espeluznante de Fontana con un tipo extraño que tiene una persecución a alta velocidad pintada en un costado de su furgoneta.

No reacciono bien ante las sorpresas y lucho contra el impulso de correr.

Lo me da un codazo en las costillas y me entrega uno de los sobres, inclinando la barbilla hacia mí.

—Échale un vistazo.

Dentro del sobre encuentro seis licencias de conducir de California, todas pertenecientes a chicas asiáticas. Miro a Lo y veo que en sus manos tiene exactamente lo mismo, pero con chicas de aspecto hispano.

—¿Qué?...

—Escojan la que les parezca mejor —dice Max—. Son treinta dólares por cada una. Es un descuento especial porque Carlos es como de la familia.

—¿Compraremos identificaciones falsas? —susurro en el oído de Lo.

—¿No es grandioso? —susurra en respuesta.

No, no es grandioso. Es muy, múy ilegal.

Tengo un compromiso conmigo y con mis padres: concentrarme en mi objetivo durante la secundaria. Tener novios está bien, siempre y cuando no afecten mis calificaciones. Nada de drogas, de alcohol, ni de fiestas, y nada de romper las reglas. Después de la secundaria puedo hacer lo que quiera, siempre que lo que quiera incluya cuatro años de universidad. Había cumplido esa promesa y me habían aceptado en UCLA, mi primera opción de universidad, tal como lo fue para mi hermana y, dado que cumplí con todos los requisitos, me parece que puedo permitirme un fin de semana secreto en Las Vegas para alocarme un poco, pero no tanto como para comprarle una identificación falsa a un desadaptado, en una furgoneta, en un estacionamiento remoto.

Pero entonces miro hacia el auto y veo que Grace me sonríe como si estuviera abriendo un regalo de Navidad que escogió especialmente para mí, mientras el rojo de su pelo brilla bajo la luz del sol.

Suspiro.

—Es hora de que te relajes un poco, Hannah —me dice Lo—. La universidad está a la vuelta de la esquina. Deja de ser tan controladora y comencemos a practicar para las fiestas que nos esperan. —Me molesta que use el término "controladora", como si eso fuera algo malo, por lo que le doy una patada en la espinilla. Sin embargo, a ella no le importa porque sabe que finalmente conseguirá que yo haga lo que ella quiere.

—¿Pueden apresurarse? —Max frunce el entrecejo mientras nos mira—. Me estoy perdiendo el programa de Ellen. Hoy presentan un especial de cambios de imagen.

—Está bien —le digo a Lo—, compraré una identificación falsa, pero eso no significa que la vaya a usar. Ya estoy violando suficientes leyes con solo comprarla.

Lo acaricia mi hombro.

—Qué buena chica. Ahora, elige una.

Reviso las identificaciones que tengo en mi mano. Ninguna de las fotografías se parece a mí.

—¿Cómo elijo?

—Fíjate en la estatura —dice Max, exasperado—. Eso nunca cambia. No quieres una que diga que mides uno setenta y tres cuando claramente solo mides uno cincuenta y ocho. —Obviamente, Max conoce su negocio al dedillo.

—¿De dónde las sacaste? —le pregunto.

Max entrecierra los ojos.

—No hagas preguntas y date prisa.

Miro de nuevo mis opciones: Tran Nguyen ni siquiera es coreana, mide uno cincuenta y parece un hombre, por lo que está descartada. Kristy Chang es mucho más bonita que yo, pero su rostro es redondo como el mío e incluso tiene los mismos hoyuelos, y tenemos la misma estatura y peso. Perfecto.

Pongo la identificación de Kristy junto a mi rostro.

—¿Me parezco a Kristy Chang, de Riverside? ¿Puedo pasar por una chica de veintitrés años?

—Te ves hermosa, querida. —Lo eligió a Sarah Kingston, una chica piscis cuya dirección la ubica bastante cerca de nuestra escuela.

—Esa chica ni siquiera es mexicana.

—Lo sé, pero se parece mucho más a mí que estas otras chicas. Mira las cejas de esta. Como si yo pudiera permitir eso.

—¿Ya decidieron, chicas? —pregunta Max, claramente irritado con nuestra indecisión.

Lo le regresa los sobres.

—¡Ya estamos listas para ir a Las Vegas!

Max nos mira fijamente.

—¿Qué está mirando? —le susurro a Lo. En esos pocos segundos, imagino que Max, quien parece bastante agradable a pesar del olor a marihuana y de su peculiar furgoneta, se convierte en Mr. Hyde, nos arroja a su camioneta, acelera y deja a Grace gritando y agitando su puño en el estacionamiento.

—Mi dinero —dice, devolviéndome a la realidad—. Entenderán que esto no es gratis.

—Ah, sí. —Lo revuelve su bolso y saca un sobre lleno de dinero en efectivo—. Yo invito, Hannah, siempre y cuando me prometas que la utilizarás. No quiero que mi inversión se desperdicie.

—Sí, lo prometo. —No tengo la menor intención de usarla, pero tampoco le diré a Lo que sería mejor que tomara su dinero, buscara una ruleta y apostara todo al rojo. Le seguiré la corriente con esto, pero la verdad es que yo no bebo y ya habíamos acordado que no iríamos a ningún club. Además, Grace verificó que el espectáculo en House of Blues de esta noche fuera para todas las edades.

—Te hubiera dado mi antigua identificación —dice Grace, una vez regresamos al auto—, pero como vamos juntas, no podías usar la mía cuando yo también la estaba usando. No podíamos entrar al mismo lugar si ambas éramos la misma Grace Cho.

Al final, salimos de Fontana y retomamos el largo camino a Las Vegas.

* * *

—Ya casi llegamos —dice Grace.

No sé cómo lo sabe. Tomamos un descanso para usar el baño en Barstow, en el famoso McDonald's dentro de un vagón de tren, y desde entonces solo hemos visto desierto ininterrumpidamente. El paisaje ha sido exactamente el mismo desde que salimos de Baker, el hogar, y no es broma, del termómetro más alto del mundo. Es el tipo de atracciones emocionantes que se pueden esperar cuando se conduce a través el desierto: arena, montones de arena, un parque acuático abandonado, un lugar donde venden algo llamado cecina alienígena, un desvío de la autopista llamado Zzyzx Road y un dispositivo absurdamente grande para medir la temperatura.

La emoción inicial que había sentido respecto al viaje murió lentamente durante el largo y aburrido recorrido por el medio de la nada. Intenté enviarles mensajes de texto a unos cuantos amigos, pero la mayoría se habían ido porque tenían planes de verdad para las vacaciones de primavera, de modo que la mayor parte del tiempo lo pasé contándoles a Grace y a Lo historias de Nick de los últimos cuatro años. Pero incluso eso se tornó aburrido después de un tiempo y Lo prácticamente me rogó que me callara, después de leerles textualmente por décima vez una conversación plagada de bromas privadas que Nick y yo habíamos tenido.

—Pronto cruzaremos la frontera estatal de California. —Grace busca su botella de agua a tientas en la guantera del medio, pero se bebió el último sorbo hace unos sesenta kilómetros y no parece recordarlo, por lo que le entrego la mía—. Entonces estaremos oficialmente en Nevada, y Las Vegas está muy cerca de la frontera estatal.

—¿Es esa? —Lo apunta a una pequeña conglomeración de colores. A medida que nos acercamos, noto que nos estamos acercando a unos casinos ubicados en medio del desierto perpetuo.

—Te meten a un casino apenas es legal hacerlo, ¿verdad? —digo—. ¿Quién viene aquí? ¿Por qué la gente no sigue conduciendo hasta Las Vegas si estamos tan cerca?

—¿Porque están ansiosos por apostar? ¿O tal vez quieren alejarse de la multitud? —sugiere Lo—. ¿Quién sabe? Pero me alegra que no tengamos que detenernos aquí. Parece que es el lugar donde muere la esperanza.

Todas nos animamos cuando cruzamos la frontera de California y llegamos a Primm, Nevada. Me asomo por la ventana para ver lo que nos espera en el nuevo estado. Hay un centro comercial de tiendas de descuento y tres hoteles casino que se ven parcialmente impresionantes (porque están en medio de la nada y están rodeados de plantas rodadoras), y que seguramente palidecen en comparación con lo que nos espera en Las Vegas, y...

—No lo puedo creer —dice Lo—. Miren lo grande que es esa montaña rusa.

El segundo casino a nuestra derecha, llamado Buffalo Bill's, según el enorme anuncio de neón con un búfalo que lleva un tocado de plumas, tiene una enorme montaña rusa amarilla alrededor de todo el lugar.

Grace se ríe.

—¿Me detengo para que subas a la montaña rusa, Hannah?

—¿Quieres torturarme?

Grace gira el volante y el auto se desvía a la derecha.

—Sabes que quieres hacerlo.

—Parece que ni siquiera está funcionando. —Todas vemos los rieles, pero no vemos pasar ni un solo vagón—. Tal vez está averiada o la clausuraron por ser una trampa mortal. Esta montaña rusa, en medio del desierto, seguramente ha matado a niños inocentes y alguien en este momento está a punto de derribarla por el bien de Primm.

—Calma, calma. —Lo se inclina hacia delante y me da palmaditas en el hombro—. Nadie te obligará a subir a la montaña rusa. Mira, está detrás de nosotras.

Me molesta que me hable como si fuera una bebé a la que está dejando en la guardería, pero Lo me ha acompañado a más de un viaje nefasto a Disneyland y sabe de primera mano que la simple idea de una montaña rusa me produce pánico.

A decir verdad, nunca me he subido a una, pero ni siquiera tengo ganas de intentarlo. Es por la sensación de descontrol, de caída libre. Sé que a muchos les encanta, pero también hay quienes saltan de un avión solo por diversión. Hay gente que está loca.

A salvo de la trampa mortal que dejamos atrás, recorremos el último tramo de la autopista 15 hasta Las Vegas. Me alivia saber que esta es la última etapa del viaje. Hemos estado en el auto desde el McDonald's y esa parada fue hace casi dos horas. Mis piernas están entumecidas, mis hombros piden a gritos que los estire y estoy a cinco minutos de pedirle a Grace que se detenga para poder orinar detrás de unas rocas. Detesto ser la hermanita fastidiosa, pero siento que ya no puedo quedarme quieta por mucho tiempo más.

Nick está muy cerca.

—¿Cuánto tiempo falta?

—Espera unos minutos —dice Grace—. Te mostraré algo grandioso.

Sacudo la rodilla de arriba abajo y tamborileo los dedos sobre el muslo, mientras continuamos avanzando por el desierto. No tengo la menor idea de qué podría mostrarnos y no estoy de humor para hacer una parada en un pueblo fantasma o en un casino decadente.

—Aquí es. —Grace levanta una mano del volante y señala al frente.

—Aquí solo hay montañas —dice Lo—. Es lo que hemos estado viendo desde hace cuatro horas. ¿Qué tiene de grandioso?

Pero las palabras apenas logran salir de la boca de Lo, cuando damos la vuelta a una pequeña esquina y se separan las colinas que tenemos a ambos lados. Ahora, en lugar de montañas, frente a nosotras hay una vista increíble. Ni siquiera ha oscurecido, pero se pueden ver las luces brillantes de los casinos, los hoteles y los edificios que conforman lo que, imagino, es el centro de Las Vegas.

—Increíble —digo—. Es como sacado de una película o una postal. No puedo creer que todas esas luces sean reales.

Sin duda parece ser el tipo de lugar donde pasan cosas increíbles. Entiendo por qué es un lugar al que la gente lleva sus sueños, y qué apropiado es haber venido al hogar de los grandes sueños para conocer a mi mejor amigo. El polvoriento y aburrido Barstow con su extraño McDonald's no habría sido el lugar indicado para nosotros. Nuestra amistad necesita luces, destellos, música y sorpresas. Este es nuestro lugar. Lo presiento.

Las luces se acercan más y permanezco hipnotizada hasta que un ruido de la guantera me distrae. Es la alerta que indica que recibí un mensaje de texto.

> No sé si estamos listos para el *show* de esta noche. Deberías ver el pelo de Oscar. Dios mío. Creo que viajó en el tiempo hasta 1983.

—Estás sonriendo —dice Grace—. Debe ser Nick. ¿Qué dijo?

—Nada.

Respondo:

> Me gustaría poder verlo.

Pasan unos treinta segundos antes de recibir la respuesta de Nick.

> Yo también quisiera que pudieras verlo, Fantasma.

Capítulo 6

LAS VEGAS BOULEVARD es un asalto a los sentidos, mucho más de lo que imaginaba. Hay casinos enormes a lado y lado, luces brillantes y signos parpadeantes: ¡TORNEO DE PÓQUER! ¡MENÚ ESPECIAL CON COSTILLAS!, y letreros asquerosos de ¡MUJERES FÁCILES! Las aceras están llenas de turistas de todas las edades, formas y estilos; los autos y los taxis llenan las calles; las tres apoyamos nuestros rostros contra las ventanas mientras pasamos, en un intento por darle sentido al caos deslumbrante.

No tardamos mucho en encontrar el gigantesco Hotel Planet Hollywood. El enorme edificio es completamente blanco, excepto por el letrero rojo que hay por encima de las filas interminables de ventanas y de las brillantes olas de burbujas plateadas que hay a la altura de la calle. Queda al extremo sur de la avenida, por lo que no tenemos que ir muy lejos. Grace se detiene en el estacionamiento y todas caminamos por el centro comercial adjunto con nuestras maletas, observando los escaparates mientras nos abrimos camino a la recepción reluciente.

—Es como si estuviéramos en el departamento de tránsito —dice Lo—. Podría jurar que he visto todos los estilos de vida posibles en este lugar.

Todos los estilos de vida incluyen, pero no se limitan, a una pareja obesa vistiendo camisetas de Mickey Mouse idénticas y bebiendo granizados en envases plásticos gigantes con la forma de la Torre Eiffel, tres chicas en bikini con tacones de aguja altísimos apenas abrigadas con caftanes translúcidos y una horda de turistas tomando fotografías sin cesar de la tienda de regalos que hay al otro lado del mostrador de la recepción. Tres niños se persiguen en círculos, y ruego por que alguien esté a cargo de ellos, pero no las chicas en bikini, Dios mediante.

Luego estamos nosotras: dos asiáticas y una mexicana de diecisiete, dieciocho y veintiún años. Grace está vestida de negro y tiene una boina de lana, Lo tiene su pelo castaño ondulado atado en un moño alto y lleva un vestido floral con botas de motociclista, y yo traigo puestos mis *jeans* ajustados, una camisola negra y el pelo recto como un palillo, el aspecto más simple y aburrido de toda la ciudad.

La fila en la recepción es larga y, mientras esperamos, mi mente imagina todas las posibles situaciones en las que el plan de alojarnos en este hotel resulta ser demasiado bueno para ser cierto y fracasa rotundamente. Pero la habitación nos espera, tal como lo dijo la editora de Grace, y mientras las tres subimos en el ascensor hasta nuestro piso, no puedo evitar tener la esperanza de que mencionar a *Rocker* nos haya merecido una *suite* ridícula llamada *¿Qué pasó ayer?*, o algo así.

Pero es una habitación normal. No es una *suite*; solo hay dos camas, una silla, una mesita y una vista magnífica del centro de Las Vegas.

—¿Qué es *Empire Records*? —pregunta Lo.

Supongo que cada habitación del Hotel Planet Hollywood está decorada con objetos de una película en particular. Nos dieron la habitación de una película de la que nunca había oído hablar.

—Es un clásico de la década de 1990. Nunca la he visto, pero aquí hay una camisa de algún sujeto que la tenía puesta mientras la rodaban. —Grace señala la pared donde hay una camiseta roja colgada detrás de un panel de plexiglás.

—Como si alguien quisiera robar una camiseta sudada y vieja —dice Lo—. Ojalá nos hubieran dado una habitación genial, como la de *Notas perfectas*. ¿Crees que podamos llamar y pedirles que nos cambien a la habitación de *Notas perfectas*?

—Cállate, Lo. —Grace lanza su bolso sobre la cama más cercana a la ventana—. Tienes una habitación gratis y te tiene que gustar, aun si está decorada con camisetas sudadas de una película que nadie ha visto nunca.

Me siento en el borde de la silla que hay en el rincón y observo mi teléfono. Son las cuatro en punto; faltan tres horas para la presentación de Nick. Necesito cambiarme, maquillarme, comer algo, investigar la manera de ir a House of Blues y prepararme mentalmente para que cambie por completo la vida que conozco. Tres horas bastarán para hacer todo eso. Mi rodilla se sacude de arriba abajo mientras mordisqueo el interior de mi mejilla.

Grace se deja caer en la cama y rebota mientras me observa.

—Bien, Hannah. Es obvio que el pánico se está apoderando de ti. ¿En qué piensas?

—Bueno, House of Blues está en el Mandalay Bay y sabemos que seguramente es demasiado lejos para caminar, ¿verdad? Tenemos que cambiarnos, ir en auto o tomar un taxi hasta allá y luego debemos cenar en algún momento, porque ya no puedo vivir de McDonald's por mucho más tiempo.

—Hay varios restaurantes grandiosos en el Mandalay Bay —dice Lo, mientras revisa la pantalla de su teléfono—. Parece que hay una pizzería. ¿Qué les parece?

—Perfecto —dice Grace—. Tenemos que arreglarnos, ir en taxi hasta el Mandalay Bay, porque no quiero pensar siquiera en conducir, y comer en esa pizzería. —Se inclina y me da una palmadita en la rodilla—. Después veremos la presentación.

—Veremos la presentación —repito, mientras flexiono las rodillas y las rodeo con mis brazos—. Veremos la presentación y conoceremos a Nick.

Grace había estado fastidiándome al respecto desde que había dejado escapar esa idea loca de mis labios el día anterior, pero esta vez se levanta de la cama, se agacha frente a mí y pone su mano sobre mi pierna en un gesto reconfortante.

—¿Estás bien? —pregunta—. ¿Estás segura de que puedes hacerlo?

No sé. ¿Puedo? ¿Quiero? No contesto y me quedo mirando por la ventana. No puedo ver la ciudad desde el lugar donde estoy sentada, pero puedo ver el Hotel París Las Vegas. La Torre Eiffel, donde seguramente la pareja rechoncha de la recepción había comprado sus enormes bebidas, se eleva hacia el cielo. Estoy en Las Vegas. Crucé una frontera estatal. No puedo dar marcha atrás ahora, ¿o sí? ¿Es demasiado tarde si digo que no puedo hacerlo? Saco la moneda de payaso de mi bolsillo y le doy vuelta en mis dedos.

Lo se sienta en el brazo de la silla.

—¿Puedo decir algo que no quieres oír?

La miro de reojo, gesto que ella parece tomar como un estímulo para dar rienda suelta a su verborragia.

—Sé que ya dije esto, pero necesito que me escuches. Sé a ciencia cierta que sientes cosas muy fuertes por este chico, y son sentimientos que superan los que se tienen por un mejor amigo. —Toca mi moneda y yo la dejo caer en la palma de mi mano.

No digo nada. Solo intento asimilarlo.

Entonces continúa.

—No creo que puedas tener un novio por más de unos meses hasta que sepas bien lo que significan esos sentimientos. —Grace se aclara la garganta.

—¿Qué? —espeto.

—Lo predije —dice ella, con aire de satisfacción—. Nick es la razón por la que Josh y tú terminaron.

Pongo los ojos en blanco.

—No, no fue por él. —Sueno irritada, pero la verdad es que, en el fondo, siento que ella podría tener razón.

Dios, ambas tienen razón.

—¿Qué piensas? —dice Lo—. ¿Crees que tal vez sientas cosas más que "amistosas" por Nick?

—¿Como para querer besarlo en los labios? —dice Grace, sonriente.

Le saco la lengua, luego me vuelvo hacia Lo y le pregunto en tono serio:

—Pero no lo conozco. ¿Cómo sé qué es lo que siento?

A decir verdad, siempre siento cosas cuando pienso en Nick. Mi estómago se agita cuando escucho su tono de llamada. Su voz familiar me hace feliz, sin importar el estado de ánimo que tenga, y miro sus fotografías con tanta frecuencia que estoy segura de que un día las imágenes se van a grabar en la pantalla de mi teléfono.

Pero es imposible saber si funcionaría en el mundo real y he pasado todos estos años convenciéndome de que no quiero que se convierta en realidad.

—Bueno —dice Lo—, a juzgar por las historias que me has contado, tengo la sensación de que él sí siente algo por ti.

—¿En serio? —Bajo la mirada para ver el rostro aplanado del payaso de cobre que tengo en la mano y pienso en la postal a la que alguna vez estuvo pegado y que ahora cuelga en mi tablero de anuncios: "Para mi fantasma favorita. Creía que las apariciones daban miedo, pero tú haces que sean divertidas. Con amor, Nick". Esa fue la primera vez que consideré la posibilidad de que Nick podría pensar en mí como más que una amiga, y no fue la última, pero siempre enterré esa posibilidad en lo más profundo. Lo hice porque no es sensato que Nick sienta algo por alguien que nunca ha conocido, ni que yo sienta algo por alguien que vive en otro estado.

No me sirven de mucho las insensateces.

—Muy bien. —Lo me da dos palmaditas rápidas en el hombro, se pone de pie y comienza a caminar por la habitación—. Nos encargaremos de que funcione. Este no será el primer encuentro de un amigo con otro. No, esto será amor a primera vista. Haremos que te veas tan sensual, que no podrá quitarte los ojos de encima y, si todo sale de acuerdo con el plan, ni siquiera podrá tocar la guitarra o lo que sea que haga en esa banda, porque no podrá dejar de tocarte.

Lo y Grace, animadas a hacer realidad su proyecto, revuelven mi maleta, desperdigan su maquillaje y ponen en marcha las locuras que sea que tienen en mente para hacerme ver menos como yo, y más como una combinación de ambas.

Normalmente protestaría, pero la pila absurda de pinceles y sombras de ojos repartidos por todo el edredón blanco se ve opacada por la idea que Lo dejó flotando en la habitación. ¿Es posible que sienta algo por Nick? ¿Acaso él siente algo por mí?

Supongo que tendremos que ver qué pasa, y después de cuatro años de espera, sin duda, esta noche sucederá algo.

Capítulo 7

EL CASINO Y RESORT Mandalay Bay se encuentra al extremo sur de la avenida principal; un recorrido corto en taxi desde el Hotel Planet Hollywood. Alto y dorado, es el primer hotel grande de la interminable fila de luces y edificios, y House of Blues está en su interior. En el restaurante, engullo tres rebanadas de pizza y un tercio de una rebanada de pastel de chocolate que trajo el mesero, después de que Grace y Lo le dijeran que era mi cumpleaños mientras yo estaba en el baño. Nunca comería como un cerdo en circunstancias normales, pero ni siquiera soy consciente de la cantidad de carbohidratos que estoy devorando porque estoy muy concentrada pensando en Nick. Lo demás no importa.

Después de cenar, caminamos hacia el casino y prácticamente entramos corriendo al club. Soy consciente de que es hora de hacerlo.

Con las piernas flaqueando, me arrastro detrás de Lo hasta la taquilla. Delante de nosotras, Grace pide tres entradas para el espectáculo y pone una de ellas en mi mano temblorosa.

—Qué asco —dice ella—. Tu mano se siente como si la hubiera lamido un san bernardo.

—Lo siento. —Guardo la entrada en el bolsillo de atrás y me seco las manos con la parte delantera de mis *jeans* nuevos. Cuando nos estábamos preparando, incluso a las chicas les pareció que el atuendo atrevido de Lo era inaceptable, y corrieron al centro comercial que hay dentro del Planet Hollywood para comprarme un atuendo completamente nuevo.

La blusa brillante con escote y los *jeans* ajustados se ven grandiosos, pero siento que no reflejan mi personalidad. Es como si estuviera andando por ahí en el cuerpo de otra persona. Al menos, ese mismo cuerpo tuvo el valor de negarse a usar los zapatos altísimos que Lo estaba tratando de ponerme y decidió usar plataformas cómodas pero atractivas.

—No hago esto todos los días. Es aterrador. —"Aterrador" es un eufemismo. Ni siquiera me sentí tan nerviosa e insegura de mí misma cuando presenté el examen de admisión a la universidad, y mi futuro dependía de esa prueba—. Creí que la torta de chocolate me calmaría —le digo a Lo—. Ni siquiera puedo dejar de temblar.

—No te angusties —dice Lo. Toma mi mano y seguimos a Grace hasta una fila acordonada donde un guardia con un polo negro revisa las identificaciones—. Saca tu identificación —me susurra entre dientes, mientras me empuja delante de ella—. La nueva.

Reorganizamos nuestras billeteras en el camino para ocultar nuestras licencias reales detrás de tarjetas de biblioteca, credenciales escolares y tarjetas de regalo de Starbucks, y poner en la parte delantera nuestras identificaciones recién adquiridas en fundas de plástico transparente.

Respiro profundo cuando el guardia revisa la identificación de Grace y sale sin dificultades de la fila. De repente considero sacar mi verdadera licencia de su escondite y enseñársela al guardia. ¿Qué tiene de malo? El espectáculo es para todas las edades, por lo que es imposible que no me dejen entrar. La única ventaja es el acceso al alcohol y, de todos modos, no tengo planeado beber.

Pero recuerdo a Lo y a Grace burlándose de mí durante la mayor parte del trayecto, desde Fontana hasta Barstow, cuando dije que no tenía planes de usar la identificación falsa durante el viaje, de modo que decido aventurarme y utilizarla, aun si hace que mi corazón lata tan fuerte, que juraría que el guardia puede oírlo por encima del estruendo del casino. Les prometí que me relajaría y me divertiría, y pienso en todas las locuras que había dejado de hacer durante los últimos cuatro años. Cumplir las reglas me había permitido estar a salvo, pero estar a salvo era aburrido. Saco la nueva identificación de mi billetera, contengo la respiración y se la entrego al guardia, haciendo mi mayor esfuerzo por mantener firme mi mano nerviosa.

El hombre ilumina con una linterna la parte posterior de la tarjeta, luego mira de cerca la fotografía, después me mira a mí y finalmente mira la fotografía de nuevo. Desliza su pulgar sobre el borde de la tarjeta, la pasa por un pequeño escáner y dice:

—Riverside, ¿eh? Una prima vive ahí.

El pánico me invade. Me hará preguntas sobre Riverside y no tengo forma de saber las respuestas, pues nunca he estado allí. ¿Cuál es mi nombre falso? Me descubrirá, me detendrán y luego me llevarán a la cárcel de Las Vegas. La policía llamará a mis padres y a mi escuela, y no podré ir a UCLA. ¡Malditas sean, Lo, Grace y Aditi Singh! Púdranse todas por arruinar mi vida.

Finjo una sonrisa, pero estoy segura de que me veo como una calabaza de Halloween espeluznante. Debo improvisar. Mentir. Hacer algo.

—Sí. Me mudé hace un par de años. Eh, después de la secundaria.

—Qué mal —dice—. Iba a preguntarte si fuiste a la escuela con ella. ¿Mercy Jordan?

Me encojo de hombros.

—No. Lo siento.

Me devuelve la licencia y sonríe, mientras envuelve una pulsera de papel alrededor de mi muñeca.

—Bueno. Que te diviertas. —Luego se da la vuelta para mirar a Lo, que está justo detrás de mí, y toma su identificación.

Dios mío. No puedo creer que funcionara. Usé una identificación falsa en un casino de Las Vegas en vacaciones de primavera y me salí con la mía. ¿En quién me he convertido?

Serpenteo entre los listones y me quedo esperando a Lo con Grace, cerca del puesto vacío de mercancía que hay afuera de la puerta de House of Blues. Trato de relatarle a Grace mi logro, pero ella me entierra un codo.

—Actúa como si nada hasta que estemos dentro.

El guardia parece estar mirando fijamente la identificación de Lo y haciéndole preguntas. Demonios. Estuve tan preocupada por evitar que me atraparan, que ni siquiera pensé en ella y en su estúpida fotografía poco mexicana. Me muerdo el labio y trato de parecer indiferente, como si fuera una chica perfectamente inocente a la espera de su amiga perfectamente inocente, pero, por dentro, mi estómago está en medio de una rutina de gimnasia y me imagino a Lo siendo arrastrada por el casino y arrojada por las puertas delanteras.

—¿En qué año te graduaste? —le pregunta el guardia.

Afortunadamente, Grace nos obligó a practicar ese tipo de preguntas en el auto. El hombre frunce el ceño ante sus respuestas, no obstante, sus ojos se desvían ligeramente hacia la creciente fila de personas que hay detrás de ella. Frunce el ceño cuando ve la fila, frunce el ceño cuando ve la identificación de Lo, le frunce el ceño a Lo. Sin embargo, después le devuelve su tarjeta, le pone una pulsera y la deja pasar.

—¿Qué pasó? —Agarro firmemente el brazo de Lo, completamente aliviada de que pudiera cruzar los listones y llegar junto a mí.

—¿Vieron eso? —pregunta Lo, en voz baja—. Pensé que me habían atrapado. El sujeto estaba dudando mucho de mi identificación.

—Te dije que debiste haber escogido a una chica que fuera mexicana.

—¡Pero esta chica se parece más a mí que las chicas mexicanas!

—Como sea. Funcionó. ¿Oíste cuando me preguntó si conocía a su prima?

—Me enorgullece que dijeras que te mudaste allí después de la secundaria —dice Grace—. La capacidad de mentir bajo presión es una habilidad invaluable de toda chica mala. Bien, ¡entremos!

Las tres entramos a House of Blues y me detengo en seco cuando me embisten los colores y los sonidos de la zona del restaurante.

—Vaya —digo—. ¡Miren qué lugar!

Las paredes están cubiertas de letreros de mal gusto, esculturas y decoraciones que se ven como algo que se usaría en un ritual vudú. La música *pop-punk* resuena por los altavoces mientras la gente cena y bebe. Giramos a la izquierda para bajar por las escaleras que están bajo un letrero de luces brillantes que dice GRITA SÍ, y me aferro a la barandilla con los nudillos blancos porque me tiemblan las piernas aún más que cuando estaba afuera. La planta baja tiene un escenario contra la pared del fondo y bares frente a las otras tres, y está empezando a llenarse de gente que está tomando sus bebidas y charlando en grupos frente al escenario, a pesar de que la banda de Nick solo estará en el acto de apertura y de que me aseguró que no esperaba que nadie viniera a verlos. Moxie Patrol, la banda principal, no subirá al escenario sino dentro de varias horas, y Nick dijo que ellos eran a los que la gente quería ver.

No obstante, no me importa Moxie Patrol. Lo único que en realidad me importa es poder estar en el mismo recinto que Nick Cooper. Veré a Nick en persona antes de que termine la noche.

Había una mesa con mercancía en la parte de afuera, pero solo estaba llena de cajas con camisetas y discos compactos de las bandas que se presentan esta noche. No vi a Nick allí, ni a nadie que pudiera reconocer de las fotografías que tiene en línea, por lo que mis ojos se mueven frenéticos entre la muchedumbre y el escenario en busca de él o de alguien que me resulte familiar, gracias a las muchas fotografías que me ha enviado. Mi corazón late con fuerza y mi rostro se calienta como si estuviera ardiendo. No estoy segura de si verlo es buena idea o no. Ambas posibilidades son completamente aterradoras.

—No sé si puedo hacerlo —le digo a Lo al oído—. Estoy aterrada. ¿Qué pasa si no lo reconozco?

—Hannah, tienes un millón de fotografías de él en tu teléfono. Has hablado con él por videoconferencia. No seas tonta. Seguramente lo reconocerás.

Tiene razón, sé que la tiene, pero tengo que ver una fotografía de él, por si acaso. Sin embargo, mi mano tiembla ante la idea de ver al Nick de la vida real y tiene dificultades para manipular mi teléfono. De algún modo, me las arreglo para revisar las fotografías guardadas hasta que encuentro una de mis favoritas. Me la envió vía mensaje de texto hace unos meses, cuando Alex encontró un perro callejero paseando por el parque de patinaje y se lo llevó a casa. En la fotografía, Nick sostiene al perro al que nombraron Bobo, un schnauzer enrazado con un bigote majestuoso, cerca de su rostro, mientras este le lame la mejilla. La fotografía capta la sonrisa de sorpresa de Nick y puedo imaginar el sonido de su risa fuerte y repentina en mi oído mientras la miro. Su risa siempre suena como si se estuviera divirtiendo más que cualquier otra persona y me hace querer reír en cuanto la escucho. En esta fotografía, su pelo castaño claro está peinado en una cresta falsa, sus gafas, de marco negro y grueso, casi se le resbalan por la nariz, sus ojos tienen unas pequeñas arrugas a los costados y él tiene una sonrisa enorme y sincera en su rostro. Se ve absolutamente radiante. Me encanta esta fotografía porque es muy natural. Sé que así se ve Nick cuando nadie lo está mirando.

Lo mira por encima del hombro la fotografía que tengo en mi teléfono y me mira con la boca ligeramente abierta.

—¿Cómo es que no habías venido antes a Las Vegas para sobrepasarte con él?

—No sé, ¿de acuerdo? En serio, las cosas no son así entre nosotros.

—Déjame ver más fotografías —dice ella—, digo, para ayudarte a buscarlo. —Le entrego mi teléfono para que ella misma las revise—. Aunque dudo de que tengamos problemas para encontrar al sujeto más sexi de todo el lugar. Por Dios, Hannah. No entiendo por qué no vas tras sujetos como este en casa. Tus novios habituales son muy aburridos, unos pelmazos

—Está bien, ya entendí, soy estúpida.

—No estoy diciendo que seas estúpida. Solo digo que más te vale no estropear lo que sucederá esta noche. —Lo me regresa el teléfono—. Busquemos un lugar para diseñar una estrategia. Parece que tenemos unos treinta minutos antes de que empiece el espectáculo.

Nos abrimos camino entre los grupos de personas. Grace siempre dice que a la mayoría de las personas no les interesan las bandas teloneras y que este tipo de lugares no se llena sino hasta cuando el acto de apertura comienza. Me pregunto si estas personas son amigos de Nick y de su banda. Está un poco oscuro como para poder reconocer a la gente que hay en las fotografías que he visto pero, de todos modos, observo sus rostros.

—¿Está aquí Nick? ¿Ya lo viste? —pregunta Lo a medida que avanzamos a través de la pequeña multitud del House of Blues.

—No lo veo. —Intento parecer tranquila, pero la idea de ver a Nick por primera vez, verlo de verdad, me tiene tan alterada que no creo que pueda hablar. Seco de nuevo mis manos sudorosas en mis *jeans* y me doy la vuelta para mirarla.

Obviamente, tengo mis nervios escritos en todo el rostro porque Lo me toma por los hombros y me abraza.

—Puedes hacerlo —dice—. Es evidente lo que siente por ti. Verte aquí sin duda cambiará su vida, y lo sabes.

En algún lugar en lo más profundo de mi mente, sé que así es. Es el mismo lugar donde guardo nuestras conversaciones telefónicas nocturnas susurradas; todos los secretos que me ha confiado, como las tensiones constantes con su hermano; y la suavidad de su voz cuando me llama Fantasma. Trato de aferrarme a las cosas que sé, pero la parte de mi cerebro que me dice que soy un desastre no se quiere callar. "Te equivocas, Hannah —dice—. Lo vas a avergonzar. Estás arruinando todo. Vete ahora, antes de estropearlo todo".

Trato de sonreírle a Lo.

—Parece que te doliera algo —dice Grace, mientras se abre paso por detrás de Lo con una bebida en la mano—. Nick no querrá besarte si te ves como si estuvieras a punto de vomitar en sus zapatos. —Grace inclina su cabeza hacia la zona del escenario, donde hay un espacio vacío a un lado.

Las tres sorteamos la pequeña multitud y formamos un círculo.

—Muy bien —dice Grace—. Necesitamos un buen plan de acción.

—Creo que es importante que tú lo veas antes de que él te vea a ti —dice Lo—. De esa manera, no te tomará por sorpresa.

Asiento con la cabeza, aún incapaz de hablar.

—Por eso, este lugar es perfecto. —Grace toma un sorbo de su bebida—. Estamos casi en el rincón, por lo que podremos ver a todos. Es el lugar ideal para espiar.

—Además tenemos una buena vista de todos los mal vestidos —dice Lo—. Miren a ese tipo de allí. Detesto que los chicos piensen que los pantalones cortos de baloncesto son un atuendo aceptable para salir en público. Amigo, parece que estuvieras en piyama. Ponte unos pantalones de verdad, por favor.

Me desconecto de su comentario colorido mientras observo el escenario y la multitud. Varios chicos deambulan por el escenario para instalar los instrumentos de la primera banda, que tiene que ser Automatic Friday. No reconozco a ninguno al principio, pero luego un chico de pelo oscuro sale con una guitarra, y sé de inmediato quién es. Lo reconocería incluso sin el horrible peinado de los ochenta.

—¡Ese de ahí! —digo en un susurro que parece grito, y señalo el escenario—. Es Oscar. Es el mejor amigo de Nick.

—¿Cuál? —pregunta Lo, al mismo tiempo que Grace dice:

—¿El de la camisa de Volcom?

—Sí. Es Oscar Patel. Toca el bajo, habla tres idiomas, tiene un gato llamado Mando y tiene miedo a las alturas. —Podría recitar de un tirón otros datos al azar acerca de Oscar, pues Nick ha compartido conmigo varias cosas sobre él a lo largo de los años, pero la gran piedra que se hunde en mi vientre me lo impide. Oscar está aquí, justo enfrente de mí, y eso significa que Nick está en este lugar, en algún lado. Intento respirar profundo, pero me atoro y termino tosiendo durante varios segundos antes de poder respirar de nuevo.

Lo me golpea en la espalda con su palma abierta.

—Eres un desastre.

—Bueno, si Oscar está aquí, entonces Nick debe estar en alguna parte. —Grace toma otro gran trago y lo comparte con Lo mientras yo sigo buscando entre la multitud. ¿Tendrá puesto un sombrero? ¿Tendrá puesta su camiseta de la suerte de Rage Against the Machine? ¿Tendrá puestas sus gafas? ¿Se verá en persona como lo hace en todas las fotografías que me ha enviado?

—¡Creo que es él! —chilla Lo, y sigo su dedo, que apunta al otro lado del recinto. En el escenario, detrás de la batería, está Nick. Tiene la camiseta de Rage, un suéter con capucha y una chaqueta de cuero encima. Su pelo castaño se ve desordenado y en punta, exactamente como en las fotografías. Trae puestas sus gafas y se ve concentrado mientras se esfuerza por instalar algo en la batería.

Es él. En persona.

El mundo que me rodea se detiene de repente y quedo boquiabierta. Intenté prepararme para, e incluso anhelé un poco, la posibilidad de que tal vez no fuera tan apuesto en persona como en las fotografías. Pero la verdad es que sucede todo lo contrario. Se ve incluso mejor, absolutamente hermoso, con la boca torcida mientras atornilla el platillo en su atril.

Nick. Está aquí. Cuatro años de amistad, innumerables chats en línea y llamadas telefónicas nocturnas, y aquí está, al otro lado del recinto, más real de lo que ha sido nunca.

—Deja de mirarlo y ve a decirle algo —dice Lo.

—Hay una barrera delante del escenario —digo—. No puedo…

Grace se inclina y empuja mi hombro.

—No es una pared de ladrillos. Aún te puede ver. Ve —dice—. Ve antes de que empiece la presentación.

No sé si puedo lograr que mis piernas se muevan porque esa voz pesimista en mi cabeza regresa más fuerte que nunca. "¿Y si no le importa? ¿Y si se molesta porque estoy aquí?". Aun así, tengo que verlo. Tengo que hablar con él. Después de todo este tiempo, al menos tengo que dejar de ser un fantasma.

—Aquí voy —murmuro, y comienzo a caminar hacia el escenario. Supongo que me acercaré a la barrera, gritaré su nombre y luego… veré qué pasa. Tal vez me alce y me dé vueltas. Tal vez me bese en ese mismo momento. No puedo quitarme la sonrisa de mi rostro de solo pensarlo.

Lo y Grace gritan para animarme, mientras pongo un pie delante del otro hasta que casi llego, y entonces…

Entonces una chica aparece desde la parte de atrás del escenario. Una chica menuda y pelirroja. No es un rojo vivo, sino más bien como el de los lápices de color. Seguramente lo tiñó ella misma en un lavabo o en una bañera, como lo había hecho Grace esa mañana. Trae puestos unos *jeans* ajustados, una camiseta holgada, pero no tan holgada como para no poder ver sus enormes senos. Parece ser de esas chicas modernas o *groupies* que dicen que "vienen con la banda". Esta chica menuda y pelirroja, con aspecto de ser genial, se pone detrás de Nick y lo rodea con sus brazos. Luego se inclina hacia delante y le da un beso en el cuello y, justo cuando ella lo hace, él sonríe, probablemente al reconocer el peso que se apoya en su espalda y sentir el roce de sus labios sobre su piel. Mientras él sonríe, levanta la mirada directamente hacia la multitud, directamente hacia mí, y permanezco de pie frente a la barrera como una idiota, con un gesto de horror, al darme cuenta de que Nick tiene novia.

Capítulo **8**

NICK Y YO NOS MIRAMOS fijamente durante varios segundos, horas o eternidades antes de que alguno de los dos pueda reaccionar.

De hecho, es su novia quien rompe el silencio.

—Dios mío, ¿es Hannah? —La chica desenrolla los brazos de la cintura de Nick y se apresura a ir al borde del escenario, donde se agacha y mira directo a mi rostro—. ¡Hannah! ¡Viniste! ¡He oído hablar mucho de ti! —La chica salta del escenario y me da un abrazo fuerte por encima de la barrera—. Es grandioso conocerte. ¡Estoy muy emocionada!

Me quedo ahí y dejo que esa chica diminuta, que sabe mi nombre, me abrace porque no sé qué más hacer, pero mis brazos cuelgan inertes a mis costados y sigo mirando fijamente a Nick, que se ve tan sorprendido y confundido como yo me siento.

La chica me suelta, pero no para de hablar.

—Lo siento mucho. Qué grosera soy. Soy Frankie, la novia de Nick.

Lucho contra el impulso de vomitar cuando Frankie dice esas palabras en voz alta. Si había tenido alguna duda acerca de lo que sentía en verdad por Nick, el deseo de vaciar el contenido de mi estómago al conocer a su novia lo confirma todo.

—Nick no me dijo que ibas a venir. —Frankie mira a Nick y supongo que se da cuenta de que la expresión de sorpresa de su rostro coincide con la mía, por lo que finalmente comprende lo que sucede—. Ya entiendo, ¿era sorpresa? ¡Genial! ¡Me encantan las sorpresas! —Me da un abrazo de nuevo, por desgracia, y salta. Sigo sin devolverle el abrazo. Esta vez giro la cabeza hacia donde están Lo y Grace, y veo que nos miran boquiabiertas. Casi no hay bocas cerradas en este lugar.

—Esto es grandioso —aclama Frankie—. Me alegra mucho que estés aquí.

Intento darle sentido a lo que está sucediendo, pero el interior de mi mente es como un castillo inflable lleno de pensamientos que rebotan por todas partes. ¿Quién? ¿Qué? A estas alturas, Nick ya caminó hasta el borde del escenario, pero sigue callado, con los ojos completamente abiertos por la sorpresa y su boca se abre y se cierra como un pez sobre la cubierta de un barco.

Finalmente, Frankie me devuelve mi espacio personal.

—Nick, si quieres termino de ensamblar la batería. ¡Ustedes dos deben hablar! —Frankie le extiende la mano y él la ayuda a subir al escenario, donde da saltitos y aplaude de emoción, le da un beso en la mejilla y regresa a donde está la batería para seguir haciendo lo que fuera que Nick había estado haciendo.

Con eso nos deja a Nick y a mí a solas, mirándonos anonadados. Él está en el escenario muy por encima de mí, por este motivo, salta para que quedemos frente a frente.

Está aquí mismo. Justo enfrente de mí. Después de todo este tiempo.

Y además tiene novia.

—Fantasma —dice, y su voz suena prácticamente igual a como lo ha hecho siempre durante nuestras largas conversaciones, aunque también suena muy diferente sin la interferencia del teléfono ni del computador. Considero la posibilidad de buscar la moneda que hay en mi bolsillo para mostrársela y hacer algo o decir algo, pero antes de siquiera poder moverme, Nick salta la barrera, me acerca a él y me rodea con sus brazos.

Lucho contra la ira, la decepción, la negación y una profunda y dolorosa tristeza, pero tan pronto como Nick me toca por primera vez, todos esos sentimientos desaparecen y lo único que me queda es lo increíblemente perfecto que se ve y el hecho de que verlo en la vida real es la respuesta a muchas preguntas que nunca me había dado cuenta de que había estado haciéndome. Apoyo la cabeza en su hombro, pongo mis manos alrededor de su espalda con fuerza y lo siento por primera vez. El cuero de su chaqueta se siente suave bajo mis dedos, y él huele a productos capilares y a colonia de chico limpio. Nick es real. Es una persona real que está en mis brazos, no es solo una voz en el teléfono o un nombre en la pantalla.

—Hola —digo, hundida en su chaqueta.

Quiero quedarme en sus brazos todo el día y, a juzgar por la firmeza con que apoya sus manos en mi espalda y me acerca a él, me da la impresión de que a él tampoco le importaría. Me sorprendo cuando se aparta y comienza a moverse de forma incómoda cuando levanto mi cabeza hacia él.

—¿Qué haces aquí? —Tiene un tono de incredulidad y habla en voz baja, pero no hay nadie junto a nosotros e, incluso si lo hubiera, no podría oír por encima del estruendo de la música que invade el lugar.

Me encojo de hombros y miento con descaro.

—A Grace le dieron la oportunidad de venir aquí a hacer su práctica. —Las mentiras fluyen más fácilmente ahora que cuando estaba afuera con el guardia—. Fue algo de última hora, y…—Sin pensarlo, extiendo la mano para tomar la de él, pero, justo cuando hacemos contacto, ambos nos apartamos rápidamente. Miro mi mano. No estoy acostumbrada a tener este tipo de contacto con él mientras hablamos, y no puedo manejarlo. Es demasiado real. Tan real que duele—. Pensé en darte una sorpresa.

El rostro de Nick se retuerce, y él pasa la mano por su pelo, revolviéndolo aún más. El aire que hay entre nosotros cambia, y la calidez y la comodidad son reemplazados por un vórtice polar helado. Qué extraño. Aunque apenas hace un minuto abrazarlo e intentar tomar su mano parecía lo más natural del mundo, como respirar o hablar, ahora hay cierta frialdad entre nosotros, y eso hace que respirar parezca difícil o que hablar sea complicado. ¿Qué fue lo que cambió?

—Eh... —Empiezo a parlotear con la esperanza de volver a donde estábamos hace un minuto—. Me emociona poder ver a la banda. —Sonrío, pero, por algún motivo, él hace una mueca, y la frialdad se convierte en bloques de hielo que se acumulan para formar un muro congelado—. Y, eh, Frankie parece ser una persona agradable. —"Agradable" es una forma de describirla. "Demente" es otra. "Maldita sorpresa desagradable" también es una excelente opción—. ¿Hace cuánto que…?

—Unos tres meses —murmura Nick. Mete las manos en los bolsillos y mira el suelo.

Tres meses. Ha tenido novia durante tres meses y nunca la mencionó. Ha guardado este secreto durante tres meses. Me mintió. Le hablé de Josh la misma noche en que nuestra relación fue oficial. Le hablé de todos los novios que he tenido. Ni siquiera se me ocurriría ocultarle un secreto así.

—Vaya. Tres…

Necesito más información, pero se vuelve hacia el escenario, donde Frankie sigue ocupada ensamblando la batería, y me interrumpe.

—Frankie es grandiosa.

—Eh… —No sé qué decir. De todo lo que había esperado que sucediera cuando nos encontráramos, nunca creí que tendríamos problemas para hablar. Hablar es lo que hacemos mejor, lo que no podemos dejar de hacer. En algún lugar en lo profundo de mi mente, pensé que tal vez sería incómodo vernos en persona, pero nunca, jamás imaginé que me costaría hablar con él.

La sorprendente distancia que nos separa duele en un lugar oscuro muy dentro de mí. Lo veo mirando el escenario otra vez. Frankie. Esto es culpa de ella. De su estúpida novia.

En ese momento sé que voy a odiarla.

—Bueno, creo que es mejor que te prepares para la presentación. —No quiero irme, pero tengo que salir de ahí. Nada sucedió como debía hacerlo, para nada, y estoy molesta con ambos—. Estaré por allá—. Extiendo mi mano hacia nuestro rincón, donde sé que Grace y Lo están atestiguando todo como si se tratara de un *reality show* de poca monta—. En caso de que quieras hablar después o si hay algo más que me quieras decir.

Tan pronto como me doy la vuelta para dirigirme hacia las chicas, siento que mi rostro se contrae. Quiero devolver el tiempo cinco minutos atrás y hacer todo otra vez, o devolverlo seis minutos y no acercarme al escenario. Quiero volver al día de ayer y nunca tomar la terrible decisión de arruinar nuestra amistad, o volver tres meses atrás y retractarme de lo que le dije a Nick cuando me llamó ebrio.

Malditos sean los viajes en el tiempo. ¿Por qué no son posibles?

—¿Qué está haciendo? —digo tan pronto llego a donde están las chicas.

—¿Qué demonios pasó? —pregunta Grace.

—¿Qué está haciendo? —siseo entre dientes.

—Te miró boquiabierto mientras caminabas hasta acá —dice Lo—. Luego regresó al escenario y ahora está hablando con ese tal Oscar. Oh. Parece que están discutiendo.

—¿Qué-demonios-pasó? —Grace vuelve a preguntar—. ¿Quién es esa chica?

Dejo salir un suspiro largo y dolido, y cubro mi rostro con las manos.

—Es su novia. La chica pelirroja con senos enormes se llama Frankie. Han estado juntos desde hace tres meses. Parece el conejo de Pascua atiborrado de anfetaminas y es su novia.

—Maldición —dice Grace. Está tomando su segundo trago y se lo bebe como si estuviera en una isla desierta y eso fuera lo único que se interpusiera entre vivir y morir—. Eso sí que es inesperado.

—Es horrible. —Descubro mi rostro para mirarlas—. Fue bueno por un minuto. Me abrazó y fue increíble. Pero luego las cosas se pusieron extrañas, ninguno sabía qué decir y seguramente él ni siquiera quiere que yo esté aquí, por lo que me asusté y me fui, y ahora es probable que nunca más hable conmigo. Lo arruiné todo.

Grace frunce el ceño.

—En primer lugar, no arruinaste nada. Tú no eres quien tiene una novia secreta, de modo que no debes culparte. En segundo lugar, toma, lo necesitas. —Grace me entrega su copa.

Considero la posibilidad de rechazarla, pero cambio de opinión y tomo un sorbo grande. Beber no estaba en la lista de cosas que haría hoy, pero tampoco descubrir que Nick tiene novia, y Grace siempre me dice que debo ser más flexible. El sabor del refresco de lima-limón mezclado con alcohol puro llena mi boca, y todo mi cuerpo se estremece cuando me obligo a tragarlo.

Identificaciones falsas y alcohol en una sola noche. Ni siquiera me reconozco.

—Sigo sin sentirme mejor —digo, mientras le devuelvo la copa.

—Bien, no mires atrás —dice Lo. Giro la cabeza hacia el escenario, pero Lo me toma del brazo y me da un tirón hacia delante—. Te dije que no miraras atrás. Dios, tienes que aprender a seguir instrucciones.

—¿Qué sucede? —No puedo ocultar el pánico que revela mi voz conforme imagino el peor de los casos, que al parecer había estado acechando en las sombras del mejor y más esplendoroso de los casos con los que había soñado despierta durante los últimos años—. ¿La banda está empacando todo y va a salir corriendo antes de que yo lo note? ¿O Nick está besando a esa chica en el escenario?

—No. —Lo se inclina hacia nosotras, como si acaso hubiera alguna posibilidad de que Nick y la gente del escenario la oyeran—. Nick sigue discutiendo con ese tal Oscar, y Oscar estaba mirando hacia acá y apuntando a donde estamos. —Lo muerde el interior de su boca—. Oscar es muy apuesto, por cierto.

—¿Ahora sí puedo mirar? —Me vuelvo hacia el escenario sin esperar una respuesta. Nick está de espaldas a mí y agita sus brazos; su postura y su lenguaje corporal dicen a gritos que está molesto, irritado o que quiere estar en cualquier lugar menos en este. Oscar se ríe. Mi corazón se hunde hasta el sótano de House of Blues.

—Vean, está tratando de pensar en la manera de deshacerse de mí. —Me vuelvo hacia las chicas—. ¿Deberíamos irnos? Dios, ya me puse en ridículo, es obvio que no quiere que esté aquí.

—De ninguna manera —dice Grace—. Vinimos hasta aquí, te escuchamos hablar una y otra vez de ese sujeto durante cuatro horas en el auto y hemos oído de él desde hace años. Nos quedaremos a verlos tocar.

—Pero…

—Nada de peros, Hannah. Las cosas no salieron como esperabas y ahora tienes que afrontarlo. No vas a tirar por la borda cuatro años de amistad solo por una conversación incómoda.

—Y una novia —añado.

—¿Y qué si tiene novia? —dice Lo, dándome palmaditas en el hombro—. No importa. Estoy segura de que ha tenido otras novias desde el octavo grado, ¿verdad?

Ha tenido varias novias, así como yo he tenido varios novios. Pero esas novias nunca me molestaron. En parte porque nunca me hablaba mucho acerca de ellas sino hasta después de que habían terminado, por lo que nos concentrábamos en las razones por las que la relación no funcionó; y en parte porque no pensaba en Nick de esa manera. Solo eran chicas, no competencia.

Pero ¿esta chica? Aún no sé nada acerca de Frankie. Nunca la mencionó ni una sola vez, por este motivo no tengo ni idea de si su relación es seria, o de si ella representa una verdadera competencia.

Además, él fue mío primero.

—Sí, pero...

—Perfecto —dice Grace—. Si pudiste afrontarlo antes, podrás afrontarlo ahora. Ponte tus pantalones de niña grande, mira el espectáculo, anima a tu amigo y habla con él de nuevo cuando haya terminado de tocar. Apuesto a que las cosas van a salir mucho mejor y en ese momento podrás comprender por qué demonios tiene novia.

Detesto cuando mi hermana alocada es la voz de la razón, pero está en lo cierto, no puedo irme, no cuando las cosas están así.

—Sabes que quieres escucharlo tocar esas canciones —dice Lo.

Y eso es lo que me mantiene aquí. Es lo que más quiero. Quiero ver si me mira cuando toca. Sé que Jordy es quien escribe las canciones y las canta, pero me siento identificada con la letra y necesito escucharlos en vivo, solo para calmar mi alma.

—Está bien —digo, cubriéndome de nuevo el rostro con las manos—. Una canción.

Capítulo 9

Hace tres meses

HAY UNA HISTORIA DE NICK que no les conté a Grace ni a Lo. Preferí reservármela porque nunca he estado segura de lo que significa, y sé que nunca voy a contársela a ellas porque, después de Frankie y de ese momento incómodo, me di cuenta de que no importa.

Hace unos tres meses estaba en medio de un sueño en el que iba a Berkeley, pero Berkeley quedaba en una isla tropical y yo iba a todas mis clases con un sostén de cocos que se me escurría, cuando, de repente, algo me trajo de nuevo a la realidad.

Mi teléfono.

Era el tono de llamada de Nick.

Me senté en la cama y tanteé la mesita de noche hasta que mis dedos encontraron el teléfono. No sabía qué hora era, pero había avanzado bastante en mi sueño y todavía estaba completamente oscuro, por lo que debía ser medianoche.

—¿Nick? ¿Qué ocurre? ¿Estás bien? —Pensé que la única razón por la que estaría llamando tan tarde era porque estaba muriendo a un lado de la carretera o algo así.

Un escándalo inundó el teléfono.

—¡Fantasma! —gritó por encima del estruendo—. Saldré para poder oírte. Espera un momento. —Pasos, más pasos, un golpe y luego el ruido de fondo se desvaneció.

—¿Dónde estás? ¿Qué sucede?

—Estoy en una fiesta. Estoy en la fiesta de Jeff.

—¿Estás bien?

—Sí, estoy bien, estoy bien. —Su voz sonaba afectada, como si estuviera ebrio—. Te envié un mensaje. Te envié un mensaje de texto. ¿Viste mi mensaje?

Miré mi teléfono y vi una notificación de tres nuevos mensajes de texto en la esquina de la pantalla.

—Tal vez estaba dormida cuando llegaron —dije bostezando—. ¿Qué querías?

—Solo quería hablar contigo —dijo—. Voy a sentarme, espera. —Se oyeron más pasos del otro lado de la línea y luego un golpe fuerte—. ¡Te caíste! ¡Te dejé caer en el césped! —Su voz sonaba distante—. No te encuentro. ¡Di algo para poder encontrarte!

—Nick —dije tan fuerte como pude. Mis padres no tienen un sueño muy profundo, y explicar esa llamada telefónica en medio de la noche no sería divertido—. Nick, estoy en el césped. ¡Recógeme!

—Te estoy buscando —dijo, y sonaba más cerca—. ¡Ahí estás! ¡Te encontré! —Su voz se oía clara en mi oído de nuevo—. ¿Por qué intentas huir de mí, Fantasma?

—Sabes lo torpe que soy. No pueden llevarme a ninguna parte.

Se quedó en silencio durante unos segundos, por lo que intenté hablar de nuevo.

—¿Está todo bien, Nick? ¿Necesitas algo? ¿Hay alguien que te pueda llevar a casa? No quiero que conduzcas en ese estado.

—No conduciré. La banda tocó en la fiesta. Alex está aquí. Él me llevará a casa. No está bebiendo, pero está, eh, ocupado en este momento. Ocupado con alguna chica. No sé. Están en la habitación de Jeff. Él está muy molesto. Ya sabes cómo se pone Jeff.

—La verdad no. No conozco a Jeff. —Me molestaba que me hubiera despertado, pero no lo suficiente como para colgarle. El Nick ebrio era entretenido.

—No, no lo conoces, Fantasma. No conoces a mis amigos. Porque eres un fantasma. ¿Por qué eres un fantasma? ¿Por qué no estás aquí? ¿Por qué estás tan lejos de mí?

Rodé para quedar sobre mi costado y puse el teléfono aún más cerca de mi oído.

—Porque así son las cosas. Tú vives en Las Vegas y yo en el condado de Orange, y no hay nada que podamos hacer al respecto.

—No es tan lejos, Fantasma. No es tan lejos.

—Son cuatro horas en auto y hay que cruzar una frontera estatal. Es un camino largo.

—Lo recorrería ahora mismo, ¿sabes? Me subiría a un auto y conduciría cuatro horas para verte. Tengo muchas ganas de verte, Fantasma. Conduciría hasta allá en este mismo instante.

Algo dentro de mí se estremeció y los vellos de mis brazos se erizaron. Nick nunca había dicho algo así. Cuando fracasó nuestro encuentro en Barstow, nunca volvimos a hablar al respecto, pues ambos comprendimos que era una distancia con la que no podíamos lidiar y acordamos que algo más que una amistad virtual era simplemente imposible.

—No irás a ningún lado. ¿Cuánto bebiste? —Tenía que cambiar de tema con urgencia. La conversación se dirigía hacia un terreno peligroso y no me creía capaz de sortear todas las minas en medio de la oscuridad.

—Bebí unas cuantas cervezas. Trajeron un barril, pero ya se acabó. Se acabó, y Alex me obligó a tomar uno o dos tragos de algo porque dijo que si me embriago tal vez comience a actuar como una persona normal y a dejar de ser tan extraño todo el tiempo, o algo así. Algo que diría Alex. No sé.

—Qué idiota —murmuré—. ¿Te sientes bien?

—Sí, estoy bien. —Dejó escapar un suspiro—. Siempre me cuidas bien, Fantasma. Incluso en el teléfono, siempre estás pendiente de mí. ¿No recibiste mis mensajes? Te envié varios mensajes de texto.

—Veo que llegaron a mi teléfono. ¿Quieres que los lea ya mismo? ¿O quieres decirme lo que dicen?

—Léelos más tarde. No quiero que me cuelgues. Quédate en el teléfono conmigo. Alex está tratando de conquistar a una chica para poner celosa a otra chica, pero a la otra chica no le importa. Es una tontería. Alex es tonto. —Se rio—. Eres la única persona con quien puedo hablar. Quédate conmigo hasta que Alex salga de la habitación de Jeff y me lleve a casa.

—Por supuesto —dije, aunque no tenía ni idea de cuánto tiempo iba a tardar. Esponjé mi almohada, la hice un ovillo y apoyé el teléfono sobre ella para no tener que sostenerlo. Nick comenzó a resumir los acontecimientos de la fiesta de Jeff: quién estaba de conquista, quién estaba viviendo un drama, quién era un desastre, la historia de Alex y la chica a la que estaba tratando de poner celosa. Siempre me hablaba como si conociera a todas esas personas en la vida real y, al final, sentía como si estuviera allí en la fiesta.

—Deberías estar aquí, Fantasma. Deberías estar aquí en este instante.

—Ajá… —Me estaba quedando dormida, pero me obligué a permanecer despierta porque le había prometido que me quedaría en el teléfono con él. Mis ojos se cerraban, pero sacudí mi cabeza un poco para obligarlos a abrirse de nuevo—. Ajá.

—Deberías estar conmigo, Fantasma. Deberíamos estar juntos, ¿no crees?

Mis párpados se abrieron de golpe.

—Espera, Nick…

—¿Qué? —Parecía sinceramente confundido por mi reacción, como si hubiera olvidado lo que acababa de decir. Pero yo no podía olvidarlo.

Y no quería que lo dijera otra vez.

—Detente.

Nick bajó la voz hasta convertirla en un susurro que era casi de complicidad, como si estuviera a punto de contarme su plan ultrasecreto para dominar el mundo y quisiera que lo ayudara a llevarlo a cabo.

—No me digas que nunca lo has pensado, Fantasma. En nosotros. Sabes que lo has hecho.

—No. No lo he hecho. —Negué con la cabeza, aunque sabía que no podía verme. De hecho, saber que no podía verme me hizo sacudirla con más fuerza, como si sacudir mi cabeza en el condado de Orange pudiera tener un efecto mariposa que originara un huracán de "noes" en Las Vegas—. No pienso en ti de esa manera, Nick. Nunca lo he hecho. De ninguna manera.

No era cierto. De hecho, era una mentira absurda. Había estado pensando en él de esa manera cada vez más, pero la mentira fue lo primero que vino a mi mente y a mis labios y, una vez salió, no podía retractarme. De todos modos, esa mentira era una mejor manera de vivir. Tenía mucho más sentido que la verdad. Nunca podría estar con Nick. Vivía a cientos de kilómetros y no quería un novio virtual a larga distancia. Dejar las cosas entre nosotros como estaban, siendo amigos, solo amigos, en línea, por teléfono, por videoconferencia, era lo más lógico.

De modo que seguí hundiéndome en la mentira; era como si no pudiera detenerme.

—Me refiero a que lo nuestro no podría ser más platónico. Apenas si te considero como un chico. Bien podrías ser Lo.

Nick dejó escapar un largo suspiro.

—Ya entendí. No hace falta que lo repitas una y otra vez. —Su voz todavía sonaba afectada por la cerveza, pero a eso se le había sumado un tono de resignación, de derrota.

Mi insistencia enfática en que nunca habría nada entre nosotros fue una reacción tan visceral, que no me detuve a pensar en cómo tomaría mi rechazo rotundo y, cuando oí la tristeza en su voz y entendí que era mi culpa, bueno, por un instante pensé en retractarme, disculparme y decir: "Olvídalo. Es mentira. Lo siento". Si una mentira lo estaba poniendo triste, ¿por qué no arreglar las cosas con la verdad?

Sin embargo, se oyó un escándalo de su lado de la línea y la oportunidad se esfumó.

—Alex ya terminó —dijo—. Quiero decir que está aquí. Me va a llevar a casa. Tengo que irme.

Con todo lo que estaba pasando entre nosotros, no supe qué decir. Por ese motivo dije:

—Está bien.

—¿Podemos…?

Pero no dejé que me preguntara si podíamos pretender que nunca había ocurrido. Las cosas ya eran bastante incómodas entre nosotros.

—Envíame un mensaje cuando llegues a casa, ¿de acuerdo? Avísame si llegaste bien.

—¡Nick! ¡Date prisa! —Los gritos de Alex eran tan fuertes que podía oírlos claramente de mi lado de la línea.

—Está bien. Eh... Adiós, Hannah. —Y antes de poder responderle, de decirle buenas noches, de molestarlo por decir mi nombre real, de hacer un comentario gracioso en un esfuerzo a medias por reducir la incomodidad entre nosotros, colgó.

Me senté con la espalda recta sobre mi cama, parpadeando en la oscuridad y tratando de procesar la conversación que acababa de tener. Estaba ebrio, estaba muy ebrio. Sus palabras se arrastraban y no sabía de lo que estaba hablando. Él y yo juntos. Era imposible que estuviera hablando en serio. Descartar esa idea de inmediato era lo único lógico que podía hacer, la mejor manera de evitar la incómoda e inevitable conversación del día siguiente. ¿No?

Miré la hora en mi teléfono: 2:15 a. m. No era la hora en que la gente normal hacía llamadas telefónicas para expresar sus sentimientos. Era la hora para llamar a los amantes. Seguramente fueron los efectos del alcohol.

Busqué mis mensajes entrantes. Había tres, y todos eran de Nick, enviados en varios momentos de la noche.

A las 11:57 p. m.:

¿Estás despierta, Fantasma? Esta fiesta
es un asco. Desearía que estuvieras aquí.

A la 1:03 a. m.:

¿Por qué vives tan lejos? El sofá que tengo a mi lado sería un hogar mucho mejor para ti.

Luego, a la 1:41 a. m.:

Tú y yo. ¿Qué piensas? Necesito una amiga.

Me quedé mirando la pantalla de mi teléfono, tratando de darle sentido a todo eso. Los mensajes de texto de un borracho jamás deben ser tomados en serio. Eso lo aprendí de mi amistad con Lo. A veces tenía que impedirle físicamente que enviara mensajes de texto en las fiestas porque sabía que les escribiría disparates a todos sus ex.

Eso quería decir que no debía tomarme en serio nada de lo que había sucedido y, si no debía tomármelo en serio, no debería sentirme mal por haberle mentido. ¿No?

No pude dormir después de eso. Me envió un mensaje unos quince minutos más tarde para decirme que estaba en casa, pero, por primera vez en cuatro años, no supe qué decirle. Le respondí con un emoticón de una mano con el pulgar hacia arriba, como solía hacer, y traté de cerrar los ojos, pero mi mente repasó incesantemente sus mensajes, nuestra conversación y mi respuesta.

¿Mi respuesta? ¿A quién engaño? Mi mentira.

Pasó al menos una hora hasta que mi mente se calmó como para conciliar el sueño, pero no tuve un sueño reparador. Di vueltas y estuve pendiente de mi teléfono, pues creía que podría llamar o enviar otro mensaje.

Creía que podría tener la oportunidad de retractarme.

A la mañana siguiente, sabía que tenía que decirle algo, pero no sabía qué. Después de pensar en ello durante horas y de no poder concentrarme en mi tarea, decidí aventurarme y enviarle un mensaje de texto.

¿Cómo te sientes?

Ese fue el mensaje. Completamente inocente, pero bueno para comenzar una conversación.

Le di vueltas al teléfono en mi mano hasta que respondió un minuto más tarde.

Nunca volveré a beber, pero sigo vivo.

>>Qué bueno. Estaba preocupada por ti.

Lamento haberte llamado tan tarde.

>>No te preocupes. Sabes que no me importa.

Por eso eres la mejor, Fantasma.

Fruncí el ceño al ver el mensaje en el teléfono.

¿Qué debía responder? ¿Acaso quería que dijera algo acerca de lo que había dicho?

Lo mejor era deshacerse de la idea, sortearla y hacer que las cosas volvieran a la normalidad lo antes posible.

Antes de pensarlo demasiado, escribí:

Sé que estabas ebrio anoche y que no era tu intención decir lo que dijiste. Olvidemos lo que sucedió, ¿te parece?

Oprimo Enviar.

Uf.

Nick no respondió de inmediato, lo que me pareció extraño porque sus mensajes anteriores llegaron casi un instante después de los míos.

Pasaron unos cinco minutos hasta que mi teléfono vibró con su respuesta.

OK

Eso fue todo lo que respondió.

Después de eso, tal como sucedió con lo de Barstow, las cosas continuaron como si nada hubiera sucedido.

Y así como así, empecé a vivir una mentira.

Capítulo 10

DESPUÉS DE VEINTE MINUTOS, dos tragos más para Grace y tres ataques de pánico, llega la hora de que Automatic Friday suba al escenario. Recojo mi pelo en un moño y lo suelto de nuevo unas setenta y cinco veces, y prácticamente me como toda la uña del dedo pulgar. En un intento por distraerme, Lo y Grace inventan historias malpensadas con casi todos los que están en el lugar, mientras destino cada gramo de autocontrol a evitar mirar el escenario, salir corriendo por la puerta o llorar porque mi amistad más preciada ahora está en ruinas.

Es casi imposible.

Mi objetivo principal es salir de esta situación. Veré a la banda tocar una canción, luego les diré a Grace y a Lo que bebí demasiado, que comí demasiado o lo que sea, y regresaré en taxi al hotel. No quiero hablar con Nick de su novia en persona, y mucho menos estando ella junto a nosotros, con sus pechos grandes sobre mi rostro.

Nick y yo hacemos todo lo demás en línea o con nuestros teléfonos, esto también lo podemos discutir del mismo modo.

Intento diseñar la estrategia de salida perfecta cuando las luces se apagan y la música *pop-punk* cursi se detiene a media canción. La multitud vitorea con poco entusiasmo y el teléfono vibra en mi bolsillo trasero.

Miro el mensaje mientras la banda sube al escenario. Es de Nick.

Lo lamento mucho, Fantasma.

¿Qué es lo que lamenta? ¿La incomodidad? ¿Estar con Frankie? ¿Habérmela ocultado? Pongo el teléfono de nuevo en mi bolsillo, indignada, molesta por primera vez en la historia por ver su nombre en la pantalla.

Mis dedos tamborilean sobre mi muslo cuando las luces iluminan el escenario, y siento una oleada de emoción muy a mi pesar. Sí, estoy enojada con Nick, pero esta música ha sido la banda sonora de mi vida durante los últimos años y la idea de ver a la banda tocar en vivo hace que la emoción me invada. Jordy, el mujeriego, está al frente; lo reconozco de inmediato por las fotografías etiquetadas que hay en el perfil de Nick y por los videos de YouTube de la banda. Lleva una camiseta sin mangas para mostrar los tatuajes que tiene en los brazos, y una sonrisa se extiende sobre su rostro mientras se lame los labios y observa la multitud. Lo está disfrutando. Oscar tiene su bajo colgado de los hombros, toca con la punta del pie el pedal que está al borde del escenario y su pelo de los años ochenta apunta a todas partes. Nick tenía razón en eso. En la batería está el chico nuevo, Drew: bajo, rechoncho y aún sin acoplarse a los demás chicos, y en la guitarra…

—Ese es Alex. —Grace se aferra a mi brazo con tanta fuerza que creo que toca el hueso—. No me dijiste que Alex estaba en la banda.

Efectivamente, el sujeto que puntea la guitarra no es Nick. Es Alex, su hermano mayor.

Si no hubiera visto a Nick, si hubiera entrado a House of Blues cuando la banda subió al escenario, seguramente habría pensado que Alex era Nick. Tienen la misma contextura, la misma estatura y el mismo pelo castaño. Lleva puesta una gorra de camionero sobre la frente, que oculta los detalles de su rostro en la penumbra, y una chaqueta de cuero como de motociclista, que oculta los tatuajes de su brazo derecho y es muy similar a la que Nick lleva puesta.

Pero Nick no es quien toca la guitarra. Es su hermano.

La banda comienza a tocar una de sus canciones más rápidas. A pesar de los tatuajes y de las camisetas desgarradas que hay en el escenario, su música es sorprendentemente suave. Suenan muy bien en vivo y la voz rasgada de Jordy se destaca en el lugar. Cambiaron ligeramente el arreglo de la canción *In My Head*, una de mis favoritas, lo suficiente como para que suene diferente de la versión grabada que pongo en mi habitación una y otra vez cuando estoy sola.

Pero ¿qué le pasó a Nick? ¿Por qué está Alex en el escenario en su lugar?

—Suenan grandiosos, ¿verdad?

Por alguna razón, Frankie se acerca furtivamente a mi lado. Tiene una tableta pequeña en la mano y una cámara enorme cuelga de su cuello. No me está mirando; su atención está centrada en la tableta mientras toca la pantalla, pero sé que es a mí a quien le habla porque prácticamente está gritando en mi oído.

—Sí. —Quito la mano de Grace de mi brazo y las miro a ella y a Lo, quienes están mirando al escenario confundidas, tal como lo había hecho yo un segundo antes—. ¿Y… dónde está Nick?

La chica pone la tableta entre sus rodillas y la aprieta con fuerza mientras sostiene la cámara y toma fotografías de la banda en acción.

—Ah, está afuera vendiendo la mercancía, como siempre. —Frankie deja que la cámara cuelgue de nuevo de su correa y vuelve a tomar la tableta—. ¿Les importa si me quedo aquí un rato? Tienen una vista grandiosa del escenario y hoy traje muchas cosas conmigo. —Se acerca hacia las chicas—. Hola, soy Frankie.

—Eh, ella es mi hermana Grace y ella es mi mejor amiga, Lo. —Seguimos gritando por encima de la música proveniente del escenario.

—Un momento. ¿Nick siempre vende la mercancía? —le pregunta Grace a Frankie.

Pero ni siquiera necesito escuchar su confirmación para saber que es cierto. Creo que una pequeña y oculta parte de mí lo supo todo el tiempo.

Nick no toca la guitarra en Automatic Friday.

Nick vende las camisetas y ensambla la batería.

Eso era lo que significaba su mensaje. No lamentaba lo de Frankie, ni el momento incómodo, sino el haberme dicho otra mentira. Lamentaba haberme dicho que estaba en la banda cuando su hermano era quien estaba en el escenario.

Sin pensarlo siquiera, me alejo a toda prisa de Frankie y de las chicas, y paso entre las personas que ven la banda. Automatic Friday comienza a tocar su segunda canción después de que Jordy lanza un fuerte "¿Qué tal, Las Vegas?" y recibe un murmullo apático por parte de la multitud. Me abro paso a empujones entre las personas que no le prestan atención a la voz seria de Jordy, y me disculpo por golpear sus bebidas. Subo corriendo por las escaleras, atravieso la puerta y llego a la entrada de House of Blues, donde Nick está sentado en una silla plegable detrás de un puesto de mercancía con una pila de discos compactos de Automatic Friday y varias camisetas de Moxie Patrol dispuestas sobre la mesa que está delante de él. Pegado a la pared que hay detrás de él, un trozo de papel arrugado dice:

¡LAS PROPINAS SON BIENVENIDAS! ¡IMAGINA QUE SOMOS CAMAREROS QUE TE TRAEN CAMISETAS EN LUGAR DE BEBIDAS!

Se pone de pie cuando me ve, pero su rostro cambia tan pronto como hacemos contacto visual.

—Fantasma.

—No me llames así.

Nick se estremece como si yo le hubiera acabado de dar una bofetada.

—Hannah, por favor.

Sé que le dije que no me llamara Fantasma, pero mi verdadero nombre suena muy extraño cuando sale de su boca. Oírlo llamarme Hannah duele casi tanto como sus mentiras.

Por primera vez desde que me dio mi sobrenombre, no quiero que lo utilice, pero tampoco quiero que diga mi nombre real. No quiero que me llame de ninguna forma.

Todo lo que quiero es obtener respuestas y luego quiero irme de Las Vegas y nunca mirar hacia atrás.

Capítulo 11

—¿ALGUNA VEZ ESTUVISTE en la banda? —Señalo la puerta que conduce al escenario, donde está sonando a todo volumen *Free Fall*, otra de mis canciones favoritas de Automatic Friday, de hecho, Jordy está cantando mi letra preferida. Pero saber que Nick no tiene nada qué ver con esa música hace que la canción parezca lejana, como una versión pésima—. ¿Siempre fue Alex?

—Lo siento mucho. —Sus manos cubren las gafas y se deslizan hasta su pelo despeinado—. Toco muy mal la guitarra —dice—. De veras, soy pésimo. Lo mismo pasa con el bajo, la batería, el canto, y con la vida.

—Entonces, ¿por qué me dijiste que estabas en la banda? —Me esfuerzo por mantener mi voz bajo control, pero suena temblorosa.

—Bueno, en realidad nunca dije que estuviera en la banda. Alguna vez dije que iba a un ensayo de la banda y tú supusiste...

—No es mi culpa, Nick. Debiste decírmelo.

—No, no es tu culpa. No me refiero a eso. —Su voz tiembla; nunca la había oído así—. Sé que debí habértelo dicho. Lo siento. No sabía qué decir.

—Podías decir: "Oye, Hannah, mi hermano es quien está en la banda, no yo". O podías decir: "Vendo camisetas de la banda" en lugar de "toco la guitarra". No es tan difícil. Vaya, con razón nunca tocaste la guitarra para mí. ¿Te burlabas de mí cada vez que hablábamos de esto? ¿Creías que era tan estúpida?

—Cielos, no, para nada. Lo siento muchísimo. —Se inclina hacia delante y apoya sus manos sobre el puesto de mercancía—. En realidad, hay algo que he querido…

Niego con la cabeza y levanto la mano para detenerlo.

—¿Sabes? No. No quiero oír nada de lo que tengas que decir en este momento. Solo… cállate.

—Por favor, necesito... —Seguramente ve algo en mi rostro que lo hace cambiar de opinión porque se detiene a mitad de la frase y simplemente dice—: No tengo una buena explicación. Lo siento.

—Deja de decir eso.

Mi corazón se arrepiente profundamente de todas las decisiones que he tomado en las últimas veinticuatro horas mientras miro las camisetas que hay en la mesa de mercancía, incluyendo la que Nick me había enviado y que me había puesto el día anterior. Me molesta cada decisión que me trajo hasta aquí, cada regla infringida, pero, sobre todo, me arrepiento de permitirme creer que podría suceder algo entre Nick y yo si venía hasta este lugar. Durante los últimos cuatro años había tenido bajo control y bajo llave mis sentimientos por él, pero tengo un momento de debilidad, cedo el control por una sola vez y esto es lo que sucede. Un desastre.

—Y Frankie —digo, mientras sigo mirando las camisetas—. ¿Tres meses? ¿Por qué no?...

—No sabía qué decir —dice con voz temblorosa y apenas audible por encima de la música que viene desde el interior—. No creí que te importara.

—¿Por qué no iba a importarme? Eres mi amigo. Me has hablado de tus novias antes, Nick. Te hablé de Josh. —Apoyo las manos sobre la mesa y lo miro mientras me inclino hacia delante para no tener que gritar—. Te dije *todo* acerca de Josh.

Entonces, cuando me siento más vulnerable, con la conversación sobre Josh flotando en el aire, Nick sale de detrás de la mesa. Creo que me va a abrazar o a consolar de alguna manera, por lo que me preparo y me estremezco un poco, pero Nick no trata de consolarme en absoluto.

Se va.

Me preparo para correr lo más rápido posible hasta donde están Grace y Lo y sacarlas a rastras de ese lugar, de ese casino, de esa ciudad de mala muerte. Pero antes de poder hacer nada, Nick regresa con un niño larguirucho detrás de él.

—Mo —dice con una voz que no deja espacio para la negociación—, necesito que te hagas cargo de la mercancía hasta que Chang llegue. —Su voz de sensatez me sorprende; nunca antes la había oído.

La delgada boca de Mo se retuerce de confusión.

—Pero no sé…

—Ya sabrás qué hacer. De todos modos, nadie compra nada. —Se vuelve hacia mí—. Lo siento mucho. No puedo hablar aquí, no así. ¿Podemos ir a dar un paseo?

El impulso de salir corriendo es fuerte, pero quiero oír lo que tiene que decir en su defensa, entonces asiento. Nick se dirige hacia la salida improvisada de cordones por la que pasamos al entrar y, para guiarme por entre los grupos de personas que están entrando a ver el espectáculo, pone sus dedos suavemente sobre la parte baja de mi espalda. Ese toque ligero, la segunda vez que hemos tenido contacto, envía descargas eléctricas por mi espalda; me molesta que mi cuerpo me traicione de esa manera. "Deja de hacer eso. Nos mintió. Estamos enojados con él".

Mi cuerpo no escucha.

Atravesamos el lugar por donde Grace, Lo y yo entramos, y Nick saluda con un golpe de puño al guardia aterrador.

—Hola, amigo. Regresamos en un rato. ¿De acuerdo? —El guardia aterrador me mira de arriba abajo, le sonríe a Nick y le da un gesto de aprobación.

Alejarse de House of Blues no reduce el ruido, pues seguimos en el mismo piso del casino. Las máquinas tragamonedas emiten un sonido metálico, los ebrios se tambalean de un lado a otro entre las puertas que dan a la avenida, las mesas de juego, los bares, los restaurantes y sus habitaciones de hotel gritan y vitorean sin tener idea de que mi vida se derrumba a mi alrededor.

—¿Nos sentamos? —Señala la silla unida a una máquina tragamonedas de la rueda de la fortuna.

Me siento en ella con cuidado y él se deja caer sobre la que está junto a la mía.

Una sonrisa tentativa se dibuja sobre su rostro y se inclina para acercarse a mí.

—No puedo creer que estés aquí.

Lo miro fijamente.

—Bueno, la verdad me estoy arrepintiendo en este momento.

Su sonrisa se desvanece.

—Lo siento. —La verdad sí parece lamentarlo, pero no estoy tan familiarizada con su lenguaje corporal. Necesito oír el arrepentimiento en su voz para estar segura.

—Ya dijiste eso.

Nick hace contacto visual y lo sostiene.

—Lo sé. Yo solo... Te juro que nunca quise mentirte.

Lo percibo en su voz. Es sincero. Pero mentir no es algo que se hace por accidente. ¿Por qué lo hizo?

—Me conoces, Fantasma. Sé que lo sabes.

La piel de gallina cubre mis brazos y me concentro en el patrón intrincado y colorido de la alfombra. Abro la boca para decir algo, no sé qué, solo sé que el silencio me está matando, pero él continúa antes de poder pensar en algo.

—Y Frankie. No sé. No sabía cómo explicártelo. —Su voz suena triste, o tal vez estoy imaginando cosas. Aun así, su voz es lo que más conozco de él—. Y después... Bueno, no creí que te importara mucho. —Patea la plataforma alfombrada de la máquina tragamonedas mientras gira de un lado al otro en la silla.

Lo primero que quiero hacer es gritar: "¡Por supuesto que me importa, idiota!", pero recuerdo esa llamada telefónica en la que le dije que nunca había pensado en él de esa manera y que nunca lo haría.

Dios, ¿qué fue lo que hice?

—Parece agradable. —Es todo lo que puedo decir.

Mi cerebro trabaja al doble de velocidad para tratar de procesar todas las cosas que descubrí acerca de la persona que yo creía que era mi mejor amigo. Cada imagen mental que tengo de Nick está asociada a la banda y cada vez que lo menciono siempre digo: "Él y yo nos contamos todo". Necesito un momento para adaptarme a una vida en la que esos dos hechos inamovibles no son ciertos.

Nick deja de girar en la silla y toca distraídamente los botones de la máquina tragamonedas.

—Lo es, Fantasma. Creo que te agradará.

No quiero que me agrade. Quiero darle un puñetazo en el rostro. Quiero hacerla desaparecer para nunca más tener que ver su estilo moderno y sus senos enormes.

Nick abre la boca para decir algo, pero luego la cierra y sigue toqueteando la máquina en su lugar. El peso de esta incomodidad entre nosotros es sofocante.

Nuestros silencios nunca habían sido así.

—¿Vas a jugar o la vas a tocar hasta matarla? —Ya no puedo hablar más sobre Frankie. No sé si tengo las palabras.

Se encoge de hombros.

—No, solo…

—Deberías jugar. —Jugar en una máquina tragamonedas, participar en un torneo de póquer, lo que sea para cambiar de tema—. Seguro te sientes con suerte.

—No tanto. Le di a Alex el dinero que me quedaba para que pudiera comer en Taco Bell antes de venir.

—Sé que no me vas a pedir dinero porque acabas de conocerme, pero ten. —Busco en mi bolsillo, saco un billete de cinco dólares y se lo entrego—. Juega.

—Gracias. —Alisa el billete en sus *jeans* antes de deslizarlo en la ranura de la máquina—. ¿Y cómo es eso de que acabamos de conocernos? Por favor. Nos conocemos desde antes de la secundaria.

Seguramente está tratando de romper el gran muro de incomodidad al revivir nuestro pasado compartido desde octavo grado, pero no funciona. En su lugar, ambos observamos en silencio las luces de la máquina tragamonedas y la música que reproduce. Oprime el botón grande de la parte inferior y las tres ruedas giran. BAR, 7 y el espacio que hay entre el BAR y el 7. Nada.

Nick sigue jugando en la máquina tragamonedas y entonces percibo algo. Distancia. Todo estaba bien cuando me abrazó, cuando, por un instante, el resto del mundo se desvaneció y solo estábamos nosotros. Se sentía normal, como los Nick y Hannah de siempre que hablaban hasta altas horas de la noche, como los mejores amigos. Pero todo esto de Frankie, la banda, las mentiras y la incomodidad parece más y más grave. Ha creado una distancia enorme que ninguno de nosotros puede reconciliar. No estoy segura de qué hacer, ni de lo que quiero hacer. ¿Puedo seguir siendo su amiga?

¿Quiero seguir siéndolo?

Nick está supremamente concentrado en las ruedas que giran en el interior de la máquina y yo estoy tan abrumada por las emociones encontradas y extrañas, que ni siquiera puedo permanecer quieta. Me inclino a un lado de la silla mientras imagino que le doy un puñetazo en el rostro y una patada en la ingle por mentirme, y que luego le doy un codazo a Frankie en el vientre para redondear las cosas. Me inclino hacia el otro lado y me imagino extendiendo mi mano y acomodando su pelo desordenado. Froto la parte posterior de mi pierna con la punta de mi zapato mientras pienso en la manera de escabullirme y pasar un tiempo a solas para descifrar lo que siento, pero la máquina tragamonedas tintinea. Algunas imágenes coinciden y aumenta el crédito en la pantalla que está delante de él.

—Desearía que salieran monedas de la parte de abajo como muestran en televisión —dice distraídamente, mirándome con una sonrisa pequeña pero que llega hasta sus ojos enmarcados por sus gafas de montura negra—. Sería mucho más satisfactorio, ¿no te parece?

No es mi intención y no quiero, pero me derrito por completo con su sonrisita. Una sonrisa estúpida y mi estómago se hunde y me siento fuera de control, como si estuviera cayendo desde una gran altura. Dios, qué ridícula soy. Nunca antes había perdido el control de mis sentimientos por un sujeto.

—Entonces, ¿estás enojada conmigo, Fantasma? Si es así, me mataría, pero lo entiendo. Yo también estaría enojado conmigo.

Me estremezco.

Grace me enseñó muchas lecciones sobre chicos en los últimos años, tanto directa como indirectamente. Solía darme charlas con su estilo de hermana mayor y decirme: "Ten cuidado con los chicos que no quieren que estés con sus amigos" o "Nunca confíes en un sujeto que es más atractivo que tú; tú debes ser la más atractiva de los dos". Luego me sentaba a ver cómo, poco a poco, las cosas iban mal con sus propias relaciones e intentaba comprender por qué. Sé que es una tontería, pero tenía una lista guardada en mi computador porque quería asegurarme de no cometer los mismos errores que ella. No pude ser testigo del colapso gradual de la relación de Grace con Gabe porque ella estaba en la universidad, pero presiento que el hecho de que sus nombres comenzaran con la misma letra era el primer indicio de un desastre inminente.

Grace tenía un novio en la secundaria, Sam, que no solo era más guapo que ella (era más guapo que casi todo el mundo), sino que también era persuasivo. Mamá y yo siempre supimos que le decía a Grace exactamente lo que ella quería escuchar, pero lo que en realidad estaba haciendo era manipularla para que hiciera lo que él quería. Sin embargo,

Grace nunca vio eso y pensaba que Sam era ¡el mejor hombre de todos!

Eso que dice Nick sobre estar enojada con él suena exactamente como algo que diría el persuasivo Sam, y me doy cuenta de que esta noche solo va a empeorar. El verdadero Nick no es la persona que yo creía que era, en absoluto.

—¿Fantasma?

—Lo siento... ¿Es en serio? Eso suena como una frase de cajón. —Busco a mi alrededor una señal de las que cuelgan del techo del casino que apunte a la salida más cercana de este desastre—. Mira, todo esto fue muy divertido, pero me voy a ir.

—¡Espera! ¡Por favor! —Extiende su mano y la apoya en mi brazo antes de que me levante—. Estoy arruinándolo todo. —Se quita las gafas, se frota los párpados y, cuando se pone de nuevo las gafas y me mira, veo pánico en sus ojos—. ¿Por qué no llamaste? ¿Por qué no me dijiste que ibas a venir?

—Ah, ¿para que pudieras ocultarlo todo sin que yo me enterara? ¿Para pensar en cómo comportarte durante los próximos días? —La sangre bombea y la adrenalina corre por mis venas. Me pongo de pie; mi instinto de supervivencia se activa y estoy cansada de luchar—. Me alegra no haber llamado.

—No soy así... ¡Dios mío! ¡Mira! —Su máquina tragamonedas hace ruido y destella—. ¡Tengo que hacer girar la rueda! —Se mueve para golpear con la palma de su mano el botón redondo que hace girar la rueda de la fortuna, pero se detiene en el último segundo—. Hazlo tú. Es tu dinero.

Increíble. Ni siquiera puedo gritar y salir de forma dramática sin que él me eclipse. Como si fuera a ganar en una máquina tragamonedas ahora.

—Como sea. —Me inclino, presiono el botón con los nudillos y la rueda de la parte superior de la máquina se enciende y gira. La gente que pasa cerca de nosotros se detiene a observar la rueda que se mueve en círculos, gira, zumba y pasa por diferentes números.

Con los brazos cruzados tamborileo los dedos sobre mi codo y espero a que las luces dejen de parpadear para poder decirnos todo lo que tenemos que decir y luego salir de ahí.

—Nick —digo, sin siquiera esperar a que la rueda deje de girar.

—Espera, Fantasma —dice. Está de pie y aplaudiendo—. ¡Vamos, rueda!

La rueda desacelera hasta detenerse y se posa en el 1000.

Mil créditos. En una máquina de un dólar.

Tardo unos cuantos segundos en procesarlo antes de comprenderlo bien.

—¡Nick! —Empiezo a saltar—. ¡Mil dólares!

Él también salta. Entonces, incluso antes de darme cuenta, se aproxima a mí, toma mis brazos y me acerca a él. Está muy cerca y sus brazos están alrededor de mi cintura. Por una fracción de segundo me sorprende la cercanía, pero luego me acerco más a él. Nick me levanta, me hace girar y luego me baja.

No sé si solo se debe a la ubicación de su mano, pero sus dedos se enredan un poco en las puntas de mi pelo cuando me pone en el suelo. Luego se deslizan lentamente hacia abajo y permanecen en la parte baja de mi espalda por un segundo más de lo que esperaba.

La sensación no se compara con nada que haya experimentado antes. La electricidad recorre mi columna vertebral y mi cuerpo se ilumina como una máquina tragamonedas.

Lo miro, esperando algo. Que se aleje, que se disculpe o que diga otra mentira. Pero no lo hace. Me mira, sus ojos fijos en los míos, y no quita los dedos de mi espalda.

Estoy atrapada en algún lugar entre odiarlo mucho, no querer volver a verlo y querer que jamás me suelte.

Capítulo 12

—¿QUÉ SUCEDIÓ? —La voz de Frankie me toma por sorpresa, y Nick y yo nos sobresaltamos. No es que me desconcierte que esté aquí, pues sé que la dejamos en House of Blues y que solo era cuestión de tiempo que terminara la corta presentación de Automatic Friday. No, lo que me sorprende es su tono de voz. Me refiero a que, si yo hubiera salido al casino y hubiera encontrado a mi novio envuelto en los brazos de una chica que acababa de conocer, seguramente estaría escupiendo fuego. Pero no Frankie. No parece celosa ni molesta en lo absoluto; solo tiene curiosidad.

De todos modos, siento que estoy haciendo algo malo y al parecer Nick también y, a juzgar por la expresión de desconcierto de sus caras, Lo y Grace, que están de pie detrás de Frankie, también opinan lo mismo.

Antes de que Nick o yo podamos explicarle a la sorprendentemente para nada disgustada Frankie el intenso momento que estábamos viviendo, Grace se da cuenta de lo que indica la rueda y señala a Nick.

—Mini Cooper, ¿ganaste mil dólares?

—Bueno, fue…

—¡No! ¡Lo! ¡Creo! —Frankie cruza el espacio que los separa con notable rapidez para alguien de su tamaño y arroja los brazos alrededor de su cuello—. Vaya, mi novio es lo máximo. —Y luego lo besa.

Aparto la mirada. Es demasiado. ¿Cómo puede besarla delante de mí de esa manera después del momento que acabamos de vivir?

"Y, por cierto, *no* es lo máximo —pienso—, mientras observo el patrón de la alfombra".

—Perfecto —dice Frankie. Como está hablando, deduzco que ya dejaron de besarse, por lo que volteo de nuevo. La chica está apoyada contra él, donde yo estaba hace un instante, y me pregunto si es posible ahogarse en los propios celos—. Ahora podemos llevar a estas chicas a pasar una noche fantástica en Las Vegas.

Nick nos mira a todas con nerviosismo.

—Bueno, Hannah me dio el dinero, de modo que, en este caso, es ella quien es lo máximo. —Se ríe, me mira a los ojos y siento que el resto del grupo desaparece—. De todas formas, siempre eres la mejor de los dos. ¿Recuerdas nuestro "concurso de arte"? —Nick utiliza los dedos para encerrar en el aire esas tres últimas palabras entre comillas y, cuando las pronuncia, su voz cambia. Es un cambio sutil. No sé si alguien más lo nota, pero suena más como el Nick con el que hablo por teléfono que como el Nick con el que he estado hablando durante la última media hora—. Yo hice muñecos de palitos y tú te convertiste en Rembrandt. "Ni siquiera sé dibujar, Nick. ¡No me juzgues!". Qué mentira, Fantasma. Qué mentira.

Dejo salir a medias la risa que proviene del fondo de mi garganta.

—Oye, tú me desafiaste y además ofreciste un premio. Cuando hay una tarjeta de regalo de Starbucks en juego, uso todas mis armas. Sabes que no bromeo cuando se trata de café.

—Siempre has sido muy competitiva —dice, dando un paso hacia mí—. Sabes bien que te dejé ganar.

—¿Quién es el mentiroso ahora? Tú dijiste que obtuviste malas calificaciones en la clase de Arte en segundo año. ¿Quién recibe malas calificaciones en Arte? Mi gato Bruce Lee podría caminar sobre un lienzo con sus patas llenas de pintura y recibir una mejor calificación.

Nick niega con la cabeza.

—Prometiste que nunca volverías a mencionarlo. Tenías que llevarte el secreto a la tumba, traidora. ¿Quieres que diga lo que sucedió cuando intentaste montar en patineta? Lo digo porque sé que no le contaste a Grace y me encantaría ponerla al tanto.

Nos miramos fijamente, nos reímos a carcajadas de nuestros chistes privados y, por un segundo, parece que las cosas vuelven a la normalidad entre nosotros.

Pero entonces aparece Frankie.

—Vamos, Nick. Si el dinero es de Hannah, dáselo ya y démosle inicio a la noche.

Percibo una expresión en su rostro. Es extraño que, aunque conozco todos los matices de su voz, no estoy tan familiarizada con sus expresiones. A veces hablamos por videoconferencia, pero ambos preferimos el teléfono, los mensajes de texto o incluso el chat. En su caso, porque su red de wifi es lenta y, en el mío, porque el video es demasiado real, de modo que sus expresiones siguen siendo territorio nuevo. Esta parece indicar que está bastante irritado, seguramente porque Frankie lo está obligando a darme el dinero. Apuesto a que quiere usarlo para llevarla a algún lugar especial o para hacer algo que un novio perfecto haría.

Nick la toma del brazo, la acerca a él, se inclina y le susurra al oído. Ella niega con la cabeza y dice:

—Qué tontería. —Frankie está sonriendo, por lo que supongo que Nick no está tan molesto.

Estoy a punto de decirles a los dos que se queden con el maldito dinero, que no tienen que preocuparse por nosotras y que pueden irse a su cena romántica o lo que sea que Nick quiera hacer con el premio. Pagaría diez mil dólares por alejarme de esta terapia de pareja tan vomitiva. Pero antes de decir cualquier cosa, Lo se inclina y me susurra:

—¿No hay que tener veintiún años para jugar? ¿Seguro que puedes cobrarlo?

Miro a Nick y el pánico en su rostro probablemente se equipara al mío. Él solo empezó a jugar con la máquina tragamonedas para distraerse del curso incómodo que estaba tomando nuestra conversación. A ninguno de los dos se le ocurrió que pudiéramos ganar.

—No teman, menores de edad. Yo sí tengo veintiún años. —Grace se inclina sobre la silla para alcanzar la máquina tragamonedas y oprime el botón parpadeante que dice COBRAR. Luego toma el billete que sale de una ranura—. Quédense aquí —dice—. Buscaré la caja.

Grace se adentra en las profundidades del casino, dejándonos a Nick, Frankie, Lo y a mí mirándonos el uno al otro. Aún hay cierta tensión aparente entre Nick y Frankie. Bueno, es aparente para mí porque estoy vigilando cada movimiento de Nick como un halcón. Está mirando la rueda de la fortuna como si esta estuviera tratando de decirle un secreto, de modo que evita el contacto visual conmigo y con su novia.

La incomodidad... es agobiante.

Frankie, en lo que supongo debe ser su manera típica de ser, no parece darse cuenta de la incomodidad en absoluto. Saca su teléfono y envía mensajes de texto como loca.

—Nick, les enviaré un mensaje a los chicos, ¿de acuerdo? Se van a enojar contigo por no ayudarlos a empacar los instrumentos, pero pueden pedirle a Drew que se lleve todo a su casa porque, de todos modos, hay que guardarlo en su garaje, y sé que Oscar nos matará si salimos sin él. ¿Acaso Grace no conoce a tu hermano? Envíale un mensaje. Esto será muy divertido.

—Ah, el misterioso Alex. —Siento que lo conozco bien gracias a las historias de Nick. Por un lado, él es el responsable de que nos convirtiéramos en amigos, por lo que me gustaría conocerlo. Por otro lado, Nick no hace más que quejarse de él y sé que no son precisamente los mejores amigos. ¿Cómo es que Frankie no lo sabe? No sé cómo se sentirá Grace con la idea de salir con él, pues nunca lo llamó después de que lograron que Nick y yo habláramos, pero no me importa. Estoy en este lío por culpa de Grace, de modo que disfrutaré verla retorcerse.

—Está bien. —La irritación es evidente en la voz de Nick, pero saca su teléfono y empieza a escribir.

—Ay, mira qué tiernos se ven los dos con sus teléfonos —dice Lo.

Eso basta para que la oleada de celos regrese a mí. Miro a Lo y ella se encoge de hombros y pronuncia un "perdón" inaudible.

Frankie no levanta la vista de su teléfono, pero se ríe.

—¿Verdad que sí? Nick envía mensajes de texto como si le pagaran por hacerlo.

Los ojos de Nick se encuentran con los míos, y él me señala y también pronuncia un inaudible "es para ti". Sonrío y, sin darse cuenta de nuestro intercambio, Frankie continúa hablando.

—Tengo un blog; prácticamente lo escribo en mi teléfono y en mi tableta. —Su tableta y su cámara sobresalen de un bolso de mano negro de Moxie Patrol que cuelga de su hombro diminuto.

—¿Ah, sí? —pregunta Lo—. ¿Qué tipo de blog?

La oportunidad de hablar de su blog parece obligar a Frankie a prestarle menos atención a su teléfono.

—Oh, no es gran cosa —dice, en un tono que indica exactamente lo contrario—. Es un blog para adolescentes sobre el ámbito artístico de Las Vegas: espectáculos para todas las edades, *flash mobs*, salas de juegos, moda urbana, cosas divertidas para hacer en la ciudad cuando eres menor de edad y cosas por el estilo.

—Prácticamente es una celebridad —dice Nick con cierto orgullo en la voz.

—Ah. ¿Por eso la conquistaste, Nick? ¿Para aprovecharte de su fama? —pregunta Lo en tono de broma, pero quiero besarla por preguntarles cómo se conocieron. Por eso es mi mejor amiga.

—¡Si, ja, cómo no! —Frankie comienza a reírse y le cuesta detenerse—. Nick odia mi blog. Lo detesta.

—¿Qué? ¿Por qué? —Me sorprende oír eso sobre Nick. Por lo que sé, no odia casi nada, excepto la mostaza amarilla, las arañas y comer cosas directamente de un hueso, y el odio sin duda contradice el orgullo que acabo de oír en su voz.

—¿Por qué sacas a flote ese tema? —le dice Nick a Frankie, dándole un pinchazo juguetón en el costado.

—Ellas preguntaron —dice ella, levantando sus manos en señal de rendición.

—Está poniendo palabras en mi boca. Su blog es grandioso. La reconocen a donde sea que vayamos. —Nick niega con la cabeza y sonríe—. Y tampoco dejen que las convenza de que es poca cosa. Es un trabajo de tiempo completo. Gana más dinero con este blog que Alex atendiendo bares, y tiene cientos de miles de seguidores. Es una locura.

—No lo puedo creer —dice Lo—. Entonces eres toda una celebridad. Es grandioso. ¿Cómo es que odias algo así?

—Un momento, chicas. —Nick ajusta sus gafas al verse atacado en grupo—. Les juro que no lo odio. Creo que es fantástico. En serio. Ella es increíble.

Frankie le da un golpecito en el brazo y luego se reclina sobre él.

—No mientas. Lo odias. —Y luego dice con un sonsonete—. No quieres compartiiirmeee.

Esta nueva información sobre Frankie me molesta aún más. Además de ser adorable y de tener un estilo *punk-rock*, también es exitosa, ambiciosa, moderadamente famosa en Las Vegas, y no olvidemos lo estúpidamente agradable y hospitalaria que es. Estoy esforzándome por odiarla y el hecho de que esté frustrando mi odio a cada paso solo me hace querer odiarla aún más.

—Un sujeto en Los Ángeles tiene un blog así —dice Lo—. También hace videos y Grace dice que a veces lo ve en...

La sonrisa de Frankie cae más rápido que la palanca de la máquina tragamonedas, y la chica levanta su mano como si con eso pudiera detener físicamente la conversación.

—Por favor, ni siquiera menciones a Jay Bankar. Ese sujeto es de lo peor. Es... —Frankie es interrumpida por un ruido de su teléfono, y la alegría regresa a su rostro tan rápido como desapareció un momento atrás. Dice—: Esperen un momento, es la hermana de uno de los técnicos de The Killers. —Y se aleja unos cuantos metros para responder.

—No puedo creer que Frankie sea famosa en Internet —dice Lo.

Nick sonríe, pero hay cierta falsedad en su sonrisa y, antes de poder pedir más información, Grace regresa de la caja con un puñado de dinero en efectivo, al mismo tiempo que el teléfono vibra en mi bolsillo.

—Somos ricos —tararea Grace.

—*Somos* es mucho decir —corrijo—. Ese dinero es de Nick.

—No —dice él—. Tú me diste los cinco dólares e hiciste girar la rueda. Es tu dinero.

Sé que debería querer mi parte, pero estoy muy molesta con todo lo que ocurre esta noche. Si Nick y yo no vamos a tener la oportunidad de hablar de lo que sucedió, entonces lo único que quiero hacer es volver a la habitación del hotel, ocultarme bajo las sábanas y tratar de olvidar este desastre hasta que llegue el momento de volver a casa.

—Bueno, según el estado de Nevada, es mi dinero. —Grace hace un guiño, pero divide la pila de dinero y nos entrega la mitad a cada uno—. Y Frankie tiene razón. Debemos hacer algo superdivertido con el dinero. Ganaste dinero en Las Vegas. Es una señal. ¿Qué quieren hacer?

Recuerdo mi alerta de mensaje de texto y saco mi teléfono. Es de Grace, que seguramente lo envió cuando volvía de la caja.

Conozco esa expresión. No dejaré que regreses a la habitación.

A veces odio a mi hermana.

—Los chicos están en camino —dice Nick—, y luego, bueno, supongo que podemos pensar en algo para hacer esta noche.

—Apuesto a que ella está al tanto de todas las cosas divertidas que podemos hacer, ¿cierto? —Inclino amistosamente la cabeza en dirección a Frankie. Deberían darme una maldita medalla de oro por el gran esfuerzo que estoy haciendo.

—Claro que sí —dice Nick con una risa sin gracia—. Seguramente puede crear un itinerario en menos de diez minutos.

Decidimos caminar hacia el comedor y sentarnos en una mesa mientras esperamos a que todos los demás lleguen. Al final, todos los demás resultan ser solamente Oscar y Alex.

Alex entra al restaurante a paso tranquilo, con su gorra de camionero aún puesta, viéndose como una versión mayor y más desaliñada de Nick. El rostro de Grace su ilumina cuando lo ve, y creo que ni siquiera se da cuenta de que lo primero que hace es guardar el collar de Tiffany en la camisa.

—¿Sigues conquistando a las chicas en los conciertos, Cooper? —dice con una voz coqueta que nunca había oído. Por la expresión de su rostro, sé que no veré la incomodidad culposa o la actitud de "lo siento, olvidé escribirte durante los últimos cuatro años" que había estado esperando. Alex se sienta a la mesa y ella prácticamente salta a su regazo.

Detrás de Alex viene Oscar, que grita:

—Ustedes van a pagar la cena, ¿verdad, millonarios? —Tiene puesto un sombrero (gracias a Dios cubrió ese pelo) y saluda de una palmada a Alex y a Nick. Luego ve más allá de Grace y de mí, y se concentra en Lo, que está babeando por él como si fuera un filete ambulante.

Ahora somos siete. Nick y Frankie, a quien reconoce el mesero y le trae un pastel gratis. Alex y Grace, que no han hablado en cuatro años y solo se conocieron durante unas tres horas, pero que ahora parece que están a punto de arrancarse la ropa a los pocos minutos de reunirse, y Oscar y Lo, que se aferró a él en el instante en que se sentó a la mesa, le gustara o no.

Y yo.

Sola como un faro.

Esta noche va a ser absolutamente "nefas-tica".

Capítulo 13

LO PRIMERO QUE TODOS acuerdan hacer es ir a la montaña rusa del New York-New York. Bueno, no todos. Obviamente, yo no quiero ir, pero nadie escucha a la persona que está sola cuando, al parecer, Alex siempre ha querido subirse a la estúpida cosa toda su vida, pero nunca lo ha hecho. Además, Frankie quiere escribir sobre ello en el blog. Nick trata de defenderme cuando pronuncio un muy enérgico "¡Ni lo sueñen!", pero nos superan en número rápidamente. De modo que nos dirigimos a la tonta montaña rusa, pero sigo planeando mi salida furtiva. De ninguna manera me subiré a esa cosa. Me escabulliré tan pronto tenga la oportunidad.

El Hotel New York-New York no queda lejos de donde estamos, por este motivo tomamos dos taxis frente al Mandalay Bay y les pedimos que nos lleven avenida arriba.

—Deberíamos contratar una limusina para esta noche —sugiere Oscar mientras subo al taxi con él y con Lo.

Quería apretujar a Nick y a Frankie en el taxi, pero imagino que estar en un auto diferente podría darme la oportunidad de sobreponerme y pensar en la forma de escapar de esta pesadilla. Pero, como van las cosas, voy a necesitar un plan G.

—No ganamos tanto dinero —le digo, aunque no tengo ni idea de cuánto cuesta alquilar una limusina por una noche. Oscar ya nos obligó a pagar toda la comida en el restaurante; me pregunto qué otros planes tiene en mente para el resto de nuestro premio.

—A Nick no le importa el dinero —dice Oscar. Él y Lo se sientan en las sillas de atrás del taxi-furgoneta y me dejan sola en el asiento del medio. Parece que está disfrutando la atención que ella le da. Bien hecho, Lo—. Además, Frankie tiene mucho dinero. Apuesto a que sabe de alguna compañía de limusinas dispuesta a darnos un viaje gratis si los menciona en su blog. Le enviaré un mensaje ya mismo para darle la idea.

Excelente. Una oportunidad para sonsacarle información sobre Frankie. La aprovecharé.

—Entonces, ¿su blog es así de famoso?

—Sí. ¿Les contó al respecto? Es muy famosa en Las Vegas. Escribe sobre algo y después ese algo se convierte en un éxito. Así fue como nuestro grupo entró a la Batalla de las Bandas, que fue lo que nos permitió tocar con Moxie Patrol en House of Blues. Frankie nos vio tocar en una fiesta hace unos meses y le encantó la banda. Luego escribió una reseña en el blog y ¡sorpresa!, nos invitaron a la competencia, nuestra música se vende en iTunes y Moxie Patrol está pensando en llevarnos a su gira este verano.

—¿Todo por la reseña de Frankie? Vaya. —La voz falsa de Lo, casi una octava más alta de lo normal, está en pleno funcionamiento y es la que utiliza para hablar con los chicos que le atraen. La llamo la voz "mírame". Me alegra que no pueda ver que pongo los ojos en blanco.

—¿En esa fiesta conoció a Nick? —Su mención de una fiesta hace unos meses envía escalofríos por todo mi cuerpo y me froto los brazos a pesar de que hace calor en el taxi—. ¿En la fiesta de Jeff?

¿La fiesta en la que estaba cuando me llamó? ¿La fiesta en la que me llamó estando ebrio y de cierto modo insinuó que sentía algo por mí? ¿La fiesta en la que lo detuve y prácticamente le dije que olvidara todo eso y que nunca más lo mencionara y...? Dios mío, lo arrojé a los brazos de Frankie.

Todo esto es mi culpa. La relación de Frankie y Nick es mi culpa.

Mi corazón late al triple de velocidad mientras recuerdo esa noche. Nada de esto habría sucedido si hubiera sido sincera con él, o si hubiera hablado con él al respecto al día siguiente, o si literalmente hubiera dicho cualquier otra cosa.

—Sí, y empezaron a salir justo después de eso —dice Oscar—. Estudia en otro colegio, pero ya la habíamos visto y, por supuesto, sabíamos quién era porque todos en Las Vegas la conocen. Tenía los ojos puestos en Nick como no se imaginan. —Se ríe—. Y esa chica siempre consigue lo que quiere.

—Ya me di cuenta. —Me desplomo en el asiento del taxi-furgoneta, y miro por la ventana las luces brillantes y parpadeantes de los casinos y la multitud de gente en la calle. Debería estar trazando un plan de acción para la noche, pero ahora estoy devastada por la noticia de que la mentira que dije hace tres meses se convirtió en una estúpida tragedia esta noche. Sin embargo, recuerdo mi necesidad de hacer algo, lo que sea, cuando nos detenemos en la entrada del New York-New York. El otro grupo nos está esperando en la puerta y luego todos entramos en orden, pareja, pareja, pareja, dispareja.

El New York-New York está diseñado para parecerse a Manhattan y, aunque nunca he estado más al este de, bueno, Las Vegas, siento como si estuviera en la Gran Manzana. Estoy tan distraída mirando con sorpresa la decoración temática de Nueva York mientras nos abrimos paso entre la multitud del casino, que casi me olvido de lo que vinimos a hacer.

—Muy bien —dice Alex, señalando una escalera mecánica—. La montaña rusa es por acá.

Maldición. La montaña rusa.

No me gusta hacer escándalos en público, de modo que trato de pensar en la manera de explicarles que ni un millar de bailarines musculosos me podrían subir a esta cosa. Decido sacar a Lo a un lado.

—No lo haré —le susurro mientras avanzamos hacia la escalera mecánica—. Me voy.

Pero ella no presta ninguna atención a mis protestas. En lugar de eso, me toma del brazo, tira de mí y me obliga a subir detrás de ella por la escalera mecánica para alcanzar a los demás.

—Lo... —digo, pero no digo mucho más que eso, pues no parece estar escuchándome.

No sé por qué me ignora. Debería estar apoyándome. La necesito.

Alcanzamos al grupo en una sala de juegos, allí en la parte posterior se esconde la fila para subir a la montaña rusa. Lo sigue tirando de mi brazo, pero al final logro librarme de su agarre e ir más despacio. Necesito un minuto para sobreponerme. Conforme pasamos por una fila de máquinas atrapa premios, dejo que se adelante aún más. Me inclino hacia delante, apoyo las manos sobre las rodillas y tomo profundas bocanadas de aire. De ningún modo me subiré a esa trampa mortal. Esperaré aquí en la maravillosa tierra firme hasta que ellos terminen. Ni siquiera se darán cuenta de que no estoy, y puedo aprovechar esta oportunidad para tomar un taxi de vuelta al Planet Hollywood y meterme en la cama, ocultarme bajo las sábanas de hotel y vivir mi negación.

—¿Qué ocurre? ¿Estás bien?

No tengo que levantar la mirada para saber que es Nick, por lo que permanezco inmóvil. Me concentro en el dibujo perturbador del suelo: una calcomanía con una caricatura de unas personas que se divierten como nunca en el carrito de la montaña rusa, como todos unos masoquistas. Miro fijamente la imagen, respiro y no miro a Nick, que está parado a unos cuantos metros de mí.

De alguna manera, los sonidos de la ruidosa sala de juegos se ven eclipsados por el silencio que hay entre nosotros. Me doy cuenta de que está esperando una respuesta y que me sobreponga.

Yo también, Nick. Yo también.

Llevo mi pelo hacia atrás, me enderezo y pongo algo semejante a una sonrisa en mi rostro.

—Estoy bien —digo—. Vamos. —No sé por qué digo eso. Estaba a pocos segundos de volver al hotel. No tengo ninguna intención de subirme a esa montaña rusa. ¿Por qué siguen saliendo de mi boca cosas que no quiero decir?

Nick da un paso adelante. Ahora está a solo unos pocos centímetros de mí en vez de unos cuantos metros. Oh, demonios.

—No me mientas, Fantasma. —Y busca mi rostro—. Te conozco mejor de lo que crees.

Abro la boca para lanzar un comentario mordaz, como "Mira quién habla" o incluso "¿Dónde está Frankie?", pero él me interrumpe antes de poder decir algo, casi como si supiera que estoy a punto de ponerme en modo pasivo-agresivo y quisiera salvarme de mí misma.

—Sé que odias las montañas rusas. Ni siquiera te pudiste subir a la atracción de Dumbo en Disneyland. —Se ríe un poco y sacude la cabeza, como diciendo: "Oh, Hannah, eres una tonta que les teme incluso a las atracciones para niños; qué tierna", y se acerca más. ¿Cómo logró acercarse tanto?

—Eso fue en primer año. —Doy un paso hacia atrás. No soporto su cercanía—. En serio, estoy bien. Puedo hacerlo. —Pero ¿qué diablos estoy diciendo?

Entrecierra los ojos cuando me mira y una de las comisuras de su boca se convierte en una sonrisa.

—Bueno, pues yo no. —Se despide con la mano de la fila de la montaña rusa, que ha absorbido a nuestro grupo—. Esperaré afuera. ¿Vienes conmigo?

Lo miro sorprendida.

—¿Qué?

—No me siento muy bien. Creo que es la hamburguesa que comí en el restaurante. Me sentó mal. Estoy seguro de que no quieres que vomite sobre tu hermana, ¿o sí? Sería una primera impresión terrible. —Inclina la cabeza en dirección a la escalera mecánica que nos trajo hasta donde estábamos—. Quedémonos en tierra firme.

Toda la tensión de mis hombros desaparece y el nudo en mi estómago se afloja.

No estoy segura de qué me produce más alivio, si el hecho de que él me está sacando de esta situación o el hecho de que, por el momento, ya no voy a sufrir un ataque de pánico.

Caminamos por la sala de juegos, sorteando otros grupos que parecen ansiosos por subirse a la trampa mortal. Nick rodea a una pareja tomada de la mano, y su brazo roza el mío, haciendo que los vellos de mi brazo se ericen. Me sorprenden los deseos que siento de recorrer los pocos centímetros que nos separan y tomar su mano, sus dedos, su muñeca, lo que sea, pero sé que no puedo.

La conversación que tuve con Oscar en el taxi aparece de nuevo en mi cabeza. Nick conoció a Frankie esa noche, la noche de la fiesta, cuando le dije que nunca sentiría nada por él. Quiero preguntarle acerca de eso. Tenemos que terminar nuestra conversación, la que estábamos teniendo cuando estaba jugando en la máquina tragamonedas. Sigo enfadada con él por mentirme y necesito una explicación. Por mucho que quiera ocultarme en el hotel, tenemos mucho qué decirnos.

—¿Podemos terminar nuestra conversación ahora?

Imagino que buscaremos un banco o nos sentaremos junto a las máquinas tragamonedas que hay justo al lado de la escalera mecánica que lleva a la sala de juegos y a la montaña rusa. En cambio, dice:

—Sígueme. —Y se adentra aún más en el casino.

—¿A dónde vamos? —Nick camina con rapidez y sus piernas son mucho más largas que las mías, por lo que casi tengo que trotar para alcanzarlo.

—Vamos a tomar un café —dice. Sabe que el café es mi debilidad. Después de unos minutos estamos en el área de restaurantes que, según el letrero, se parece a Greenwich Village. Caminamos hasta que encontramos un café y él me indica que haga la fila—. Primero la cafeína —dice Nick—. Después hablamos.

Nick está detrás de mí en la fila y no hay nadie detrás de él, pero está muy cerca de mí; tan cerca que puedo sentirlo contra mí. Está demasiado cerca. La única parte de él que me toca es la chaqueta de cuero que roza mis brazos desnudos, pero bien podría estar completamente reclinado en mi espalda.

Contengo la respiración. No puedo evitarlo.

Cuando somos los siguientes de la fila, analizo las opciones que hay, pero antes de poder decir algo, Nick me mira y dice:

—Un *latte* de avellana descremado, ¿verdad? —Sonríe orgulloso de sí mismo por recordar mi café favorito. Estoy tan abrumada por... algo. Por los sentimientos que tengo por Nick y que he mantenido encerrados en una caja en mi mente. Pensé que podría liberarlos esta noche, pero tuve que encerrarlos de nuevo. Ahora están tratando de salir y están en una disputa con esa parte de mí que sigue ofendida.

Todo lo que puedo hacer es asentir. Sabe cuál es mi café favorito. "Es solo una tontería —me digo—. No le des tanta importancia".

Llevamos nuestros cafés a una de las mesitas que hay al otro lado del establecimiento. Aunque sé que estamos en medio de un casino y que todos con los que vinimos todavía están muy cerca, en la montaña rusa, también siento como cuando estamos hablando por teléfono, como si Nick y yo estuviéramos solos en un mundo secreto y privado en el que solo habitamos nosotros.

Bebemos en silencio, pero sé que esta vez no puedo esperar a que él se explique. Traté de dejarlo ir a su propio ritmo en las máquinas tragamonedas, y vean a dónde nos llevó.

—Bien —digo.

—Te debo una explicación.

—Sí, y aquí no hay máquinas tragamonedas que te distraigan.

Se rasca la parte posterior de la cabeza y baja la mirada hacia la mesa.

—Tienes que admitir que ganar mil dólares fue una distracción que valió la pena.

—No me quejo.

—Qué bueno. —Levanta la mirada y me sonríe, y es todavía mejor que en sus fotografías porque la sonrisa real incluye contacto visual. Me aferro a esa idea, como si eso me impidiera salir volando de mi silla, como si fuera la gravedad misma.

—Me gusta esto —dice, sin dejar de mirarme directo a los ojos ni dejar de sonreír.

—¿Qué?

—Verte. En la vida real.

—Ya no soy un fantasma —digo, pero tan pronto como las palabras salen de mi boca, me arrepiento. No quiero que mi seudónimo desaparezca.

Nick niega con la cabeza.

—Siempre serás Fantasma. —Deja escapar un suspiro mientras levanta la tapa de su café y la pone de nuevo en su lugar—. Bien, la banda. Sé que me dijiste que dejara de decirlo, pero lo siento. Nunca estuve en la banda, no exactamente, pero intenté integrarme porque detestaba mentirte. —Nick levanta la vista de su café y me mira. Tener su rostro delante de mí mientras hablamos me sigue pareciendo extraño—. Sé que suena tonto, pero una parte de mí pensaba que, si no te lo decía, me obligaría a esforzarme hasta lograr que las cosas fueran reales. Como eso de… ¿has oído hablar de *El secreto*?

No pude evitar soltar una risa de sorpresa.

—¿Es en serio? Mamá pasó por una fase de *El secreto* cuando leyó el libro, hace como diez años.

—¡No te burles de mí! —Intenta parecer ofendido, pero no puede aguantar la risa—. El libro se basa en algo llamado "la ley de la atracción". Mi maestro de Ciencia Política está muy entusiasmado con eso. Dice que, si uno imagina que algo le pertenece durante el tiempo suficiente, llega el momento en que finalmente es tuyo porque lo atraes con tus pensamientos positivos. Por eso pensé: "Bueno, si Fantasma cree que estoy en la banda, entonces imaginaré que estoy en la banda y con el tiempo estaré en ella". —Seguramente lo estoy mirando con sospecha porque agrega—: Está bien, sé que suena completamente ridículo cuando lo digo en voz alta.

—Durante todo ese tiempo de visualización, ¿alguna vez intentaste tocar la guitarra de verdad? Lo digo porque, dada la situación, parece que habría sido algo mucho más útil que solo imaginarlo.

—Claro que sí, sabelotodo. —Se ríe de nuevo—. Además, formo parte de la banda de cierta manera, aunque no toco nada. Pero he estado tratando de ser miembro oficial, ¿sabes? Quería sorprenderte.

—Entonces, ¿formas parte de la banda porque vendes su mercancía? —Mi corazón late un poco más rápido y puedo sentir que mi boca se curva de confusión—. ¿Esa es la sorpresa?

—No, no es eso. —Su rostro se ensombrece y parece distante—. No puedo dártela ahora.

La verdad, no entiendo lo que quiere decir, pero lo que en realidad quiero es llegar al fondo de la situación con Frankie. Quiero preguntarle por ella, pero eso implica mencionar la fiesta de Jeff y lo que Nick dijo esa noche. No creo que pueda hacerlo, entonces me concentro en la tapa de mi café e intento pensar en la manera de traer el tema a colación.

Justo cuando decido lanzarme y abro la boca, él habla primero.

—Grace hará sus prácticas, ¿eh? ¿Por eso vinieron hasta aquí?

Lo miro. "No. Es porque me di cuenta de que estoy enamorada de ti —pienso—. Pero es demasiado tarde y resulta que además eres un mentiroso". En vez de eso, digo:

—Sí. Por eso vinimos. Lo y yo no teníamos planes para las vacaciones de primavera, aparte de ver películas en Netflix.

Ambos miramos a todos lados, excepto el uno al otro. Me acomodo en la silla y él toma un sorbo de café. Me pregunto si se cuestiona por qué todo esto es tan difícil, tal como yo lo estoy haciendo. Si se pregunta por qué nuestra relación es tan fácil por teléfono, pero cuando se agrega contacto visual, cercanía, realidad y mentira, sentirse normal es casi imposible.

—Lo lamento —murmura.

—¿Qué?

—Lamento ser tan raro. Cuando te vi aquí. Me... me tomaste por sorpresa. No esperaba verte y soy pésimo para este tipo de cosas. Tenía planes para cuando nos encontráramos en persona...

Su voz se apaga y no puedo dejar de pensar en cómo imaginé esta situación todo el camino hasta aquí, donde él me hacía girar y me besaba. Me pregunto si sus "planes" se parecían a los míos.

—Fantasma —dice, y su voz suena tensa. Se quiebra un poco. Luego extiende su brazo por encima de la mesa y cubre mi mano suavemente con la suya, lo que eriza todos los vellos de mi brazo y enciende mi piel en llamas—. Fantasma, necesito…

Pero, de repente, no quiero hablar con él sobre el tema. Es extraño porque quería respuestas, pero las respuestas que él me va a dar no son las que quiero oír. Es diferente en persona. Nick me lo había advertido, pero no estaba preparada del todo para afrontarlo. Ya no quiero escuchar la historia de cómo o por qué empezó a salir con Frankie, no quiero escuchar que había planeado sorprenderme con camisetas de Automatic Friday y, desde luego, no quiero revivir la noche de la fiesta y comprender que lo arruiné todo. No puedo soportar nada de eso y quiero que todo desaparezca.

—Tenemos que irnos. —Tomo mi taza de café y me levanto—. Deben estar esperándonos y... creo que me voy de todos modos.

—Fantasma, espera. —Nick toma mi muñeca. No lo hace con fuerza; no tira de mí ni me acerca a él, pero de todos modos retuerzo el brazo para liberarme de su agarre sorpresivo, y veo que su rostro se entristece—. Pensé que querías hablar.

Me encojo de hombros.

—¿No es lo que acabamos de hacer? —Camino hacia la montaña rusa y hacia el grupo, dejando atrás la versión real de Nick y mi oportunidad de recibir una explicación.

Capítulo 14

NOS REUNIMOS CON EL GRUPO a la salida de la montaña rusa y todos hablan de lo divertido que fue el recorrido.

—No puedo creer que el chico de la taquilla te reconociera, Frankie —dice Grace.

Frankie hace un gesto con su mano como si eso sucediera todos los días que terminan en "s". ¿También se subieron a la montaña rusa gratis? No bromeaban cuando dijeron que Frankie era una celebridad local.

—Esa caída, Dios mío —dice Lo, aferrándose al brazo de Oscar.

Le pongo los ojos en blanco y recibo un guiño en respuesta. Me doy cuenta de que Alex toma el dedo meñique de Grace y siento una punzada de celos. Esos deberíamos ser Nick y yo, no ella y Alex. Me alegra ver que mi hermana se está divirtiendo; quería que esta pequeña escapada fuera una oportunidad para olvidarse de Gabe durante unos días, y parece que es justamente lo que está haciendo. Sé que debería estar feliz por ella, feliz de que esté olvidando su sufrimiento y de que coquetee con un chico apuesto, pero me encuentro mirándola con recelo sin siquiera darme cuenta. Se está quedando con mi viaje.

Frankie se reúne con nosotros desde la parte de atrás del grupo.

—¿Por qué no te gustan las montañas rusas, Hannah? —Desliza su brazo para tomar el mío de gancho y me guía a través de la sala de juegos.

Su amabilidad me toma por sorpresa. Estaba tan convencida de que estaría molesta porque Nick la abandonó en la montaña rusa para pasar un rato conmigo, que no puedo pensar en qué decir durante varios segundos.

—Yo... eh... me...

—Detesta la sensación de no tener el control —dice Nick, que nos alcanza por el otro costado de Frankie. Me mira cuando lo dice, como si me estuviera hablando a mí y no a ella.

De nuevo tengo que luchar para mantenerme a raya. ¿Cómo puedo estar aquí con todas estas emociones dentro de mí? Tengo demasiados sentimientos como para funcionar correctamente.

—Cielos, Nick. Hannah puede hablar por sí misma —dice Frankie juguetonamente, golpeándolo en las costillas con su minúsculo codo.

Nick sacude la cabeza.

—Sí, lo sé. Yo solo decía...

Frankie no le da la oportunidad de terminar. Toma de gancho a Nick, y los tres dejamos atrás a todos mientras caminamos por la sala de juegos como si fuéramos tres amigos que salen a divertirse todo el tiempo.

—Bueno, novio, fue muy amable de tu parte acompañarla, aunque eso implicó que tuviera que subirme a la montaña rusa yo solita.

—Pero apuesto a que pudiste poner la barra hasta tu cintura. Eres tan pequeña que habrías salido volando si te hubieras sentado conmigo.

Es la primera vez que veo que Nick es dulce y juguetón con Frankie, que es la misma forma en que siempre me trata cuando hablamos por teléfono, y su intimidad me duele.

“Pero ¿por qué? —Casi puedo imaginar a Grace preguntándome eso—. Te mintió. Fingió ser algo que en realidad no era. Te ocultó cosas. ¿Por qué quieres estar con un sujeto así?”.

¿Cómo explicarle a ella que a pesar de todo lo que pasó esta noche, Nick sigue siendo mi mejor amigo? ¿Que simplemente no puedo cortar por lo sano cuatro años de amistad como si estuviera podando una rama muerta?

Recuerdo lo que dijo Nick hace mucho tiempo, que la vida real no era su “fuerte”. Nunca entendí realmente lo que había querido decir y pensé que solo era algo que le decía a la gente. Me refiero a que actúa como un sujeto agradable, con pelo desordenado, chaqueta de cuero combinada con suéter de capucha y *jeans* ajustados. Pero al estar con él en persona, creo que su *look* forma parte de un disfraz. Es como si tuviera puesta una máscara y se estuviera ocultando detrás de la banda y de su hermano. El verdadero Nick es reservado, torpe y le cuesta expresarse, tal como me dijo que era.

Entonces, ¿cuál Nick es mi Nick?

Frankie me saca de golpe de mis pensamientos.

—Parece que perdimos a Grace y a Alex. —Entraron a una cabina de fotografía y solo se ven sus piernas bajo la parte inferior de la cortina. Grace parece estar sentada en su regazo y se ríe cada vez que se dispara el *flash*. Me alegra que no sea de esas cabinas en las que las fotografías se ven por fuera, porque lo último que quiero ver inmortalizado es la lengua de Alex en la garganta de mi hermana.

—¡Tomémonos algunas fotografías después de ellos! —Lo arrastra Oscar a la cabina, y Frankie otra vez da saltitos de emoción al tiempo que aplaude.

—Podemos tomar fotografías con nuestros teléfonos —digo—. No tenemos que pagar para tomárnoslas en una cabina.

—¡Pero esto es más divertido, Hannah! —Frankie está esforzándose por ser amable y lograr que me agrade.

Casi me siento mal cuando le frunzo el ceño a la parte de atrás de su cabeza.

Si todos se van a tomar fotografías en pareja, quedaré fuera de nuevo. Esto se está tornando aburrido, y estoy cansada de quejarme, pero también estoy harta de que siga ocurriendo. Estoy fastidiada de quedarme por fuera, de cumplir las reglas y de no conseguir mi recompensa por tanto esfuerzo, cansada de ser la única solista en una multitud de duetos. Pensé que en este viaje por fin iba a llegar el turno de que alguien me eligiera, pero parece que estoy más vacía y sola que nunca.

Grace y Alex salen de la cabina, y sus fotografías salen después de unos segundos. Sus cabezas se juntan sobre las tiras de fotografías y sonríen, pero luego ambos las deslizan en sus bolsillos traseros y no nos las dejan ver. Después de eso, Frankie mete a Nick a la cabina vacía y me fijo en sus piernas. No está sentada en su regazo como Grace estaba sentada sobre Alex, pero sí envuelve una de sus Converse alrededor de su tobillo. Trato de no imaginar lo que está sucediendo allí dentro, pero no puedo evitarlo. Mi mente toma más fotografías que la cabina y cada imagen es peor que la anterior. Frankie besando a Nick. Nick besando a Frankie de vuelta. Por supuesto que se besan. Han estado juntos durante tres meses. Se han besado mucho, estoy segura, y han hecho otras cosas.

No, no, no.

Agarro a Lo y la separo de Oscar de un tirón.

—¿Crees que Nick y Frankie han dormido juntos? —La primera y única vez que hablé sobre el tema con él me dijo que era virgen. No creo que me hubiera ocultado un cambio de estado tan radical. No se atrevería.

Pero si pudo ocultarme a Frankie, si pudo mentirme sobre la banda durante todo este tiempo, si pudo alejarme de estas dos partes de su vida, entonces, ¿cómo sé qué más es capaz de ocultar?

Lo mira rápidamente a Oscar e inclina su cabeza a un lado, y nos alejamos del grupo.

—¿Estás perdiendo la cabeza? Mantén la compostura, Hannah. —Me rodea con sus brazos y me da un apretón reconfortante.

—Eso intento, pero estoy a punto de enloquecer. Han estado juntos tres meses. ¿Crees que han dormido juntos?

—¿Es algo que él te contaría?

—¡Ni siquiera me dijo que tenía novia, para empezar!

Lo me sacude un poco; echo un vistazo por encima de su hombro y veo que Oscar nos mira.

Lo abre su boca para contestar, pero la interrumpo.

—Hablaremos más tarde. Están saliendo.

Nick y Frankie salen de la cabina de fotografías. Bueno, Nick sale, Frankie estalla. Me doy cuenta de que no hace las cosas como una persona normal. Debe estar alimentándose de mi malestar como un parásito, pues cuanto más incómoda me siento, más actúa como si esta fuera la mejor noche de su maldita vida.

Oscar le levanta una ceja a Lo y ahora es su turno en la cabina de fotografías. Es bueno ver que ella sí está divirtiéndose en sus vacaciones de primavera.

Frankie toma las fotografías cuando salen de la ranura y le entrega una a Nick, que está de pie cerca de mí, pero no demasiado cerca, y cambia su peso de una pierna a la otra.

—Ten nuestras fotografías, novio —dice con un sonsonete—. Son lindas, ¿no?

Me estremezco ante el desagradable y poco creativo apodo de Nick, mientras él mira las fotografías que aparecen en la tira. Me estremezco de nuevo cuando sonríe y la mete en el bolsillo de atrás como lo hicieron Alex y Grace, que ahora están contra la parte trasera de la cabina, susurrándose.

—¡Qué grosero! —dice Frankie, golpeando su pecho con su diminuta mano—. ¿No vas a mostrárselas a Hannah?

Estoy a punto de decirle que prefiero subirme desnuda a la montaña rusa que mirar sus fotografías, pero ella me pone la tira en el rostro. Cuatro fotografías románticas de Nick y Frankie. Demonios. Tomo la tira de su mano y, aunque todo lo que quiero hacer es darle una mirada rápida y devolvérsela, me doy cuenta de que la observo detenidamente sin poder evitarlo. Nick se parece mucho al Nick que he visto en las videoconferencias y en todas las fotografías de los últimos años. Si la miro el tiempo suficiente, casi puedo olvidar al Nick que está junto a mí, el que me oculta sus secretos y tiene novia. El Nick de las fotografías nunca me haría eso. El Nick del teléfono nunca me mentiría.

También aparece Frankie. En una de las fotografías, los ojos de Nick se cierran cuando lo besa en la mejilla. En otra fotografía, Frankie le hace una expresión loca a la cámara mientras él se ríe de su estupidez. En la tercera, los dos tienen sonrisas enormes y exageradas con los ojos abiertos al máximo. En la última, Nick tiene la frente apoyada sobre la de ella. Sus cabezas se tocan y se miran el uno al otro con seriedad. Es un retrato íntimo. Me hace sentir como una intrusa.

Supongo que lo soy.

—Qué tiernas —digo, y le devuelvo la tira a Frankie. Quiero girar para ver a Nick, pero después de ver la última fotografía, no puedo soportarlo.

Frankie saca el teléfono de su bolsillo y toma una fotografía de la tira.

—La publicaré de inmediato.

Nick deja escapar un gemido.

—Frankie, no. Por favor, no lo hagas.

—¿Por qué? Vale toda la pena del mundo. Mira lo perfectos que nos vemos. ¡Es un gran avance de mi resumen de esta noche!

—¿Resumen? —pregunto.

Nick deja escapar un suspiro largo y tortuoso.

—Siempre que salimos y hacemos algo, Frankie hace un resumen en su blog. Cada noche lo escribe en gran detalle y lo publica en línea. Lo complementa con fotografías.

—¡Incluso hay resúmenes de nuestras citas! —Frankie lo dice como si pensara que lo mejor del mundo es fotografiar y escribir blogs de cada minuto que pasan juntos y de todo lo que hacen. Pero una mirada a Nick deja claro que él no comparte su entusiasmo.

Frankie aún está escribiendo el pie de foto en su teléfono cuando Lo y Oscar salen de la cabina. Ni siquiera le presté atención al lenguaje corporal de sus piernas, pero por la forma en que Lo se sonroja, imagino que hubo algunos besuqueos allí dentro. Estupendo. Ahora soy, oficialmente, la única que no recibió un beso en este viaje.

Frankie ni siquiera levanta la vista de su teléfono.

—Novio, ¡Hannah y tú deben tomarse algunas fotografías de amigos de larga distancia!

—No, no hace falta —digo al mismo tiempo que Nick dice:

—Eh…

Frankie levanta la cabeza de golpe.

—Vamos, chicos. Tienen que hacerlo. —Y entonces, la chica liliputiense pone la palma de su mano en mi espalda y me empuja hacia la cabina—. Vayan.

Nick y yo caminamos a rastras hasta la cabina de fotografías.

—No tenemos que hacerlo —murmura, pero no deja de caminar.

Cruzo los brazos sobre mi pecho y me quedo mirando mis zapatos.

—No importa. —Intento inventar una excusa para sacarnos de ese aprieto, pero entonces él se aclara la garganta y veo que ya está sentado allí, esperándome.

El interior de la cabina es pequeño y el banco que está en la pared del fondo no deja mucho lugar para el espacio personal. Comprendo por qué Grace estaba en el regazo de Alex. Nick se hace a un lado y me hago caber en el espacio libre que queda junto a él, presionando mi cadera contra la pared tanto como puedo, en un intento por abrir un poco de espacio entre nosotros. Sé estructurar oraciones, resolver ecuaciones diferenciales y usar Photoshop para poner a una persona entera en la fotografía de un lugar al que nunca fue, pero no tengo ni idea de cómo estar a solas con Nick. ¿Puedo tocarlo? ¿Debería estar tan cerca de él? Probablemente no, más me vale alejarme un poco más. Es una pena que no pueda trepar por la pared.

Se inclina hacia delante, introduce tres billetes de un dólar en la ranura del dinero y las instrucciones aparecen en la pantalla. Hay un cuadrado en el que debemos poner nuestras caras para poder salir dentro de la fotografía, y mi deliberada burbuja de espacio personal hace que solo aparezca la mitad de mi cabeza.

—Acércate —dice Nick—. Finge que te agrado.

Me acerco, y nuestras piernas se tocan desde la cadera hasta la rodilla, lo que envía una descarga eléctrica a través de mi cuerpo. Nuestros brazos chocan con torpeza, por lo que él acomoda su hombro y pone su brazo detrás de mi cuerpo. Siento que vacila un poco; luego mueve el brazo alrededor de mi hombro y me acerca aún más.

Me muero, Dios mío, me muero.

—Eso es —dice—. Mucho mejor, ¿no te parece? —Mi corazón late como loco, y me pregunto si puede sentir la vibración. Sé que no es un gesto romántico el hecho de rodearme con su brazo de ese modo. Solamente me está acercando a él para que ambos quepamos en la fotografía.

Pero saberlo no significa que cambie la forma en que su cuerpo se siente cuando está tan cerca del mío. Es como energía vibrante y fuego que se quema lentamente.

Se inclina hacia delante y presiona el botón; comienza la cuenta regresiva para la primera fotografía.

—¿Qué vamos a hacer? —pregunto.

—Debí haber pensado en eso antes de presionar el botón, ¿no? ¡La presión me mata!

—Hagamos un gesto gracioso, supongo. —Pongo las manos a cada lado del rostro, empujo toda la piel hacia delante y luego frunzo los labios. Nick entrecierra los ojos, arruga la nariz y saca la lengua. Pero me acerca más con su brazo y ambos comenzamos a reírnos cuando termina la cuenta regresiva y, cuando el *flash* se dispara, tengo apoyada mi cabeza en su hombro.

Para la segunda fotografía me vuelvo hacia él, levanto las manos como si fuera a estrangularlo y hago un gesto aterrador. Él pone las manos sobre sus mejillas y abre la boca como si estuviera gritando. Para la tercera fotografía le quito las gafas y me las pongo, y ambos ponemos nuestras manos bajo la barbilla y miramos impasibles hacia la cámara.

—La última —digo, mientras le devuelvo las gafas. Gran parte de la incomodidad que habíamos traído a la cabina ha desparecido y nos estamos divirtiendo como siempre había esperado que sería cuando nos encontráramos de verdad—. ¿Ahora qué?

Lo observo en la pantalla mientras se me ocurren varias poses. Armas con las manos, rostros normales, signos de la paz. Agito mis manos por el pánico mientras la cuenta regresiva se acaba. Él me devuelve la mirada a través de la pantalla y la tontería de los momentos anteriores se esfuma. Se ve serio ahora, y eso me toma por sorpresa.

Justo cuando la cuenta regresiva llega al uno, pone su brazo alrededor de mi cabeza suavemente y presiona mi oreja para que mi cabeza se incline sobre él. El calor de su aliento me hace cosquillas en el cuello y Nick susurra suavemente en mi oído:

—Cielos, Fantasma. Eres aún más hermosa en la vida real. —Lo dice justo cuando el *flash* se dispara y la cabina toma la fotografía final.

Es la única en la que aparezco sonriendo.

Capítulo 15

NO QUIERO SALIR de la cabina de fotografías. La pantalla muestra de nuevo su mensaje de bienvenida y sé que en menos de un minuto saldrán nuestras tiras. No podemos quedarnos aquí para siempre.

Pero quiero hacerlo.

Vislumbré a mi Nick cuando lo saludé por primera vez, cuando lo abracé y hundí mi rostro en su chaqueta, y luego cuando tomamos café y él puso su mano sobre la mía, y lo vi de nuevo hace un segundo, cuando acercó mi cabeza a la suya y me susurró al oído.

Acceder a ese Nick es vital. Al Nick que no actúa de forma extraña, que nunca me mentiría y que me haría sentir mejor acerca de esta situación increíblemente extraña en la que nos encontramos.

Pero, tras soltar mi cabeza y salir de la cabina de fotografías, me doy cuenta de que se ocultó de nuevo.

Salgo de la cabina y veo que está esperando a que nuestras tiras de fotografías salgan por la ranura. Cuando lo hacen, me entrega la mía y luego se toma unos segundos para ver la suya.

—Nuestra primera fotografía juntos. —No me mira, pero le dedica a la tira una pequeña sonrisa—. Siempre me pregunté si alguna vez nos tomaríamos una.

—Qué bueno que parecemos dementes en todas, ¿no? —Trato de bromear porque aún siento la presión de su mano en mi rostro, la suavidad de su susurro en mi oído y la incomodidad de este encuentro.

Finalmente me mira.

—En la última no.

Por supuesto, en ese momento, Frankie se acerca a nosotros.

—¡Novio! —grita otra vez, haciéndome retroceder como si me hubieran golpeado. ¿Estará haciendo un esfuerzo por ser así de irritante o le fluye de forma natural?—. Tu hermano llamó a Jordy y lo invitó a venir. Se reunirá con nosotros aquí, en unos veinte minutos. ¿Quieres jugar *skee-ball* conmigo mientras esperamos? —Se da cuenta de que Nick tiene la tira de fotografías en la mano—. Miren qué adorables. Son los amigos más tiernos del mundo. —Frankie me sonríe. No, me dedica la sonrisa más amplia de todas. Está absolutamente encantada de que yo sea amiga de Nick y de que esté aquí—. ¿Qué te está diciendo en la última fotografía?

—Que estaba contento de que viniera a sorprenderme. —Los ojos de Nick se encuentran con los míos y entrecierra ligeramente los suyos detrás de sus gafas. ¿Eso es lo que hace cuando está mintiendo?

—Qué lindo —dice Frankie.

—¿En serio invitó Alex a Jordy? Parece que la pregunta sale de la nada y la suavidad de la voz de Nick se desvanece. Antes de que Frankie o yo podamos decir algo, Nick llama a su hermano a gritos y se aleja a pisotones para buscarlo, dejándonos a solas.

—Esos dos. Te juro que siempre discuten, pero los entiendo. Tengo un hermano mellizo y me vuelve loca. —Frankie le arruga la nariz a la espalda de Nick mientras él se aleja en busca de Alex—. En fin, ¿quieres jugar *skee-ball* conmigo, Hannah? Apenas si hemos tenido la oportunidad de hablar.

Pasar tiempo de calidad con Frankie es, literalmente, lo último que quiero hacer en este momento, sobre todo después de lo que dijo Nick en la cabina de fotografías. Quiero buscar a Lo, volver a la habitación del hotel y tener una conversación de chicas respecto a esta noche. Ya es bastante malo que nos hayan arrastrado a este *tour* de amigos en Las Vegas sin siquiera tener la oportunidad de discutirlo, pero además tenía que irse con Oscar y desaparecer quién sabe dónde en esta sala de juegos, dejándome sola para que Frankie se me abalanzara. Pero miro a mi alrededor y no veo a Lo, ni a Grace.

Hay un refrán que dice algo acerca de unírtele a tus enemigos o algo así, por lo que, probablemente, debería ser amable con Frankie, aunque en realidad lo que quiero es darle una patada voladora que la arroje a través de la sala de juegos.

—Está bien —digo—. Vamos a jugar. —¿Qué más podía decir?

Frankie tiene un bolsillo lleno de monedas, por lo que pone unas cuantas en cada *skee-ball;* las bolas se deslizan por un costado y se acumulan cerca de mi pierna. No soy muy buena en estos juegos y no puedo evitar preguntarme cuántos dedos pegajosos y asquerosos han tocado esas bolas. Me limpio la mano en la camisa, como si eso sirviera de algo, y levanto la primera bola.

La lanzo por la rampa mientras lucho por pensar en algo qué decir. ¿Cómo se da inicio a una conversación informal con la novia secreta del sujeto del que crees que estás enamorada? Por suerte, el silencio no dura mucho tiempo con Frankie y no tengo que pensar en nada.

—Lo bueno de que Jordy venga es que se va a redondear el grupo. —Me levanta una ceja—. Además es soltero, ¿sabes?

—Ah. Eh... —No sé qué responder ante esa información—. No sé si es mi tipo.

—Jordy es del tipo de todas, créeme.

Basada en las historias que Nick me contó acerca de la larga lista de novias de Jordy, no lo dudo. "Sí, canta muy bien —me dijo Nick una vez—, pero es el único de la banda que conquista chicas, y le funciona".

Tomo otra bola, la lanzo por la rampa de nuevo y cae en el 10. Miro a Frankie y la suya llega al 100 sin mayor esfuerzo.

—Buen tiro —digo—. Creo que soy muy mala en esto. —Agrego el *skee-ball* a mi larga lista mental de cosas que planeo no volver a hacer jamás en mi vida.

Frankie se ríe, bien por mi comentario o bien por mi puntuación, no estoy segura.

—Seis años de *softball* —dice—. Tengo buena coordinación mano-ojo. Es útil de vez en cuando.

Imagino que hacerla hablar de su blog es una buena manera de evitar los silencios incómodos recurrentes, de modo que abro la boca para preguntarle al respecto, pero antes de poder decir nada, escucho un grito agudo detrás de nosotros.

—¡Dios mío! ¡Frankie!

Ambas nos damos la vuelta y vemos una pareja. Parecen ser de nuestra edad y la chica salta de emoción mientras el chico se ve aburrido y algo molesto.

—¡Me pareció que eras tú! —chilla la chica de nuevo—. Le dije: "Dios mío, creo que esa de allá es Frankie, la de *Las Vegas para menores*, y él dijo que probablemente no lo eras, pero yo estaba segura de que eras tú. —Se vuelve hacia su novio y empuja su brazo en broma mientras él pone los ojos en blanco—. ¡Te dije que era ella!

El rostro de Frankie da a luz la sonrisa más grande que he visto en toda la noche.

—¿Lees mi blog? —dice con su tono "¿Qué? ¿Yo? ¿En serio?", tipo Taylor Swift. Me dijo que tiene miles de seguidores y ya la reconocieron dos veces en las pocas horas que he estado con ella. No es posible que esto le parezca sorprendente cada vez que sucede.

La chica, que se presenta como Ashley, le expresa a Frankie su amor por el blog y le cuenta que estuvo en el *flash mob* en el estacionamiento de Barnes & Noble el mes pasado, mientras su novio, Reese, un chico musculoso con camisa de franela, juega en su teléfono celular. Frankie sonríe un poco más, abraza a Ashley y luego se vuelve hacia mí, sosteniendo su teléfono.

—Hannah, ¿te importaría tomarnos una fotografía a Ashley y a mí? Quiero ponerla en el blog.

Asiento con la cabeza y los ojos de Ashley se abren como si le hubieran repartido una flor imperial en un juego de póquer.

—¿Me vas a poner en el blog? ¿En serio? ¿Oíste eso, Reese? ¡Apareceré en el blog!

Reese se encoge de hombros y no levanta la vista de su teléfono.

Frankie rodea la cintura de Ashley con su brazo, sonríe mientras tomo la fotografía y luego le da un abrazo enorme a su admiradora. Miro a Ashley y a Reese cuando se alejan, pensando en lo extraña que es la vida de Frankie, pero ella continúa jugando *skee-ball* como si no hubiera sucedido absolutamente nada.

Lanza una bola y luego se vuelve hacia mí.

—Bien, Hannah. Nick habla mucho de ti, por lo que me alegra que podamos pasar un rato juntas. ¿Qué me dices de ti?

Me parece extraño que pueda regresar tan rápidamente a una conversación normal, pero le sigo el juego.

—Bueno, ¿qué te ha dicho Nick?

—Veamos... Que eres su mejor amiga, que vives en el condado de Orange, que tienes una hermana mayor llamada Grace que conoció a Alex en un concierto, que así fue como se conocieron tú y Nick, que hablan todo el tiempo, que eres la persona más divertida, inteligente y resuelta que conoce, que vas a ir a UCLA el próximo año. —Cuenta cada dato con los dedos—. Ah, y ahora sé que odias las montañas rusas y que eres pésima para jugar *skee-ball*.

Me sorprende lo mucho que Nick le ha dicho, como si fuera una parte real de su vida y quisiera que la gente lo supiera. Yo hablo de él con la gente solo cuando es exclusivamente necesario y, aparte de mi familia y Lo, nadie tiene por qué saber nada de él. Nunca ha sido un gran desafío ocultarles nuestra amistad a todos los demás y lo prefiero así. He justificado el misterio diciéndoles a mis amigos que es demasiado difícil explicar su forma de ser, pero la verdad es que mi amistad con Nick es diferente de las amistades que tengo en el colegio. Es más real. Creo que eso es justamente lo que me cuesta explicar, incluso a mí misma, por lo que no hablo de él con nadie.

Fantasma es el apodo que me dio, pero resulta que él es más un fantasma en mi vida que yo en la suya. Por más que siento que es una persona diferente en el teléfono, al menos sé que me considera parte de su vida.

—Eso lo resume casi todo. No soy muy interesante. No estoy en ninguna banda, ni tengo un blog famoso, ni nada. —Miro alrededor de la sala de juegos para buscar a todos los demás. Lo y Oscar se ríen frente a una máquina atrapapremios, y Grace juega *pinball* mientras Alex y Nick hablan a un lado. Los brazos de Alex están cruzados sobre su pecho, mientras Nick agita los suyos como si estuviera tratando de volar.

Inclino mi cabeza hacia ellos.

—¿De qué crees que hablen?

Frankie se encoge de hombros.

—Quién sabe cuál es el problema esta vez. La semana pasada estaban jugando baloncesto en la entrada de su casa y las cosas se pusieron tan mal que pensé que iba a convertirse en una pelea de artes marciales.

Estoy a punto de abandonar la partida de *skee-ball* (pues de ninguna manera voy a vencer a Frankie ni a ganar nada a estas alturas) y acercarme sigilosamente a Nick y a Alex para ver si puedo oír lo que están discutiendo, cuando Frankie me toma del brazo.

—Oye, Hannah, espero que esto no te parezca extraño, pero estoy muy contenta de conocerte. No te rías, pero cuando empecé a salir con Nick, me sentía amenazada por ti. No es fácil que tu nuevo novio tenga una mejor amiga despampanante, ¿sabes? Pero él me prometió que no hay nada entre ustedes y que ni siquiera te considera una chica, y confío en él. Pero es grandioso conocerte y ver lo genial que eres. Me hace sentir como una tonta por preocuparme tanto por eso. —Frankie me dedica la sonrisa más grande del mundo y luego me da un abrazo.

Intento devolverle el abrazo, pero sus palabras rebotan en mi cabeza: "Ni siquiera te considera una chica. No hay nada entre ustedes".

No puedo creer lo mucho que arruiné las cosas. Le dije que no pensaba en él de esa manera y que nunca lo haría. Le dije que ni siquiera lo consideraba un chico. Esperé demasiado, no hice caso de todas las señales y ahora se apropió de mi excusa y siguió adelante.

Vine hasta acá por alguien que no siente absolutamente nada por mí.

Capítulo 16

ESPERAMOS A JORDY fuera del casino, en el puente sobre la avenida principal que conecta al New York-New York con el MGM Grand. Es casi surrealista permanecer de pie sobre un puente con autos que pasan bajo nosotros, una réplica del horizonte de Manhattan a un lado y un león de oro descomunal al otro. Hasta ahora, toda mi estadía en Las Vegas ha sido surrealista, de modo que la escena es apropiada.

Avenida abajo, lejos del Mandalay Bay y de la pirámide del Luxor, veo a mi izquierda el puente delante del New York-New York y a mi derecha la Torre Eiffel del París Las Vegas, una botella de Coca-Cola gigante y el Planet Hollywood. Los demás casinos se extienden calle abajo, en una mezcla de luces brillantes que no puedo discernir.

—Impresionante, ¿no? —Nick se acerca para mirar las luces conmigo—. Es extraño. Parece que se extiende hasta el infinito, pero también da la impresión de que están lo suficientemente cerca como para llegar a pie —sacude la cabeza—, créeme, no están tan cerca como parece.

No digo nada. Me concentro en las luces con mis dedos alrededor de la valla metálica, que seguramente impide que la gente salte a la calle después de perder una apuesta enorme, e intento pensar en qué decirle, en el curso que quiero que tome nuestra amistad. Él no es la persona que yo creía que era, y yo no sé lo que quiero, especialmente con Frankie de por medio.

—La gente de Las Vegas no viene con frecuencia a esta parte de la ciudad —dice, con un suspiro incómodo—, pero he venido mucho últimamente.

—¿Por Frankie? —le pregunto. Me doy la vuelta y apoyo la espalda contra la barandilla, mirando hacia el Mandalay Bay.

—Sí. —Se queda mirando su mano mientras se toca la uña del pulgar—. Siempre escribe en su blog sobre cosas que suceden aquí y me trae con ella.

Frankie se encuentra a unos cuantos pasos de nosotros, con el teléfono entre la oreja y el hombro, parloteando mientras usa su tableta y, al otro lado del puente, Grace y Alex, y Lo y Oscar están en medio de su propio romance. Casi no he hablado con mi hermana ni con mi mejor amiga desde que ambas encontraron pareja apenas llegamos aquí. Las necesito. Necesito que me ayuden a resolver esto, pero me cambiaron por chicos y me abandonaron en un momento de necesidad.

—Ya regreso —le murmuro a Nick.

—Espera —dice, con la voz quebrada—. Fantasma, necesito…

—Necesito hablar con Lo y con Grace. —Nick tiene novia. No me importa lo que necesite.

—Reunión de emergencia. Ahora. —Tomo a Lo y a Grace por los codos y las alejo de su coqueteo.

—¡Oye! —dice Grace—. Estábamos planeando el resto de la noche.

—Hazlo después —digo con los dientes apretados—. Estoy en medio de una crisis y me gustaría que mi hermana mayor y mi mejor amiga me dedicaran un minuto, si no es mucho pedir.

Creo que mi voz, o quizá mi expresión de agobio, parece bastante desesperada porque las dos dejan de mirar con nostalgia a los chicos y me siguen hacia el otro lado del puente.

Para alejarnos lo suficiente, tenemos que sortear varios insistentes promotores de club y pasar por encima de un sujeto que está cantando con su guitarra una versión horrible de una canción de Bruno Mars.

—En primer lugar —digo, tan pronto como estamos fuera del alcance del oído del resto del grupo—, son unas traidoras. ¿Cómo se atreven a abandonarme cuando las necesito, solo para irse detrás de unos chicos apuestos? Han roto todos los códigos de lealtad entre chicas.

Lo baja la mirada y observa sus pies mientras Grace murmura un "lo siento", pero no les doy mucho tiempo para ofrecer disculpas.

—No quiero oírlas. Ambas me dejaron a solas con la novia del chico del que podría estar enamorada, como si no fuera gran cosa. Me dejaron allí para que hablara con ella. ¿Qué demonios les pasa, chicas?

Grace se encoge de hombros.

—Parecía que se estaban llevando bien. Quisimos darte tiempo para que hablaras con Nick...

—Sí, nos llevamos bien porque es la persona más agradable sobre la faz del maldito planeta. Necesito que alguien me ayude a odiarla. Tienen que empezar a hablar mal de ella.

Ambas se acercan y me envuelven en un gran abrazo de grupo.

—Lo siento, amiga —dice Lo—. Nos dejamos deslumbrar. Vamos a estar contigo. Lo prometo.

—Bueno, Lo puede acompañarte —dice Grace mientras mira sus botas—. Ehhh... No te enojes, pero creo que Alex y yo nos vamos.

—¿Qué? —decimos Lo y yo al mismo tiempo, como si lo hubiéramos planeado.

—Escucha, me quedaré si necesitas que lo haga, pero estamos en Las Vegas, y Alex y yo somos mayores de edad. No se ofendan, pero no queremos pasar toda la noche en salas de juegos.

—Tenemos identificaciones falsas —dice Lo.

—Lo sé, pero... —Grace se quita su boina, se pasa los dedos por el pelo y luego se la pone de nuevo—. Oigan, pueden cuidarse solas, ¿no?

Miro a mi hermana, estupefacta. Después de todo lo que hice para ayudarla a quitarse de encima su depresión por Gabe, no puedo creer que me vaya a abandonar.

—No me mires así —dice ella, jugando distraídamente con su collar—. Sabes que necesito divertirme y, mira, Te haré el favor de sacarle información a Alex sobre esa chica, ¿de acuerdo? Además, Nick se calmará si le quito a Alex de encima.

Lo extiende su mano y toma la mía, dándome un apretón firme.

—Que se vaya —dice.

—Bien —digo—. Pero si te vas a ir con él, más te vale conseguir información valiosa.

—Lo haré. Lo prometo.

—Antes de que te vayas... —Extiendo la mano para tomarla del brazo—. ¿Puedes decirme si estoy haciendo lo correcto? ¿Por favor?

Les cuento todo lo que pasó, pero al final Grace no es de ninguna ayuda, principalmente porque no está de acuerdo conmigo. Está convencida de que necesito un mejor plan que volver al hotel y resolver el problema después, y como ella es "mayor y más sabia", la escucho.

—Tienes que ir tras él —dice—. Dile con claridad lo que sientes. Demuéstrale que estás dispuesta a estar con él.

—Pero… Frankie —digo en voz baja—. Además…

Grace no espera a oír el resto de lo que quiero decir, porque Alex la llama, y ella nos hace un gesto para que la sigamos mientras corre hacia él.

—Quiero irme —le susurro a Lo mientras nos abrimos paso hacia el grupo—. No quiero seguir con esto.

Lo se detiene y me toma por los hombros, sosteniéndome con firmeza frente a ella.

—¿En verdad es lo que quieres hacer? Porque si quieres dejar a todos aquí, te apoyo.

—¿En serio? —Me alegra tanto oír eso que me acerco y la abrazo—. Lo único que quiero es volver al hotel y ordenar algo al servicio de la habitación. —Estoy cansada de fingir que no me importa nada de esto y de tratar de descifrar a Nick. Es demasiado—. Grace puede volver cuando termine de pasar el rato con Alex, ¿cierto? Ni siquiera me importa en este momento.

—No hay problema —dice ella, acariciando mi espalda—. Vamos.

Me separo de nuestro abrazo.

—¿Qué pasará con Oscar?

Lo niega con la cabeza.

—Es lindo, pero es solo un chico. Nada importa cuando mi mejor amiga está en crisis.

—Fracasé con la idea de alocarnos.

—Podemos alocarnos en la piscina mañana. Te quitarás el sostén del bikini, amiga. Después de obligarte a beber toda una botella de vodka.

Caminamos hacia el grupo y de inmediato me siento más tranquila. Puedo volver a la habitación del hotel con Lo y resolver todo mañana, o nunca. Nick ni siquiera se daría cuenta.

Estamos a unos pasos del grupo, que se unió al canto del sujeto de la guitarra, cuando Frankie se acerca detrás de mí y me agarra del brazo.

—Hannah. ¿Me puedes hacer un favor enorme?

Es fácil ser amable con ella porque ya no tengo que lidiar con Nick por mucho más tiempo.

—¿Qué pasa?

—Tengo que escaparme un rato para hablar con un sujeto en el MGM; es para el blog.

—¿Qué? ¿Ahora? Son casi las diez de la noche.

Frankie inclina la cabeza y me responde de una forma que me hace sentir como una ignorante.

—Cariño, estamos en Las Vegas. Hasta ahora va a empezar a trabajar.

—Está bien —digo—. En fin, ¿para qué me necesitas?

—Nick se enfadará conmigo por irme. Actúa extraño cuando le doy noticias inesperadas como esta. Además, fue mi idea llevarlas a conocer la ciudad y ahora me iré. ¡De todos modos, volveré! ¡Lo haré pronto!

La miro con sospecha.

—Esto...

—Nick está superfeliz de que estés aquí. ¿Podrías decírselo por mí? ¿Que me iré, digamos, durante una hora?

Se pondrá muy feliz de poder pasar un rato contigo a solas. Acompáñalo hasta que yo vuelva.

—No sé, Frankie...

—Claro que lo hará, Frankie —interrumpe Lo.

Le lanzo una mirada mortal. ¿Qué demonios? Sigo mirándola, pero le sonríe a Frankie como si no acabáramos de acordar que íbamos a pedir servicio a la habitación y ver películas en el hotel.

—Grandioso. Gracias, Hannah. —Frankie aprieta mi brazo y me dedica una sonrisa genuina y superamable que me gustaría quitarle del rostro a golpes—. Sé que eres la única persona que puede evitar que Nick se enoje conmigo. Te debo una.

—No me debes nada —murmuro, pero ella ya se fue y está cruzando el puente hacia el MGM Grand más rápido de lo que uno creería que sus piernecitas podrían llevarla.

—Oye —le digo a Lo tan pronto como Frankie se va—, ¿qué fue eso?

Sus manos ya están levantadas en señal de rendición.

—Escúchame, ¿de acuerdo?

—Te escucho.

—Sé que quieres volver a la habitación y respeto tu decisión. Pero también creo que Grace tiene razón, y las circunstancias son perfectas: tienes la oportunidad de estar a solas con Nick y hablar con él sin que Frankie los interrumpa, Grace se va a ir con Alex y yo puedo hacer algo con Oscar. Dijiste que Nick se parece más al sujeto que conoces cuando están los dos, ¿verdad? Es una oportunidad de oro para que estén a solas, prácticamente veo los quilates.

Cuando lo explica así, no parece tan mala idea.

—Podría funcionar. —¿Tiempo a solas con Nick sin interrupciones de Frankie? Es mejor que quejarse en la habitación del hotel.

Grace tiene razón: tengo que decirle lo que siento. No puedo con esta incertidumbre, con eso de que ponga su brazo alrededor de mi hombro en un momento y que luego bromee con Frankie al siguiente. Esto implicará admitir que le mentí, pero tengo que hacerlo de todos modos. Tengo que decírselo.

Sacudo la cabeza, extiendo mi brazo y le doy una palmada en el trasero.

—Por eso te quiero tanto.

—Lo sé —dice Lo—. Soy la mejor.

Llegamos por fin a donde está el grupo, que está posando de mala gana para las fotografías que Grace está tomando con su teléfono, seguramente para demostrarle a su editora que estuvo hablando con una banda real de Las Vegas.

—Bien, chicos —dice Lo—. Parece que hubo un pequeño cambio de planes.

—¿Dónde está Frankie? —pregunta Alex.

Froto mis manos sobre la parte delantera de mis *jeans*.

—Bueno, eh, tuvo que irse un momento para hacer algo para el blog. —Nick hace un gesto que no puedo descifrar, y me esfuerzo por dedicarle una sonrisa reconfortante—. Pero regresará pronto.

—Hannah también me estaba diciendo —Lo se vuelve hacia mí y me lanza una mirada que indica claramente que no dije nada de lo que está a punto de decir, pero que más me vale seguirle la corriente—, que se muere por ir a la cima de la Torre Eiffel.

¡Por favor! De todas las cosas que podía decir y escoge esa. No me molestan las alturas tanto como las montañas rusas, pero yo no diría que "me muero" por asomarme a ver la tierra firme desde esa altura. Sonrío de todos modos. Es claro que tiene un plan.

—No. —Oscar sacude la cabeza con violencia, y de repente comprendo lo que está haciendo Lo, mi brillante amiga—. Yo, eh, no subiré allá. De ninguna manera.

Decido seguirle el juego a Lo.

—Por favor, chicos. Está en mi lista de las cosas que quiero hacer en Las Vegas.

Grace comprende el plan.

—Alex y yo estamos a punto de irnos, pero, Hannah, estuviste hablando todo el camino sobre lo mucho que querías subir a la Torre Eiffel. Tienes que hacerlo.

—Bueno —dice Nick, cambiando el peso de un pie al otro—, ¿y si yo acompaño a Hannah a la Torre Eiffel? Grace y Alex, ustedes vayan a embriagarse o lo que sea que vayan a hacer. Lo y Oscar, ustedes vayan a… algún lugar que no esté a cientos de metros por encima del suelo, y nosotros los llamamos cuando hayamos terminado. ¿Qué les parece?

Me alivia que Nick nos siga el juego y lo bien que todo está saliendo. Genial. Tendremos tiempo para hablar a solas.

Entonces escucho una voz detrás de nosotros.

—¿Y qué hay de mí?

Rayos. Me había olvidado por completo de Jordy. Parece que nuestros planes están a punto de cambiar por culpa de este tonto.

Capítulo 17

JORDY CHOCA SU MANO con todos los chicos, incluyendo a Nick, y se disculpa por llegar tarde. Menciona algo acerca de que tuvo que ayudar a Drew a llevar los instrumentos a casa y algo más sobre unas chicas lindas en House of Blues. No lo escucho porque estoy tratando de pensar cómo afectará mi plan su llegada. Solo tengo un momento a solas con Nick antes de que Frankie vuelva y quiero aprovecharlo.

Sé bastantes cosas acerca de Jordy como para saber que no me importa oír lo que dice. Es cierto que es el vocalista y el compositor de Automatic Friday, y que es apuesto, pero él también sabe lo apuesto que es, lo que lo hace menos atractivo. Nick casi no habla de él, por lo que supongo que no son amigos íntimos, y además se molestó visiblemente cuando Alex invitó a Jordy.

Jordy cambió la ropa que estaba usando durante la presentación y ahora trae puesto casi el mismo uniforme que los demás: *jeans*, camiseta negra y suéter con capucha, pero a él se le ve diferente. La ropa se les ve diferente a las personas que están al otro lado de la línea que separa la autoconfianza de la arrogancia.

—Hola, chicas —dice de una forma que da a entender que hasta ahora nuestra noche solo había consistido en matar el tiempo hasta que él pudiera unirse a nosotros.

Nick interviene con una voz forzada y demasiado formal antes de yo poder presentarme.

—Jordy, ella es Hannah. —Pone su mano en mi hombro mientras lo dice, y mi hombro se enciende en llamas. Es como si estuviera reclamándome como su propiedad, y no mentiré, podrían pedirme que devuelva mi tarjeta de membresía del movimiento feminista con esta afirmación, pero me encanta que lo haga—. Hannah es... mi mejor amiga. Es de California.

—Hannah, ¿eh? —Jordy se aproxima y extiende su mano—. Bueno, es un placer conocerte, Hannah. No puedo creer que Nick nunca hubiera mencionado que tenía una amiga tan hermosa.

—Tal vez es por una buena razón —murmura Nick, y no sé si debería sentirme halagada, enfadada o si siquiera debí escuchar eso.

—Hola. —Estrecho la mano de Jordy porque me la extendió como si fuera el padre de alguien. Se siente como un manojo de algas marchitas, débil y húmeda.

—Ellas son su hermana Grace y su amiga Lo. —Nick concluye las presentaciones con su voz formal y luego continúa cambiando el peso de un pie a otro.

Lo miro y hacemos contacto visual, luego sucede algo extraño: levanta las cejas y entiendo exactamente lo que significa esa expresión. Está molesto con Jordy y con el grupo, y quiere irse. Lo entiendo. A diferencia de su gesto misterioso cuando Frankie se fue, esta vez puedo leer sin problemas la expresión de su rostro.

Asiento con la cabeza en respuesta.

—Bueno, me alegra haberte conocido antes de ir a la Torre Eiffel. Yo... tengo que ir a recoger algo en mi hotel y necesito que Nick me ayude, por lo que ya nos vamos, pero los llamamos para reunirnos dentro de un rato cuando hayamos terminado, ¿les parece? Nosotros los llamamos. ¡Bueno, adiós! —Me doy la vuelta antes de que tengan la oportunidad de decir algo y Nick hace lo mismo, luego caminamos a toda velocidad por el puente. Me siento aliviada de haber podido escapar y, al parecer, él también. Estamos solos y dejamos atrás el grupo y la incomodidad.

Nick tenía razón. El Hotel París Las Vegas no parecía estar tan lejos desde el puente, pero ahora que estamos caminando hasta allá, la distancia parece un poco desalentadora.

—No puedes caminar con esos zapatos —dice Nick, mirando mis plataformas—. Crucemos el MGM y tomemos un taxi.

El MGM Grand es uno de los hoteles más grandes del lugar y para alguien que afirma que no viene a esta parte de Las Vegas con frecuencia, Nick parece saber mucho sobre él.

—He oído que este hotel tiene tantas habitaciones —dice mientras recorre el suelo del casino, sorteando mesas de *blackjack*, ruleta y dados—, que si te quedas en una habitación diferente cada noche, tardarías cinco años en dormir en todas ellas. ¿Puedes creerlo?

—Increíble. —Es el cuarto casino en el que he estado hasta ahora, y todos ellos me parecen diferentes y abrumadores. El MGM no parece tener un tema aparte de "enorme", pero es muy bonito por dentro, con decoraciones doradas en la pared y detalles de leones en todas partes. Pasamos un restaurante costoso tras otro y, antes de avanzar al siguiente, nos detenemos frente a los menús para señalar los platos que ordenaríamos si tuviéramos todo ese dinero.

Según los letreros, estamos cerca de la recepción principal, pero un gritito nos detiene en seco. Los gritos continúan y suenan como un ulular; son rápidos, fuertes y llenos de emoción, y se acercan hasta que están justo sobre nosotros.

Es una pareja que ulula a manera de celebración. La mujer lleva puesto un vestido blanco de lentejuelas, muy ceñido y sin tirantes, tan corto que parece una camiseta; también lleva una boa de plumas fucsia y los tacones de plataforma más altos en los que he visto que una persona real es capaz de caminar. Su pelo negro se retuerce en un peinado alto cubierto con un velo de tul. El hombre tiene *jeans* negros ajustados, una camiseta con un esmoquin estampado y un sombrero de copa. En su antebrazo derecho tiene garabateadas con marcador indeleble las palabras "Recién casados", y una botella de cerveza cuelga de sus dedos. Los grititos ocurren cada vez que él le golpea el trasero a la novia con su mano libre, cosa que ella parece disfrutar enormemente.

—Mira qué tierno —digo, dándole un codazo a Nick en las costillas—. Una boda en Las Vegas.

—¡Felicidades! —les grita Nick cuando pasan ululando.

El novio se detiene, se da la vuelta y observa con sus ojos vidriosos la multitud del casino hasta que encuentra a Nick y luego a mí. Regresa caminando hacia nosotros y pone su mano, la misma con la que había estado dándole palmadas al trasero de su esposa, en el hombro de Nick.

—¡Gracias, amigo! Es grandioso. —Inclina su cabeza hacia mí—. ¿Te vas a casar con esta? Deberías hacerlo. Estar casado es lo mejor.

—Solo has estado casado durante cuarenta y cinco minutos, amor —grita la novia a unos pocos metros de distancia—. No sabes si es cierto.

—Eh... —Nick mira sus pies y sus mejillas se tornan del color de la boa de la novia—. Nosotros... eh...

—No —digo, tal vez demasiado rápido—. No estamos juntos. Solo somos amigos.

—Los mejores amigos —añade Nick, también con demasiada prontitud.

El novio pasa su brazo alrededor del hombro de Nick y lo acerca para darle un abrazo de lado.

—Mai y yo éramos los mejores amigos en la secundaria —dice—. La verdad, salí con su hermana, pero ya no hablamos de eso. Se pone furiosa. —La última parte la dice en un susurro y le hace a ella un guiño exagerado.

—¡Jason! ¿En serio les estás contando esa historia a unos extraños? ¿En nuestra noche de bodas? —La novia, Mai, pone los ojos en blanco y sacude la cabeza, pero su exasperación no es tan convincente comparada con su enorme sonrisa—. Ven. Tenemos que volver a la recepción.

El novio nos mira por un segundo, sonríe y dice:

—¿Quieren pastel? Vengan a comer pastel con nosotros. —Sosteniendo el abrazo de lado, el hombre inclina a Nick ligeramente en dirección a su esposa—. Acabamos de perder parte de nuestro dinero del regalo de bodas en la ruleta y necesitamos más pastel para relajarnos.

Estoy tentada a rechazar su invitación, a alejar a Nick de Jason y a huir de estos ebrios extraños, pero noto que el ligero tirón de Jason hizo que las gafas de Nick se escurrieran un poco y que se tambalearan torcidas hasta la punta de su nariz, que es probablemente lo más adorable que he visto. Pero lo más adorable es la expresión de Nick, cuyos ojos extremadamente abiertos parecen preguntar "¿Qué demonios está pasando?", pero además quieren decir "¡Esto es grandioso!". Está disfrutando por completo este encuentro tan extraño.

—¿Estás invitando a extraños a nuestra recepción? —dice Mai, con un tono que implica que Jason suele hacer ese tipo de cosas y es justamente algo que ella ama de él.

—¡Míralos! —Jason sacude su mano de arriba abajo delante de Nick, que está riendo y cuyas gafas siguen cayéndose—. ¡Son una versión adolescente de nosotros! ¡Tengo que invitarlos! ¡Es como invitar a nuestros yos del pasado a nuestra propia boda! ¡Es como *El origen*! ¡Matrimorigen!

Es cierto. Jason es un hombre blanco de pelo castaño con gafas de montura negra, como Nick, y Mai, aunque no es coreana, es menuda y de origen asiático. De cierto modo se parecen a nosotros, aunque yo nunca podría lucir esos zapatos y ese vestido en público. ¿De dónde sacó esos senos?

Jason toma un trago de su cerveza.

—Entonces, ¿vienen?

Nick y yo nos miramos.

—¿Quieres? —me pregunta, levantando una ceja.

Su rostro está lleno de emoción y de aventura, y es algo que solo he escuchado en su voz. "Haz esto conmigo —parece estar diciendo—. Hagamos una locura juntos".

Levanto ambas cejas porque nunca he podido dominar el arte de levantar una sola como él, incluso después del tutorial de una hora que me dio en décimo grado. Mi instinto es negarme y salir de ahí, y él lo sabe.

Si me lo hubieran preguntado ayer, habría dicho que ni en un millón de años vagaría por un casino de Las Vegas con desconocidos ebrios, pero algo en mí cambió cuando subí al auto y vine hasta aquí. Este viaje no solo se trata de encontrarme con Nick; también se trata de desobedecer las reglas y de probar cosas nuevas. Claro, no me subí a la montaña rusa, pero puedo comer pastel. Un postre no me llevará a una muerte sangrienta.

Algo más cambió en mí cuando Nick y yo huimos juntos. Tomar ese tipo de decisiones y hacer cosas que van en contra de mi ADN de niña buena reveló una parte secreta de mí. En este momento, mi deseo de participar en una de las historias de Nick es fuerte, como la vez que él y Oscar se colaron en una piscina vacía para usar su patineta, o cuando hizo una fiesta de perros calientes y encendió una fogata en un lote vacío. Quiero formar parte de ese aspecto de su vida.

Tal vez ese sea el lugar para decirle lo que siento. ¿Qué mejor escenario que una boda romántica en Las Vegas?

Asiento con la cabeza, encojo los hombros y sonrío, todo al mismo tiempo.

—Si a Las Vegas fueres...

Capítulo 18

TODOS SEGUIMOS A MAI por el casino y Nick se libera del abrazo de Jason, logra acomodarse las gafas por fin y camina cerca de mí nuevamente.

—Una boda en Las Vegas —le digo mientras caminamos detrás de la pareja—. Siento como si estuviéramos en una película.

Nick mete las manos en los bolsillos de su chaqueta.

—¿Crees que Elvis ofició la ceremonia?

—Si no fue Elvis o un travesti, esta boda de Las Vegas está saliendo mal. Bueno, según muestran en las películas.

—Según las películas debieron haberse conocido hace apenas dos horas, no en la secundaria.

Vamos en silencio mirando a Mai y a Jason, que están delante de nosotros y ahora van saltando por el casino tomados de la mano hasta su recepción. Bueno, saltan lo mejor que pueden, debido al calzado de Mai.

—¿Estás segura de que quieres hacerlo, Fantasma? —Nick me empuja suavemente con su hombro y yo le devuelvo el empujón sin pensarlo. Tan pronto como me doy cuenta de lo que he hecho, me recorre un escalofrío de pánico. ¿Fui demasiado coqueta? ¿Muy atrevida? ¿Debí haber hecho eso? Pero entonces el pánico merma un poco cuando me digo que él empezó.

Lo empujo de nuevo.

—¿Prometes que ellos no van a drogarnos y a llevarnos al desierto para hacer un ritual de sacrificio ocultista?

Nick ríe tan repentinamente que resopla por la nariz.

—No puedo prometerte eso, pero sí puedo prometerte que, si lo intentan, iré valientemente a tu rescate y te sacaré a rastras para ponerte a salvo si es necesario.

—¿Cómo vas a rescatarme si también estás drogado?

—Lucharé contra la turbiedad de las drogas para salvarte, Fantasma. Es lo que hacen los verdaderos amigos.

Un fuerte ulular suena a través del casino y veo que, una vez más, Jason le da palmadas a Mai en el trasero. Cielos, no puede quitarle las manos de encima. No obstante, esta vez, tras cada palmada, acerca rápidamente la mano de nuevo y la pone firmemente sobre su trasero.

La facilidad con la que hablan, su química natural y el amor innegable que hay entre ellos me ponen algo sentimental. Mientras caminamos miro a Nick y veo que está sonriendo, pero él no los está mirando a ellos, sino a mí.

—Me recuerdan a nosotros —susurra, con su boca más cerca de mi piel que nunca.

Los seguimos por el casino a un pasillo lleno de salones que supongo que se utilizan para convenciones, conferencias y bodas como la de Jason y Mai. La fiesta está en su apogeo cuando cruzamos por una de las puertas. Hay filas de luces en las paredes, flores decorativas en las mesas y los invitados llenan la pista de baile, como se esperaría en cualquier boda. Aun así, a juzgar por el traje de bodas poco convencional de Jason y de Mai, debí sospechar que no sería una recepción tradicional.

En lugar de usar vestidos y trajes elegantes, todos los invitados están disfrazados.

Desde los altavoces retumba *hip-hop* sin censura a todo volumen, escogido por un DJ disfrazado de payaso.

Un grupo de princesas sexis de Disney baila en círculo, dos Elvis (¿o Elvises?) brindan con sus tragos y un hombre vestido de mujer le da una rebanada de pastel de bodas a alguien que lleva puesto un traje de gorila con corbatín.

Nick y yo, vestidos tan normal como es posible, permanecemos en la puerta boquiabiertos.

Nick se rasca la parte de atrás de la cabeza.

—¿Tardamos tanto que ya es Halloween?

—Esta sí es Las Vegas que esperaba ver —le digo.

—He vivido aquí toda mi vida y nunca había visto esta versión de Las Vegas.

—Es evidente que vas a los lugares equivocados.

—Tengan. —Es Jason y nos entrega dos platos de cartón—. Jason y Mai adolescentes, tienen que probar el pastel de bodas. Es de chocolate y está delicioso. Ya me comí tres rebanadas y la noche aún no termina.

Recibimos el pastel que nos da, lo que parece complacerle inmensamente.

—Ahora, si no les importa, voy a bailar con mi atractiva esposa. No se metan en problemas.

Comí una rebanada de pastel en la pizzería antes de la presentación de Nick, y normalmente no como muchos dulces, de modo que voy a acumular más azúcar en este viaje de la que he consumido en el último mes. Sin embargo, no podía decirle que no a Jason, ni a su rostro radiante de amor y de emoción. Después de todo, seguí a los recién casados hasta acá para comer pastel, por lo tanto, voy a comérmelo.

Como un bocado, y es tan dulce y empalagoso que mi boca se retuerce cuando lo trago. Comerse un bocado cuenta como comerse todo el pastel, ¿verdad?

—Toma, para ti —digo, entregándole mi plato de pastel a Nick.

—Eres la mayor benefactora de mi gusto por los dulces. —Nick ya se comió su rebanada, de modo que arroja el plato vacío al bote de la basura que hay detrás de él y comienza a devorar con avidez mi pastel—. Es increíble que no sufra de obesidad mórbida por culpa de todos los productos de repostería que me envías siempre.

—Te los envío para que no sea yo la de la obesidad mórbida.

Mientras termina su segunda rebanada de pastel, trato de pensar en qué más decirle. Este no es exactamente el ambiente romántico que esperaba para hablar con sinceridad de mis sentimientos.

Estoy a punto de decirle a Nick que, ya que comimos el pastel, deberíamos escabullirnos antes de que Jason y Mai se den cuenta. Venir hasta acá fue bastante alocado; ya tenemos una buena historia y tenemos que volver a nuestro viaje a París y a la Torre Eiffel. Sin embargo, antes de que las palabras salgan de mi boca, Nick se vuelve hacia mí y dice:

—¿Quieres bailar?

Sacudo mi cabeza porque la idea es completamente ridícula; sé que seguramente está bromeando. Parece que hay una fiesta de Halloween en su máximo esplendor en la pista de baile. Uno de los Elvis está haciendo movimientos de *break-dance* en medio del círculo. Una Elsa sexi de *Frozen* baila sobre una silla que llevaron a la pista de baile. Jason lleva a Mai a caballito (¿cómo logró subirse con ese vestido diminuto?) y la carga alrededor de la pista de baile al ritmo de la música. Mai tiene sus brazos alrededor del cuello de

Jason y lo mira como si el sol saliera y se ocultara detrás de sus gafas de montura negra.

Entonces miro a Nick y, por segunda vez en los últimos diez minutos, me está sonriendo con esa sonrisa amplia de sus fotografías y llena de alegría. Pero esta sonrisa tiene un toque de picardía. Me doy cuenta de que la música a todo volumen y lo inverosímil de este encuentro han sacado de su mente la realidad de nuestra situación actual. Es como si hubiéramos cruzado el MGM Grand y entrado a un universo paralelo lleno de personajes de Disney en versión sexy y pastel gratis, donde Nick y Hannah son los mejores amigos de siempre, sin ningún tipo de complicaciones del mundo real.

Es como si hubiéramos escapado de la realidad y entrado a nuestro mundo virtual de mensajes de texto, llamadas telefónicas y conversaciones, en el que solo estamos los dos y cualquier cosa puede pasar.

Parece estar feliz de vivir en ese universo paralelo, aunque sea un rato, y la verdad yo también. Es lo que he estado esperando toda la noche. Más que decirle la verdad, he querido estar a solas con Nick y tener la oportunidad de actuar de forma normal con él.

No es que estén poniendo canciones lentas ni nada por el estilo. Son ritmos rápidos, no música para abrazarse. No hay nada malo con eso.

Le devuelvo la sonrisa.

—¿Quieres bailar conmigo? —Me cubro la boca con la mano y finjo sorpresa—. ¿En lugar de bailar con la atractiva Elsa?

—A ver. Seguramente es una buena chica, pero me parece un poco fría.

—Vaya —digo—, eso fue...

—Es suficiente, Fantasma. —Nick pone su mano en la parte baja de mi espalda y caminamos hacia la pista de baile.

La música retumba en la pequeña sala de recepción. La pista de baile está llena de invitados disfrazados, de modo que Nick y yo tenemos que pararnos cerca el uno del otro. Estamos tan cerca que soy consciente de cada centímetro de él y de lo cerca que él está de cada centímetro de mí. No nos estamos tocando, pero si el hombre del traje de gorila que está detrás de mí me empuja, podríamos hacerlo.

Comienzo a mover las caderas al ritmo de un *hip-hop* inapropiado para bodas.

—Por fin vamos a ver quién es el peor bailarín —dice Nick—. Nunca decidimos quién era el perdedor en el gran concurso de baile de undécimo grado que hicimos por video.

—Fue porque no tuvimos un juez externo.

—Porque Alex no quería alejarse de su videojuego para vernos.

—De todos modos, habría votado en tu contra, sin importar lo que viera.

—Eso es cierto.

—Y Grace no estaba en casa. De modo que el título de peor bailarín todavía está en juego.

Comenzamos a hacer el intento de bailar peor que el otro. Hago el paso del aspersor y él responde con el paso de la lavadora. Agito mis manos en el aire como si no me importara y él hace brazos de robot y se da vueltas a sí mismo. Ambos nos reímos hasta doblarnos y nuestras cabezas chocan entre sí, lo que nos produce más risa.

A continuación cambia la música. Sigue siendo *hip-hop* sin censura, pero la nueva canción es más rápida y más sensual. Hay un cambio repentino en la atmósfera del salón y sé que no soy la única que lo siente. Todos se acercan más. Se acercan más a la pista de baile y entre sí. El alcohol, el sudor y los cuerpos se cierran en torno a nosotros, obligándome a invadir el espacio de Nick y a Nick a invadir el mío. La música resuena y seguimos bailando, pero no como antes. Nos estamos moviendo al ritmo de la música como si no tuviéramos opción, como si se hubiera apoderado de nosotros. Podría mirar la pista de baile para ver si la canción había tenido ese mismo efecto en todo el mundo, pero no puedo apartar los ojos de Nick. Su rostro está tan cerca del mío como jamás lo había estado, y ni siquiera me di cuenta de que su brazo estaba alrededor de mi espalda y me había acercado más a él.

Nuestras caderas se tocan, nos miramos fijamente, nos movemos al ritmo de la música y del otro, y quiero poner mis brazos alrededor de su cuello, de sus hombros o de su espalda y acercarlo aún más a mí. Quiero decirle todo lo que he estado pensando. Abro la boca y trato de estirarme, pero él es demasiado alto, la música es demasiado fuerte y el gorila insiste en empujarme y acercarme a Nick una y otra vez.

No es momento para hablar; es momento para bailar.

Eso hacemos. Bailamos más cerca de lo que nunca hemos estado, y nuestros ojos y cuerpos no se pueden separar. Estoy concentrada en muchas cosas de él. En la manzana de Adán que se mueve de arriba abajo cuando traga, en su boca ligeramente abierta, en sus dedos apoyados con fuerza y firmeza contra mi columna vertebral, en las pequeñas gotas de sudor que se acumulan en su frente.

Los bailes lentos podrían ser propicios para el romance, pero, por algún motivo, esto resulta ser más intenso, más íntimo.

Estoy casi perdida en la música y en Nick cuando el DJ payaso toma el micrófono y me recuerda rápidamente dónde estoy.

—¡Muy bien, invitados! ¡Es hora de lanzar el ramo!

Nick y yo salimos de golpe de nuestro trance de baile. Lo miro cuando vuelvo a la realidad y *Single Ladies* retumba en los altavoces, mientras dos de las princesas sexis hacen la coreografía del video junto a nosotros.

—¡Solteras, a la pista! —insiste el DJ payaso.

Aún aturdida, tiro ligeramente de la manga de Nick.

—Creo que es nuestra señal para irnos.

—Pero ¿no quieres hacer la coreografía de *Single Ladies*? —Inclina su cabeza hacia las bailarinas entusiastas que tenemos al lado—. Claramente ganaste el concurso de baile, Fantasma. Puedes hacerlo.

Contengo una risa.

—Suena tentador, pero mejor paso.

—¿Deberíamos despedirnos de Jason y Mai?

Localizo a la pareja en la pista de baile. Mai sacude un pequeño ramo de flores fucsias y blancas sobre su cabeza, mientras Jason le toma fotografías con su teléfono.

Cuando los veo, tengo un arrebato repentino de emociones, pero no le digo a Nick lo que pienso, porque lo que estoy pensando es que esos podríamos ser nosotros algún día. No este tipo de boda, sin duda. No he pasado mucho tiempo soñando con mi futura boda, pero puedo asegurarles que no será para nada como esta fiesta de disfraces y ebrios.

Me refiero a Jason y a Mai. Es evidente que están muy enamorados y, aunque esta recepción de bodas es supremamente extraña, es obvio que es un reflejo de ellos y que están completamente unidos. Son perfectos el uno para el otro.

Esos podríamos ser Nick y yo algún día.

Pudimos haberlo sido.

Tal vez todavía podemos serlo, si logro que mi maldita boca funcione y admito que le mentí. Pero en cambio, digo:

—No. Solo vámonos. No quiero interrumpir.

En nuestro camino hacia la salida, Nick toma otra rebanada de pastel y garabatea en el libro de invitados: "Felicidades, Jason & Mai. Con amor, la versión adolescente de Jason & Mai", que es un álbum de fotografías de ellos con un perro blanco esponjoso, y luego se despide de la fiesta con la mano, aunque todo el mundo está prestando atención al lanzamiento del ramo y no a los intrusos de la boda.

No hablamos acerca de la boda mientras cruzamos el MGM hacia la salida del vestíbulo. No hablamos acerca de nuestro baile, ni de nuestra cercanía, ni de nuestro contacto visual intenso. Salimos de esa realidad alternativa a la que entramos, pero no hemos regresado del todo al mundo real, pues aún puedo sentir fuerte y presente el oasis que Nick y yo compartimos.

Cerca de la puerta principal que conduce a una parada de taxis, Nick se detiene.

—Mira, Fantasma. —Es lo primero que dice desde que salimos de la boda y señala una máquina pequeña. Me acerco a su lado y veo que es una máquina de centavos de recuerdo que graba el león de la MGM—. ¿Recuerdas la moneda que…?

Ni siquiera lo dejo terminar. Saco mi moneda de payaso del bolsillo y extiendo la mano hacia él. Mostrarle que tengo la moneda conmigo, que no solo recuerdo que me la envió, sino que también la traje conmigo a este viaje, se siente como si estuviera revelando una parte secreta de mí, como saltar por el casino en tanga.

Se queda mirando la moneda como si fuera algo extraño y maravilloso, y extiende su mano. Levanto la mano para que pueda tomarla, pero no toma la moneda de payaso. En cambio, se lleva los dedos a su cuello y tira de una larga cadena que tiene bajo su camiseta. Colgando de ella está la moneda de Disneyland que le envié hace años, la de los fantasmas que hacen autostop.

—Le pedí a uno de los amigos de Alex que le hiciera un agujero. —Sus mejillas están ruborizadas y mira a todas partes excepto a mi rostro mientras mete la cadena bajo su camisa—. Me la pongo todos los días.

Lo miro fijamente, sin palabras. ¿Se pone la moneda que le envié todos los días bajo su camisa? ¿La lleva con él todo el tiempo?

"Hazlo ahora —me digo—. Dile lo que sientes". Me lanzó la pelota y solo tengo que batearla, pero abro la boca y no sale nada. Abro y cierro la boca como un pez y miro la moneda que aún está en mi mano.

Al parecer, no sabe cómo interpretar mi silencio. Se alisa la camisa, mira sus zapatos por una eternidad y luego dice:

—Bueno, vamos a buscar la fila para tomar el taxi. —Y se vuelve hacia el vestíbulo.

Y... fallo el golpe. La oportunidad se fue. Maldición.

Aún sin palabras, guardo mi moneda de nuevo en el bolsillo y lo sigo a un taxi. A medida que nos dirigimos al Hotel París Las Vegas, miro por la ventana de nuevo, y observo las luces y la gente de la calle mientras intento darle sentido a lo que Nick acaba de mostrarme sumado a nuestro baile en la boda. Por fin logro escoger las palabras cuando noto que varios chicos bordean la acera con camisetas fluorescentes, con letreros en la espalda y les entregan algo a las personas que pasan.

—¿Qué están haciendo?

—Ah —dice—, son tarjetas de acompañantes. Chicas a las que puedes llamar y te hacen pasar un buen rato.

—Qué asco. ¿Por qué tratan de darle una a esa mujer?

Se encoge de hombros.

—Oye, algunas mujeres disfrutan de la compañía femenina. Nunca se sabe. No las juzgues.

—Ya tengo suficiente compañía femenina con Grace y Lo —digo en broma—. Ciertamente no voy a pagar por más.

Los dos nos reímos, y él se reclina en el asiento y mete las manos en los bolsillos de su chaqueta.

—Bueno, ¿por qué tienes tantas ganas de ir a la Torre Eiffel? Es exactamente el tipo de cosa que odiarías hacer.

—Bueno, quiero ser testigo de una vista grandiosa de Las Vegas.

"Y tener más tiempo a solas contigo para poder decirte todo lo que siento". Aunque esta oportunidad se va a desperdiciar si, cuando por fin logre decir algo, empiezo a hablar sobre prostitutas y datos curiosos de Las Vegas. En el teléfono, este tipo de conversaciones banales han tenido lugar a diario durante cuatro años, y no pensaría dos veces para participar. Cuál es el mejor Pokémon, cuáles son nuestros tipos favoritos de calcetines, cuáles son los ingredientes más sabrosos de la pizza en orden ascendente. Hablamos y nos enviamos mensajes de texto durante horas sobre cualquier cosa, lo que sea, pero ahora que Nick está a mi lado, puedo sentir la realidad de nuestras mentiras, de las cosas que hemos callado y de nuestros sentimientos de la vida real, y es difícil reconciliarlos, especialmente ahora que existe Frankie. Eso y el hecho de que soy incapaz de hablar con sinceridad acerca de mis sentimientos y de que lleva puesto alrededor de su cuello algo que le envié y que tiene una imagen del apodo que me puso. Nick está mucho más cerca ahora que no hay teléfonos ni pantallas entre nosotros, pero de alguna manera este pequeño espacio real, y todas las complicaciones que vienen con él, se ha tornado mucho más difícil de franquear.

Llegamos al Hotel París Las Vegas, nos bajamos del taxi y luego paseamos por un piso del casino, diseñado obviamente para parecerse al París de Francia, hasta que encontramos la tienda de regalos donde venden entradas para la "Aventura en la Torre Eiffel". Nick paga los tiquetes de ambos con su parte del premio de la máquina tragamonedas. Me arrincono en el ascensor mientras subimos porque, a decir verdad, los recorridos largos en ascensor me asustan casi tanto como las montañas rusas. Trato de que no sea demasiado evidente el hecho de que no estoy disfrutando ni un solo segundo de la Aventura en la Torre Eiffel, pues esta no fue su brillante idea, pero Nick permanece cerca de mí, tal como lo hizo cuando estábamos bailando, y me observa por el rabillo del ojo.

Lo sé porque yo también lo estoy viendo por el rabillo del ojo.

Nos bajamos en la cubierta de observación, que no es más que una gran plataforma cercada. Las luces de la avenida y el resto del área metropolitana de Las Vegas se extienden delante de nosotros, pero también puedo ver la calle que está bajo mis pies a través de las rendijas del suelo de acero tejido de la plataforma.

Esta fue una pésima idea. Podríamos haber estado un tiempo a solas en una góndola del Venetian o algo así, pero probablemente Oscar no le teme al agua, entonces esto es lo que obtengo. Tengo que aceptar lo que me ofrezca esta noche.

Nick sale del ascensor de inmediato y pone su rostro contra la cerca que rodea la plataforma.

—Mira qué vista, Fantasma. Es increíble. —Se da la vuelta y ve que todavía estoy pegada a la puerta del ascensor, aunque ya se cerró y el cubículo bajó a traer más gente aquí arriba. Me extiende la mano—. Sabía que no querías hacer esto —dice—. Es como cuando fuiste a esa excursión escolar al Getty Center. ¿Recuerdas lo mucho que odiaste estar ahí arriba?

Un cosquilleo se propaga por mi cuerpo cuando menciona ese recuerdo tan antiguo. Fui a esa excursión en noveno grado, hace tanto que ni yo misma lo recuerdo, y ahora él cuenta la historia como si fuera propia, como si la hubiera tenido presente durante todo este tiempo.

De repente, el extraño y desconocido espacio real que nos separa desaparece. Tomo su mano y dejo que me lleve hasta el borde de la plataforma de observación, y el calor de nuestro contacto se extiende hasta mi brazo.

—¿Cómo es que aún recuerdas eso?

Estamos uno al lado del otro, muy cerca, pero ambos estamos mirando las luces de Las Vegas. Las fuentes del Bellagio se elevan alto en el aire y él sigue sin soltar mi mano. No hago nada por cambiar eso.

—Te lo he dicho un millón de veces, Fantasma. Soy un elefante. Nunca olvido nada.

Estoy muy consciente de que está a mi lado, de que sus dedos todavía rodean los míos. Cada célula de mi cuerpo está en alerta máxima, haciendo un seguimiento detallado de su cercanía. El roce de su chaqueta contra mi brazo desnudo envía un escalofrío de emoción por todo mi cuerpo.

Suelta mi mano y se vuelve hacia mí.

—¿Tienes frío? —Se aleja para quitarse la chaqueta—. ¿Quieres ponértela? No la necesito.

Estoy a punto de decir: "No, estoy bien". No tengo frío en absoluto y, desde luego, no le diré que fue el contacto accidental con él lo que me hizo estremecer, en lugar de la temperatura del aire. Pero luego me doy cuenta de que no quiero rechazar su oferta.

En cierto modo me odio por haberle permitido tomar mi mano y por querer ponerme su chaqueta. Tiene novia y, por más que me duela admitirlo, Frankie es grandiosa. Yo diría que es alguien que podría ser mi amiga; bueno, en realidad, dudo de que pudiéramos ser amigas porque estaría demasiado intimidada por ella. Me agrada Frankie y es la novia de Nick.

Y vine hasta aquí arriba para decirle lo que siento por él, para decirle que mentí cuando dije que nunca quise que hubiera algo romántico entre nosotros.

Tomo su chaqueta y la pongo sobre mis hombros. Oigan, Frankie no está aquí. Siempre cumplo las reglas y hago lo correcto y, sí, por lo general consigo lo que quiero, pero es porque lucho por obtenerlo.

Tal vez también tengo que luchar por esto.

Y tal vez esa lucha implica infringir una regla o dos.

Porque, maldición, Nick fue mío primero.

Capítulo 19

VOLVEMOS A CONTEMPLAR las luces. Me gustaría que su mano estuviera alrededor de mis dedos de nuevo, pero tengo su chaqueta sobre mí, y con eso me basta. Es como abrazarlo. Respiro profundo y me doy cuenta de que el olor de su chaqueta, goma de mascar de canela mezclada con cuero viejo y ahumado, es el aroma de Nick. Es otra pieza que me faltaba del verdadero Nick, y otra parte de su ser real que siempre he querido conocer.

Sé que tengo que decir algo, que estos son el momento y el lugar para hablar de sentimientos, de ser vulnerables, pero ahora que cruzamos otra pequeña brecha, me siento aún menos segura de cómo empezar la conversación.

—¿Mejor? —pregunta.

Asiento con la cabeza.

—Bueno —dice—. Sé que eres de sangre fría.

—Mejor que ser fría de corazón —digo, y ambos nos reímos y luego volvemos a quedar en silencio.

Es silencio, pero no del incómodo, sino del agradable. No es el tipo de silencio que se puede compartir con cualquiera.

El año pasado, en el aniversario de la muerte de su madre, Nick me llamó por la noche.

—No tengo ganas de hablar, Fantasma —había dicho—. Solo quiero no hablar con alguien.

De modo que me quedé con él en el teléfono durante veinte minutos; ninguno de los dos dijo nada. Escuché su respiración tranquila y me pregunté qué se sentiría no tener mamá. Arranqué una página de mi cuaderno escolar y escribí cosas que quería decirle, preguntas que me hubiera gustado hacerle. Al final dijo:

—Muchas gracias. Significó mucho para mí. —Colgamos y nunca volvimos hablar al respecto. No les conté eso a Lo ni a Grace porque no puedo imaginarlas sin decir nada por tanto tiempo. Sé que no comprenderían ese silencio.

Pero Nick y yo guardamos silencio tan bien como hablamos.

Nick se aclara la garganta.

—Oye, es extraño que, entre todos los lugares posibles, Grace tuviera que venir a hacer su práctica aquí.

Rayos. Desearía que dejara de mencionar esa mentira.

—Sí, ha estado dándoles ideas para artículos. Quiere escribir algo sobre el ambiente cultural de Las Vegas o algo así. Ni siquiera sé de qué se trata. No sabía que los practicantes pudieran hacer ese tipo de cosas, pero al parecer Grace es una especie de prodigio.

—Debería entrevistar a Frankie acerca de su blog. —Sé que no imaginé que su voz sonó más grave, pero no estoy segura de si se debe a Frankie o a su blog, o a ambos.

—Me parece buena idea. Apuesto a que les encantaría un artículo por el estilo. Bloguera adolescente más ambiente cultural local... suena como algo que buscan. —Me doy la vuelta e inclino mi espalda contra el enrejado. Casi he olvidado por completo lo aterrador que es estar aquí arriba—. ¿Te importaría decirme por qué tu voz sonó como si te hubieras tragado un insecto hace un segundo cuando mencionaste el tema?

Se vuelve para que miremos en la misma dirección, de espaldas a la ciudad. Me parece que se acercó más, y mi cuerpo está en alerta máxima de nuevo.

—No me malinterpretes —dice—. Deberías verlo. Es toda una maga de la tecnología y su sitio web parece salido de un comercial. Supe de él antes de conocer a Frankie y creo que es absolutamente increíble lo que ha hecho con él. Estoy orgulloso de lo que ha logrado y no quiero que pienses que me molesta su éxito. No es así.

—Entonces, ¿qué es lo que te molesta?

Nick deja escapar un largo suspiro.

—Me conoces, Fantasma. Tengo un perfil en línea solo porque tú lo creaste por mí. Si no hablara contigo, seguramente lo cancelaría. Sabes lo reservado que soy. El hecho de que la gente se meta con mis cosas es de lo peor.

Sí, lo conozco. Tuve que obligarlo a poner una imagen de perfil que no fuera el logotipo de la Casa Stark de *Juego de tronos*. Casi no tenía información personal en su página y solo había añadido un puñado de amigos. No actualiza su estado con frecuencia como todos mis amigos del colegio, que publican selfies con los labios estirados y ponen una actualización tras otra con fotografías de sus aburridos almuerzos.

Cuando le envié el enlace y la contraseña después de abrir la cuenta por él cuando estábamos en noveno grado, me escribió de inmediato, quejándose.

—¿Para qué necesito esto? —había dicho—. Ya te envío todas mis fotografías.

En broma le dije que quería escribir comentarios para que sus amigos vieran lo divertida e ingeniosa que era, pero de todos modos él casi no publicaba nada. Había fingido estar ofendida, pero a una parte de mí siempre le ha gustado lo reservado que es y, siendo esa su forma natural de ser, siento que realmente me he ganado su amistad en los últimos años, que tengo algo con él que nadie más tiene.

—Frankie publica todo en línea. Deberías ver su blog cuando tengas la oportunidad. Sabrás la historia de su vida en cinco minutos. —Nick deja escapar otro largo suspiro—. Pero lo que más me molesta es que habla de mí en el blog. Publica fotografías mías y menciona los lugares que frecuento. El hecho de que la gente sepa cosas de mí... me pone muy incómodo. Le digo lo que opino de eso, pero ella no deja de hacerlo. —Baja la voz hasta que solo se oye un murmullo—. La verdad es lo único por lo que peleamos, pero peleamos por eso todo el tiempo.

Mete las manos en los bolsillos de sus *jeans*, lo que hace que su codo toque mi brazo.

Me inclino hacia él ligeramente, apenas unos centímetros, y miro por el rabillo del ojo para ver si se da cuenta del contacto. Si lo hace, no se aleja, por lo que decido inclinarme unos centímetros más.

—Como lo que sucedió la semana pasada. Estaba comprando la cena con Alex y, mientras estábamos esperando nuestra comida, un sujeto de aspecto raro se me acercó. En serio parecía un *hobbit*. Me dijo: "¿Nick?", y me quedé pensando de dónde lo conocía. Era demasiado viejo para ser del colegio. Pensé que tal vez lo había conocido en una fiesta a la que fui con Alex o que le había vendido una camiseta en alguna de las presentaciones. —Se detiene, mira hacia delante y golpea su talón contra el enrejado que hay detrás de nosotros—. Bueno, resultó ser que leía el blog de Frankie. Sabía que estábamos juntos y me empezó a preguntar por ella, como si fuera mi amigo y como si pudiera programarle una cita con mi novia.

—Suena aterrador —digo—. Puede ser peligroso para ella si la gente siempre sabe dónde está todo el tiempo. La gente puede ser muy extraña, ¿sabes? —Recuerdo a su admiradora de la sala de juegos y me pregunto cómo habría sido ese mismo encuentro si Ashley no hubiera sido tan amable.

—Precisamente. Me preocupo cuando ella se va sola a otro lugar o cuando un sujeto le habla. ¿Quién sabe qué clase de locos leen su blog? Estamos en Las Vegas, ¿entiendes?

Siento algo en mi interior cuando oigo la ternura de su voz al hablar de ella. Me hace regresar a la noche de la fiesta, cuando hablamos por teléfono. Tenía esa misma ternura en su voz en ese momento, pero estaba dirigida a mí.

—En fin —dijo—, ya no hablemos más de eso. Me enfada, y no quiero estar enfadado ahora que estás aquí.

Siento que debería darle algún consejo. Es lo que la Hannah del teléfono haría. Pero ¿en serio quiero ayudarlo a arreglar las cosas con Frankie? No estoy segura y estoy menos segura de lo que siento respecto a la Hannah malvada que parece estar saliendo a la luz, de modo que cambio de tema.

Me doy la vuelta y observo el horizonte de Las Vegas.

—¿Dónde queda tu casa?

—Bueno, técnicamente vivo en Green Valley, por lo que tendríamos que ir hasta allá para ver mi casa. —Nick señala el otro lado de la plataforma, del lado opuesto de la avenida—. ¿Crees que puedas soportar la travesía?

Me siento a gusto en el lugar donde estamos y la idea de caminar al otro lado no suena para nada atractiva.

—Eh...

—Vamos, Fantasma —dice, y extiende su mano de nuevo—. Puedes hacerlo. Vas conmigo.

Mi mano rodea la suya y él me lleva lentamente hasta el otro lado de la plataforma. No es tan aterrador como cuando salí del ascensor y con la mano de Nick alrededor de la mía, su chaqueta sobre mis hombros y su cercanía, casi logro olvidarme de la altura y de la sensación de inestabilidad de la "Aventura en la Torre Eiffel". Las cosas se compensan bastante bien.

—No fue tan terrible, ¿verdad? —dice cuando nos inclinamos hacia delante contra la barandilla que da al resto de Nevada.

No ha soltado mi mano.

No estamos tomados de la mano como si fuéramos novios. Nuestros dedos no están entrelazados. Su mano está alrededor de la mía, lo que provoca que mi mano rodee la suya. "Es completamente inocente —me digo—. Solo me está reconfortando. No estoy coqueteando con él y él no me está coqueteando".

Pero tampoco haría esto frente a Frankie.

—Bien, ¿dónde queda la casa Cooper?

La vista desde este lado es diferente. Había luces, edificios y autos a ambos lados cuando estábamos viendo la avenida. Sigue habiendo luces de este lado, pero la vista es más oscura, menos espectacular. Es normal. La energía frenética de la avenida principal no es todo lo que Las Vegas tiene para ofrecer. Las Vegas Boulevard no es Las Vegas de Nick. Esta sí lo es.

Nick señala a lo lejos un grupo de luces.

—Mi casa está justo ahí. Bueno, si fuera de día, podrías verla mejor.

Me enternece la idea de ver la casa de Nick, donde se sienta frente a su computador y conversa conmigo mientras hace su tarea; donde se deja caer en la cama y me habla hasta altas horas de la noche.

—Siempre imagino tu casa cuando me cuentas historias. Me encantaría ver en qué se parece a la casa real.

Nick se aclara la garganta.

—Bueno, Alex invitó a unas personas mañana para hacer un asado. Es el cumpleaños de su amigo —dice con voz vacilante—. Deberías venir.

Aparto la vista del panorama y miro a Nick, y descubro que está mirándome. Sus ojos están muy abiertos detrás de las gafas de montura negra, con las mejillas sonrojadas y los labios ligeramente separados. Me está mirando de una forma muy diferente a todas las miradas que ha utilizado desde que lo vi por primera vez. La expresión me recuerda su voz suave en el teléfono a altas horas de la noche, los secretos susurrados y los chistes privados.

El aire entre nosotros está cargado de energía y casi libera chispas, como las luces de neón de un letrero de casino. Quiero sonreírle, pero no puedo. Lo único que puedo hacer es devolverle la mirada.

Aprieta mi mano con la suya, y yo le devuelvo el apretón. Me suelta un poco y creo que va a retirar la mano, guardarla en el bolsillo, arrepentido. Pero en lugar de eso estira sus dedos y busca los míos para entrelazarlos.

Acerco su mano a la mía con mis dedos. Ya ni siquiera puedo pretender que esto es inocente.

¿Ahora qué?

¿Qué pasa si se inclina para acercarse? ¿Si trata de besarme?

¿Y si no lo hace?

Es el momento perfecto para un beso. Solos, en la cima de Las Vegas, con la noche, las luces y la ciudad frente a nosotros. Estoy envuelta en su chaqueta y él está tan cerca que bastaría el más mínimo movimiento para hacer contacto. Nick, el chico que ha estado detrás de todo lo importante en mi vida durante los últimos cuatro años, el chico al que no puedo soportar perder.

Me mintió y eso me lastimó, pero yo también le mentí. Me mentí a mí misma acerca de lo que sentía y también le mentí a él al respecto.

Si quiero una oportunidad con él, tengo que decirle la verdad y tengo que hacerlo ahora.

Me acerco. Es solo un milímetro, el trayecto más corto hacia delante. Pero se da cuenta, y sus ojos se apartan de los míos y recorren lentamente mi cuerpo de arriba abajo. Se muerde el labio inferior.

Dios mío, lo está considerando. También quiere esto. Lo sé.

Si Nick fuera un chico normal, como Josh Ahmed, me inclinaría hacia delante para franquear el espacio y pondría mis labios suavemente sobre los suyos. No tendría que pronunciar palabras para decirle lo que siento.

Pero Nick no es un chico normal. Es muy especial.

Y… Frankie.

¿Quiero besar a un chico que tiene novia? ¿Quiero romper esa regla? ¿Actuar como ese tipo de chica? ¿Quiero convertir a Nick en ese tipo de chico?

Me muerdo el labio y retrocedo un milímetro. Estamos demasiado cerca y ambos deseamos esto demasiado.

Nick niega con la cabeza de manera casi imperceptible y me acerca con nuestras manos entrelazadas hasta que quedo contra él. Con su brazo libre rodea la parte baja de mi espalda y me aproxima más. Pero no para besarme. Me acerca hasta que mi cabeza queda apoyada sobre su pecho y su barbilla descansa ligeramente sobre mí. Libera nuestros dedos y pone su mano libre sobre mi cabeza, presionándola contra él, mientras acaricia mi pelo.

—Nunca pensé que podría vivir esto —dice Nick en voz baja.

Esta es mi oportunidad.

—Nick, yo...

—Fantasma, tengo que decirte algo —lo dice como si sintiera que, si no lo hace, la idea se marchitará y morirá dentro de él.

—Yo también. Nick, verás...

—Es Frankie.

Mi corazón se hunde. Se lanza de cabeza por un costado de la Torre Eiffel. Pensé que este momento se trataba de mí, de nosotros, pero no es así. Se trata de ella. Se ha tratado de ella desde que llegué aquí.

No puedo decir nada y no quiero saber a dónde va esto. Me aferro con mis dedos a la espalda de su suéter y cierro los ojos, en preparación para lo que va a decir.

—Empecé a salir con ella por Alex —dice después de lo que parece una eternidad—. Estaba en una fiesta, ya la habíamos visto por ahí, y Alex estaba interesado en ella, pero ella no estaba interesada en él. Para nada. Es demasiado mayor para ella, además piensa que es todo un idiota.

Pero le gusté, Fantasma. Nos conoció a ambos y no le gustó Alex, pero le gusté yo, y… —Se detiene y puedo sentir su corazón latiendo rápido, muy rápido, bajo su camisa.

Se aleja de mí. No mucho, y tampoco me suelta. Solo retrocede lo suficiente para mirarme.

—Ya la conociste. Frankie es muy especial, ¿sabes? Es… es increíble, Fantasma. Es inteligente, divertida, resuelta y me comprende. Nunca he tenido una novia como ella antes, y en parte la razón por la que no te hablé de Frankie fue por miedo a arruinar las cosas con ella. —Retira una mano de mi espalda y pasa sus dedos por mi pelo. Sus dedos rozan mi rostro, y su pulgar se queda en mi mejilla y se mueve lentamente de un lado a otro sobre mi piel—. Y tú… —Me mira fijamente y yo lo miro también, petrificada, todavía sosteniendo su suéter firmemente con mis dedos. Sé lo que está a punto de decir. "Y tú me rechazaste. Me dijiste que nunca sucedería"—. Sé que las cosas han sido extrañas esta noche y lo siento mucho. La persona del teléfono es el verdadero Nick. Es quien soy en lo más profundo de mi ser y quien no siempre logro ser en la vida real. A veces me cuesta estar con la gente, pero nunca contigo. Eres la única persona que ve esa versión de mí. La única. —Sacude la cabeza como si con eso pudiera deshacerse de su expresión de frustración y tristeza—. Pero hace poco me di cuenta de que tengo que hacer el esfuerzo de compartir más esa parte de mí. Gracias por ayudarme a darme cuenta de eso.

Libero su suéter de una de mis manos y busco su cuello. Saco de su camisa la cadena de la que cuelga la moneda. Había guardado la moneda de payaso en mi bolsillo antes de salir de casa porque sabía que hoy iba a ver a Nick en persona, pero él no tenía ni idea de que yo iba a estar aquí esta noche. Le gusta mucho Frankie, pero lleva mi moneda consigo todos los días porque sí. Froto mi pulgar sobre los tres fantasmas y luego dejo que el amuleto caiga contra su pecho para que mis dedos queden libres y rocen un costado de su rostro. Su mejilla está ligeramente barbada, con asperezas a lo largo de la mandíbula. Dejo que mi pulgar dibuje círculos pequeños en su piel y mi estómago da vueltas, salta de arriba abajo y de un lado a otro, descontrolado.

—Nick. —Lo hizo mil veces más difícil para mí, pero tengo que decírselo de todos modos. Aun si tiene a Frankie, aun si ella le gusta y aun si está actuando con ella como solo ha actuado conmigo, tengo que decírselo, y quiero que me ayude a entender por qué su mano está en mi mejilla y la otra en mi espalda, por qué lleva mi moneda consigo, por qué está con Frankie, por qué me mira de esa manera y por qué no me besa en este instante, pero su teléfono y el mío vibran al mismo tiempo.

Nos apartamos de un salto, sacamos los teléfonos de nuestros bolsillos por inercia y, así como así, se rompe el hechizo.

Capítulo 20

El mensaje es de Lo:

Grupo reunido. Vamos camino a PH. ¿Funcionó?

Imagino que el mensaje de texto de Nick lo envió Frankie, pero estoy segura de que no dice lo mismo, aunque sospecho que tiene muchos signos de admiración.

—Bueno, parece que todos van al bar del Planet Hollywood —dice. Suena tan confundido como me siento.

—¿Qué? No. Las chicas prometieron que no iríamos a ningún club.

—Frankie tiene un amigo que atiende el bar allí. Además, no es un club, no te preocupes. Esa boda parecía más un club que eso. —Guarda su teléfono en el bolsillo—. Aguarda. No tienes identificación. Necesitamos conseguir identificaciones falsas o nos van a sacar de ahí.

Tal vez le diga que no tengo una, así podemos quedarnos aquí arriba en la cima de Las Vegas o buscar otra cosa que hacer, solo nosotros dos. Quiero recuperar el momento que estábamos viviendo hace un instante o el momento en la pista de baile. Eran momentos parecidos a nuestras llamadas telefónicas, pero mejores. No vamos a recuperar esos momentos ni a decir lo que tenemos que decir en voz alta en algún bar frente a otras seis personas.

Y a su novia.

Sin embargo, no tengo que decirle nada. Su teléfono suena con otro mensaje.

—Lo le dijo a Frankie que ustedes compraron identificaciones falsas cuando venían acá. —Me levanta una ceja—. ¿En serio? ¿Hannah Cho, estudiante ejemplar, compró una identificación falsa ilegal?

Dejo escapar un gemido. Asesinaré a Lo por esto.

—Fue idea de Lo. Nos llevó a un estacionamiento sospechoso en medio de la nada y le compró las identificaciones a un chico que tenía una furgoneta de secuestrador de niños, todo en nombre de la aventura.

—Bueno —dice con una sonrisa de aspecto pícaro que abarca su rostro—. Parece que esta noche vamos a violar la ley juntos. Somos cómplices. Literalmente.

"No quiero ir, no quiero ir, no quiero ir", pienso, pero no lo digo. En su lugar, pregunto:

—Tú tienes la antigua identificación de Alex, ¿verdad?

—Sí. —Suelta una carcajada sin humor—. Son sus sobras, como siempre.

Estamos de vuelta en el ascensor y esta vez me aferro a su brazo mientras descendemos. No sé por qué nos vamos. Creo que los dos sabemos que estamos en terreno peligroso, pero no estoy segura de si me importa estarlo. Sé que me acobardé cuando tuve la oportunidad de decirle la verdad, pero el momento que vivimos me dio más confianza.

Puedo hacerlo. Me agarro a su brazo con más fuerza casi sin darme cuenta y puedo sentir que comienza a alejarse, pero después cambia de opinión y se relaja. Aunque la subida pareció un viaje a la Luna, el descenso termina en cuestión de segundos. Demasiado pronto, la puerta se abre y contengo el impulso de enviar el ascensor de vuelta hacia arriba, y en su lugar suelto de mala gana el brazo de Nick.

El Hotel Planet Hollywood está justo al lado del Hotel París Las Vegas, de modo que llegamos bastante rápido y sin necesidad de tomar un taxi. Durante todo el recorrido reprimo mi deseo de tomar su mano de nuevo, de tocarlo. Ahora que estamos en tierra firme, no tengo la excusa de la altura, del ascensor ni de la magia de la "Aventura en la Torre Eiffel" para entablar contacto físico. Además, sus manos están metidas en lo más profundo de los bolsillos de su pantalón.

Trato de pensar en la manera de retomar nuestra conversación anterior y poder terminar lo que empecé a decir para simplemente ponerle fin de una vez por todas. Mi mente repasa a toda velocidad lo que dijimos y lo que callamos, pero no consigo traducir esos pensamientos en palabras.

Dios, soy pésima para la vida, como él.

—Ah —logro decir mientras caminamos por las escaleras que conducen al Planet Hollywood—. Tu chaqueta. Debería devolvértela.

Nick saca la mano de su bolsillo, la extiende en mi dirección, luego la mete de nuevo en su bolsillo y casi puedo jurar que veo todo lo que pasó entre nosotros en lo alto de la Torre Eiffel reflejado en su rostro.

—¿No quieres tenerla puesta? —dice en voz baja.

—Bueno, sí… —digo con voz apagada—. Es cálida, pero creo que puede parecer raro si me la dejo puesta. Sabes a qué me refiero.

—Sí —dice, como si sufriera de amnesia temporal y hubiera olvidado que existía su novia perfecta.

Me quito la chaqueta y se la devuelvo, aunque no quiero hacerlo. Preferiría tener puesta la chaqueta de Nick, incluso si dentro del bar la temperatura es de mil grados y, conociendo a Frankie, seguramente hablaría sin parar de lo amable que fue su novio al darme su chaqueta cuando tenía frío. Sí, es todo un santo.

Atravesamos las puertas corredizas y entramos al casino. Está más concurrido ahora que es tarde en la noche; está lleno de gente vestida con su mejor traje para Las Vegas, lista para festejar. Veo a nuestro grupo apenas entramos, incluyendo a Grace y a Alex, que tal vez decidieron que no eran tan geniales como para no salir con nosotros los jovencitos. Están junto a la hamburguesería, reunidos alrededor de una mesa larga a mano izquierda que da a la altura de la cintura y que está cubierta de copas.

—¿Es este el bar? —Es una pregunta tonta. Claramente hay un mostrador con dos chicos detrás de él sirviendo tragos y es evidente que nuestros amigos están bebiendo, pero como no había visto esta parte del casino, supuse que cuando dijo "bar" imaginé algo diferente, como los bares de la televisión con paneles de madera, letreros de cerveza y mesas de billar, no este espacio abierto en medio del casino que ni siquiera tiene paredes.

—Sí. —Señala el pequeño escenario donde hay una batería y una guitarra—. A veces hay una banda de *covers* que toca aquí.

—Esperaba algo más... parecido a un bar —admito.

—Hay otro en el centro del casino que tiene más paredes, si eso se ajusta más a tus estándares, señorita experta en bares. Tal vez podamos ir allá más tarde.

—No estoy buscando nada en particular, sabelotodo. —Le doy un empujón juguetón en el brazo y luego retiro mi mano rápidamente cuando me doy cuenta de lo que he hecho—. Sabes mucho acerca de este lugar para alguien que no suele venir a esta parte de la ciudad.

Se encoge de hombros.

—Frankie.

—¡Hola, chicos! —grita Lo tan pronto como nos ve. Se aleja de la mesa, corre hacia nosotros y arroja sus brazos alrededor de mi cuello—. ¡Estamos en un bar! ¡En Las Vegas! ¡En las vacaciones de primavera! ¡Con una banda! ¡Y una chica con un montón de conexiones! ¡Siento que estoy en la mejor película de la historia!

Me libero de sus brazos.

—Alguien ha estado tomando.

—¡El amigo de Frankie nos invitó a tragos a todos! ¿Puedes creerlo? ¡Me tomé un trago, Hannah!

Lo bebe en las fiestas a las que vamos en casa, pero siempre es cerveza de barril tibia, cocteles suaves o alguna mezcla por el estilo. De inmediato paso al modo mamá, que es mi papel normal con Lo en situaciones sociales.

—¿Qué tipo de bebida tomaste? —Como si yo supiera la diferencia entre bebidas alcohólicas—. ¿Acabas de tomar una? ¿Qué más has bebido?

—Tranquila, controladora. —Me acerca hacia el grupo tirando del dobladillo de mi camisa. Nick ya está en el bar, saludando a todos—. Quiero que me cuentes lo que ocurrió en la cima de la Torre Eiffel, chica traviesa. Yo también tengo que contarte lo que sucedió durante tu ausencia.

Me acerco un poco a su oído para contarle una parte de nuestro momento romántico en la cima de Las Vegas, pero cuando me inclino hacia delante, veo a Nick. Frankie salta cuando lo ve, se pone de puntillas, arroja los brazos alrededor de su cuello y le da un beso.

—Qué asco —dice Lo.

Me doy la vuelta antes de ver más.

—No puedo —declaro entonces—. No puedo hacerlo. Ven conmigo.

Saludo con la mano a todos, que están apretujados alrededor de la mesa, pero noto que Frankie sigue rodeando la cintura de Nick.

—Lo y yo vamos a subir a la habitación para traer mi suéter. Grace, ¿necesitas algo?

La expresión del rostro de Grace me dice que lo único que necesita es la lengua de Alex en su garganta, por lo que tomo el brazo de Lo y la arrastro por el casino hasta los ascensores, tan lejos de Nick y Frankie como mis piernas me lo permiten.

Capítulo 21

—BIEN, ¿QUÉ PASÓ? —pregunta Lo tan pronto como las puertas del ascensor se cierran—. ¿Se besaron?

—Tiene novia. Eso no cambió en la hora que nos ausentamos.

—¿Te dijo por qué mintió acerca de no tener novia?

—Algo así. Pero no tuvimos la oportunidad de hablar sobre...

—¿Estaban demasiado ocupados babeándose?

—¿Quieres que te cuente lo que sucedió o quieres inventarlo todo? —No es mi intención desquitarme con ella. Sé que ha estado bebiendo y que rara vez dice cosas sensatas después de medio trago, no importa cuál bebida haya elegido—. Lo siento, solo estoy molesta por toda esta situación.

Llegamos a nuestro piso y nos dirigimos a la habitación, donde le cuento lo que pasó entre Nick y yo: que nos colamos a una boda, que me prestó su chaqueta, que nos tomamos de la mano, que nos abrazamos y nos tocamos, y todo lo demás. Saco el suéter de mi maleta y lavo mis dientes aprovechando que estamos en la habitación y que me vendría bien refrescarme.

—Vaya —dice Lo. Está aferrándose al borde de la cama como si fuera a caerse, de modo que vierto agua en uno de los vasos del baño y se lo llevo.

—Bebe —digo.

Toma el agua de un trago, pero solo la mitad llega a su boca. El resto se escurre por su barbilla y se acumula en la parte delantera de su camisa.

—Parece que ocurrió algo entre ustedes.

—Sí, es cierto. Pero entonces ustedes nos enviaron los mensajes de texto y tuvimos que venir a buscarlos. Yo no quería hacerlo, pero a Nick no pareció importarle, pues no tuvo ningún problema en dejar que Frankie se le pegara quirúrgicamente abajo. —Me siento junto a ella y me desplomo sobre la cama—. No sé qué pensar, Lo. Tuve muchas oportunidades de decirle lo que siento, pero no pude. Soy una maldita cobarde. —Dejo escapar un suspiro dramático—. Nick ha sido mi mejor amigo desde hace cuatro años y hablamos todos los días, pero aquí no es lo mismo. Es como si fuera la misma persona, pero completamente diferente.

Lo se desploma a mi lado sobre la cama.

—Sé que es horrible y me gustaría saber qué decirte. Creo que Nick está avergonzado y confundido. Aparecimos de la nada, ¿sabes? Está en *shock* y parece que en general se comporta extraño.

—Lo sé. —Me acomodo en posición fetal—. Quiero devolver el tiempo para que esto nunca ocurra. Nuestra amistad nunca será la misma después de esto.

—Tal vez sea algo bueno. —Lo empieza a frotar mi espalda, lo cual es irónico porque es ella quien está ebria—. Sé que dije que tenías que decirle lo que sientes, pero tal vez viniste aquí para ponerle fin a esa amistad, no para llevarla al siguiente nivel. Sé que no habrías sido feliz si te hubieras estado preguntando todo el tiempo qué habría pasado con Nick. Ya no tienes que preguntarte eso nunca más. Ya lo sabes. Él te mintió y tiene novia. Ya sabes lo que habría pasado y ahora puedes seguir adelante.

Las palabras de Lo duelen como un golpe con un objeto contundente en la cabeza. Tanto así que me alejo de la mano que tiene sobre mi espalda, pero dejo que lo que dijo dé vueltas en mi cabeza mientras sigo acostada allí.

—Muy bien —dice, levantándose de la cama de un salto—. Ponte tu suéter y vámonos.

—Esto... —murmuro, con la cabeza hundida en la almohada—. Voy a quedarme aquí. Voy a huir de esta noche horrible.

—Claro que no. —Lo me hala de la pierna—. Levántate ya mismo.

—¿Para qué? Nick tiene novia.

—¿Vas a dejar que Frankie gane así como así? ¿Solo porque tiene un busto enorme, conoce a los técnicos de The Killers y le dan pastel de queso gratis? Por favor. Levántate en este instante y haz algo al respecto, o si no voy a hacerlo por ti.

Me doy la vuelta.

—¿Qué debería hacer entonces?

Eso le da una idea y empieza a bailar por la habitación.

—¡Jordy!

—¿Qué pasa con Jordy?

—Jordy estaba preguntando por ti. Hizo como un millón de preguntas. —Me levanta hasta dejarme sentada—. Por supuesto no podía decirle que estabas loca por Nick ni nada. Por Frankie. Le dije que eras amiga de toda la vida de Nick y debiste haber oído cómo te alabó Frankie. Te presentó como si fueras perfecta para él.

—Grandioso. —No sé qué es lo más extraño de todo esto: si el hecho de que Jordy el mujeriego muestre interés en mi sencilla persona, o que Frankie, novia del chico del que estoy enamorada, trate de ayudarme a conquistarlo. Es como si hubiera bajado de la Torre Eiffel falsa y ahora todo estuviera de cabeza.

—Se siente mal porque eres la única que no tiene pareja. Quiere conseguirte un hombre. Creo que es muy amable de su parte.

La miro con los ojos entrecerrados y le lanzo una mirada como preguntando "¿De qué lado estás?", pero ella simplemente me ignora.

—Lo que quiero decir es que debes dejar de actuar como emo y sacar provecho de esta situación tan horrible. Tienes garantizada la atención de Jordy esta noche. Es absolutamente apuesto y creo que deberías darle una oportunidad.

—No quiero que Nick piense... —Estoy a punto de decir que no quiero que Nick piense que me gusta Jordy, pero ¿acaso importa? Nick no tuvo ningún problema en dejar que Frankie le diera un beso justo enfrente de mí después de ese momento que vivimos. Nick no tuvo ningún problema en decirme que está loco por ella. Me encantaría que sintiera lo mucho que duele.

Si es que lo nota.

Pero ¿Jordy?

—Jordy es asqueroso —digo—. Nick me dijo que se acuesta con todo el mundo.

—Sé que tiene mala reputación, pero no tienes que hacer nada con él, Hannah. Solo ve abajo y coquetéale. Es muy apuesto. Ve y diviértete. Olvídate de Nick y recuerda que eres una estudiante de último año de secundaria en vacaciones de primavera. Tienes una identificación falsa, alguien que puede servirte tragos y un chico apuesto que es el vocalista de una banda que te gusta y que además está interesado en ti, y vas a poner celoso a otro chico apuesto. ¿Sabes cuántas chicas matarían por esto? Levántate y ve a divertirte antes de que te inyecte la diversión a golpes.

Muerdo el interior de mi mejilla. Les prometí a ella y a Grace que saldría de mi zona de confort. Si el coqueteo es inocente, ¿qué podría perder? Y tendría la ventaja de poner celoso a Nick mientras estoy en ello, o al menos podré darle un poco de su propia medicina. No puedo negar que la idea de pagarle a Nick con la misma moneda me emociona.

Saco la moneda de payaso de mi bolsillo, la miro fijamente y luego la pongo en el mueble que hay al lado del televisor.

—Está bien —digo—. Voy a hablar con Jordy. Pero nada más.

Nos reunimos con el grupo en el bar, donde se han acumulado más copas en la mesa. Frankie sale corriendo tan pronto como me ve y me da otro de esos abrazos que solo ella da.

—Gracias por limar asperezas con Nick por mí. —Es tan pequeña que tiene que pararse de puntillas para susurrarme al oído. Creo que nunca antes me había ocurrido eso.

—No te preocupes —digo y me encojo de hombros. La verdad, había olvidado eso por completo, pero no le digo nada—. Ni siquiera se molestó, en serio.

—Vaya... —Arruga la frente—. Bueno, de todas formas, te debo un trago. —Me toma de gancho y me lleva hasta donde está el grupo—. ¿Qué quieres tomar? Yo invito.

Aparte del coctel de Grace que bebí hace unas horas, nunca he tomado alcohol. Por lo general, alguien tiene que ser el conductor designado y sin duda jamás será Lo, de modo que no tengo idea de lo que la gente bebe en un bar. ¿Cerveza? ¿Una mezcla de tragos? ¿Un coctel? ¿Hay alguna diferencia entre esas cosas?

Miro los vasos esparcidos sobre la mesa del bar.

—Eh, ¿qué estás tomando?

—Luis, que es el camarero, me habló del vodka con sabor a naranja mezclado con Sprite. Es muy bueno. ¿Quieres probar el mío?

Asiento con la cabeza y ella desliza su copa sobre la mesa. Tomo un sorbo rápido con la pajita y toso mientras la bebida baja por mi garganta. El sabor del alcohol es fuerte en mi boca, pero el sabor lima-limón de la Sprite lo corta un poco.

Me estremezco.

—Sabe... bien.

Me acerca a la barra y llama la atención del camarero.

—Luis, ella es Hannah, es otra amiga de California.

Luis asiente con la cabeza.

—Encantado de conocerte, Hannah. ¿Qué tal Las Vegas?

—Es… interesante.

—Parece que hay algo detrás de eso. ¿Qué quieres tomar?

Hannah tomará lo que tomo siempre —interrumpe Frankie—. Y ponlo en mi cuenta.

—¿Tu identificación? —pregunta Luis.

Por segunda vez revuelvo mi billetera para buscar la identificación falsa y se la entrego a Luis. La mira y sonríe, y luego me la devuelve. Cuando me la entrega me doy cuenta de que el nombre que aparece en la identificación falsa es Kristy, pero Frankie me presentó como Hannah. Espero que la sonrisa no signifique que oprimirá un botón bajo la barra para alertar a las autoridades de que estoy bebiendo ilegalmente. Un arresto sería la cereza del pastel en un día tan asquerosamente fabuloso.

En su lugar, me prepara la bebida, la decora con una rodaja de naranja sobre el borde y la desliza por la barra con un guiño.

Camino con Frankie a nuestra mesa.

—¿Por qué hace eso? ¿Dejarnos beber cuando sabe que somos menores de edad? —¿Qué tipo de hechizo le lanza Frankie a la gente? Increíble.

—Luis es un viejo amigo. Él es bueno conmigo y yo con él.

—Eh... —¿Acaso Nick lo sabe?

—No en ese sentido, malpensada. Hablo bien de él en el blog. Les aviso a mis lectores cuándo está trabajando. Les digo que vengan y pregunten por él. Gana montones de dinero en propinas cada vez que lo recomiendo, por lo que, en retribución, él me ayuda. Es un buen acuerdo.

—Creí que tu blog era para menores de edad.

—Lo es. Pero ¿por qué crees que es tan popular? —Me guiña el ojo—. Escribo sobre todo tipo de "acuerdos".

Todos los de la mesa se mueven para hacer espacio cuando regresamos.

—Por aquí, Hannah —dice Lo, señalando con la cabeza hacia el espacio abierto que hizo junto a ella, y Jordy está del otro lado del espacio.

Qué taimada.

Rodeo la mesa alta y ocupo mi lugar, pero mi atención se concentra en Nick. Está sentado y Frankie se acurrucó junto a él. Nick me observa de cerca, su rostro no revela nada y yo le devuelvo la mirada. Justo cuando ha habido suficiente contacto visual entre los dos, me vuelvo hacia Jordy, que se inclina y apoya el codo sobre la mesa y luego apoya la cabeza en su mano. Maldición, Hannah. Eso fue muy sutil.

—Me alegra que hayas vuelto, Hannah. Apenas si he podido hablar contigo esta noche.

—Bueno, ya sabes. —Parece que mi sutileza se fue tan rápido como llegó. No soy muy hábil para esto de hablar—. Estaba viendo los lugares de interés.

—¿Es tu primera vez?

Intento girar ligeramente para ver si Nick me está mirando, pero la pregunta de Jordy me desconcentra.

—¿Qué?

—En Las Vegas. ¿Has estado aquí antes?

Se lanza de lleno a hacer la típica charla para conocer extraños y pronto me doy cuenta por sus preguntas de que, a pesar de que Frankie, Alex y Oscar saben cosas de mí, Nick no le ha mencionado mi nombre ni una sola vez a este individuo.

Hago mi mejor esfuerzo por evitar darme la vuelta para ver lo que está haciendo Nick y solo lo logro coqueteando, riendo y concentrándome en lo injustamente atractivo que es Jordy. Tiene pelo rubio desordenado y ojos azules penetrantes. Normalmente no presto atención al color de los ojos, pero estos insisten en ser vistos. También tiene una sonrisa encantadora y un hoyuelo en la mejilla derecha. Cuanto más me habla, más se inclina para acercarse, por lo que su pierna está prácticamente alrededor de la mía después de diez minutos de conversación y no me importa en lo más mínimo.

Me pregunto si Nick puede verlo.

Durante todo el tiempo que hablamos tomo sorbos de mi bebida. Con cada sorbo se hace más fácil tragarla y, cuanto más bebo, más comienzo a divertirme. Mi vientre se calienta y hay un chico apuesto a mi lado que obviamente está interesado en mí (¡en mí!), que además no está besando a su novia secreta frente a mí como lo harían otras personas que conozco y todo eso me hace sentir muy, muy bien. Tal vez venir fue una idea grandiosa después de todo. Qué buenas ideas tengo.

—Parece que se acabó —dice Jordy, tocando mi bebida con un gesto juguetón y luego mi brazo.

Le devuelvo una sonrisa coqueta, o lo que creo que es una sonrisa coqueta. Quién sabe.

—¿Me traes otro? Solo dile que es lo que siempre toma Frankie.

Jordy va al bar por otra ronda y me vuelvo hacia Lo para actualizarla sobre nuestra conversación y decirle que, sorprendentemente, es divertido hablar con él, pero ella está completamente concentrada en Oscar. Busco a Grace, pero ella está lejos de la mesa, hablando animadamente con Alex y con Frankie. La música fuerte del casino me impide oírlos bien, pero escucho la palabra *Rocker*, mientras sus brazos se agitan, por lo que supongo que está dándole ideas de artículos a Frankie. Demonios, tal vez a mi hermana sí le va a ir bien en sus prácticas, después de todo.

Eso significa que Nick está en la mesa. Giro a mi derecha y está allí, solo, apuñalando su bebida con una pajita y mirándome.

Grandioso.

Bienvenido a mi vida, Nick. Ahora sabes lo que se siente.

Capítulo 22

—¿QUÉ? —PREGUNTO—. ¿Qué miras?

—Nada —dice, pero conozco cada matiz de su voz. Nos vio y está molesto.

Ji, ji, ji.

Antes de que pueda hacer más preguntas, Jordy regresa con nuestras bebidas y se acerca a mí, entonces me doy la vuelta y le doy la espalda a Nick.

Seguimos hablando y Jordy sigue acercándose. Antes de poder darme cuenta, su brazo está alrededor de mi cintura. No se siente mal su contacto, la ligera presión de su mano en mi espalda. No es como el roce eléctrico de Nick que sentí antes, pero tampoco es terrible. Le pregunto a Jordy sobre la banda, sobre su vida. No me había dado cuenta de que era varios años mayor que Nick y yo. Es agradable. Me invitó a un trago, me está escuchando, responde mis preguntas, también le gustan los *realities* de poca monta, no tiene novia y, Dios, tiene esa sonrisa. Es muy, muy sensual.

—Eres muy hermosa, Hannah. —Se inclina y susurra eso en mi oído. La verdad, no tiene que inclinarse mucho porque estamos tan cerca que prácticamente lo llevo puesto como un abrigo—. No puedo creer que Nick haya sido tu amigo durante tanto tiempo y nunca haya intentado conquistarte. Qué idiota.

—¿Verdad? —resoplo—. Es un idiota. —Incluso Jordy lo sabe.

—¿Puedo preguntarte algo, Hannah?

Es extraña la forma en que dice mi nombre, pero sonrío de todos modos porque me gusta oírlo una y otra vez. Nick rara vez me llama por mi nombre, pero sí me llama Fantasma, y nadie más me llama así.

—Por supuesto.

—Hay otro bar en medio del casino. ¿Te gustaría ir allí y sentarte conmigo? Tienen sofás. Podemos ponernos cómodos.

He caminado un montón en estas plataformas desde que llegamos a Las Vegas y la idea de sentarme es gloriosa. Asiento con la cabeza, y él toma mi mano y me lleva lejos de la mesa por el casino hasta el bar con luz tenue en medio del Planet Hollywood. Me alegra que me guie porque mi cabeza se siente un poco nebulosa por la una y media bebidas que me he tomado.

Deseo darme la vuelta y ver la reacción de Nick al ver que nos alejamos tomados de la mano, pero creo que se verá mucho mejor si solo me voy como si no me importara, entonces dejo que Jordy me lleve.

Aun así, pienso: "Que esté mirando por favor, que esté mirando por favor".

Esto se parece más a lo que tenía en mente cuando dijeron que íbamos a un bar. El lugar es oscuro y circular, la barra se encuentra en el centro rodeada de sillas y sofás lujosos y hay bailarinas en las plataformas de los costados. Hay mucha gente, pero nos las arreglamos para encontrar un sofá vacío. Me dejo caer en un extremo y Jordy se sienta justo a mi lado, lo más cerca que puede sin terminar sobre mi regazo. Me rodea con su brazo y se acerca.

—Esto está mucho mejor —dice.

—Se siente bien poder sentarse —digo estúpidamente porque no tengo nada más qué decir. Me trajeron a un bar oscuro con un sujeto mayor y muy apuesto que me está invitando a tragos y acercándose tanto que puedo oler su goma de mascar afrutada. Maldición, debí decirle a Lo o a Grace a dónde iba en vez de irme sin decir nada, pero estaba demasiado concentrada en mi salida dramática. Saco el teléfono de mi bolsillo y le envío un mensaje de texto rápido a Lo:

Con Jordy. En el centro.

Espero que pueda descifrar eso.

Mientras guardo el teléfono en el bolsillo, tomo un poco de aire y lo vuelvo a mirar. Esto podría ser absolutamente increíble o tornarse realmente incómodo. Supongo que todo depende de lo que él haga ahora.

Jordy retira el pelo de mi rostro, aunque mi pelo ni siquiera estaba allí, y me mira.

—Eres muy hermosa, Hannah —dice de nuevo. El sujeto no es un artífice de la palabra. Para alguien que escribe canciones tan profundas, no tiene la menor idea de cómo ponerlas en funcionamiento cuando más importa. Pero, cuando estoy a punto de decirle que tal vez debería expandir su repertorio de frases para conquistar chicas, se acerca y me besa.

He besado a un chico o dos en los últimos años. No a muchos ni nada, pero no es la primera vez que tengo la lengua de un chico en mi boca. Josh, Micah e Ian han sido mis novios. Besar desconocidos no es mi estilo, pero Lo me dijo que le diera una oportunidad a Jordy. Estoy segura de que aprobaría esto. Espero que pase y lo vea.

Lamentablemente, Jordy no es el más hábil para los besos. No tengo ganas de vomitar, que es algo que quiero hacer a veces, pero tampoco estoy completamente convencida, lo que es una pena porque él es muy apuesto y sorprendentemente divertido. Tal vez deberíamos retomar la conversación porque su beso es análogo a su apretón de manos, semejante a los apretones de mano blandengues que dan las señoras de la iglesia, pero con los labios y la lengua flácidos. Antes de darme cuenta, escucho las conversaciones que tienen lugar en el bar, en lugar de prestarle atención a Jordy. Una chica tiene que hacer tres cosas más para completar la búsqueda del tesoro de su fiesta de soltera. El chico que está al otro lado del bar quiere invitar a un trago a la chica que está en la silla detrás de nosotros, pero ella no está segura de si él es atractivo o no. La camarera derramó algo en el bolso Chanel de alguien, rayos.

Estoy más interesada en lo que va a pasar con el bolso (esa chica parece estar muy molesta) que en esta sesión de besos, por lo que inclino mi cuerpo hacia el sofá para poder estar más cerca de la acción y escuchar los detalles. Por desgracia, termino acostada cuando lo hago, cosa que Jordy interpreta como una señal de que quiero algo más horizontal. Jordy hace un gemido de aprobación, se inclina hacia delante y se apoya sobre mí. ¡No! Esto no es en absoluto lo que quería y las cosas sin duda se están tornando espeluznantes. Los besos en público ya están por fuera de mi zona de confort. Los besos horizontales en público caen en la categoría de los "noes" rotundos.

Pero antes de poder alejar a Jordy de mí y sentarme, escucho un sonido que me paraliza. No puedo explicar el ruido. No es un jadeo, no es un sonido de asfixia, no es un grito, es más bien una combinación enronquecida de las tres cosas.

Pero no importa a qué suena el ruido. Lo único que importa es que proviene de Nick.

Capítulo 23

ALEJO A JORDY de un empujón (seguramente lo tomé por sorpresa porque casi se cae al suelo), y Nick y yo nos miramos el uno al otro. Parece aturdido, herido, como si lo hubiera abofeteado con la palma de la mano abierta, pero después su expresión cambia sutilmente y el dolor se transforma en ira que bombea por sus venas y se filtra por sus poros. Puedo sentir la indignación que irradia.

Jordy se incorpora y luego se da la vuelta para ver lo que estoy mirando.

—Ah, hola, amigo. ¿Qué tal?

Nick ignora a Jordy. De hecho, no interrumpe el contacto visual conmigo hasta que sacude la cabeza, como si estuviera tratando de sacarse un insecto de la oreja, y sale furioso del bar.

—Espera, Jordy. Yo, eh... —No me molesto en darle una explicación mientras paso por encima de él para salir del sofá y perseguir a Nick.

—¡Oye! —Lo alcanzo en el casino justo afuera del bar, y extiendo la mano y rozo la manga de su chaqueta con la punta de los dedos.

—¿Qué fue eso? —Prácticamente me está escupiendo. Creí que había oído todos los tonos de voz de Nick, pero nunca he oído este: es furia, dolor.

He visto a Nick enfadado. Casi todos los días se siente frustrado con su hermano por el sinfín de comentarios desconsiderados que Alex le hace. Se enfada con su padre por no querer salir de su depresión y vivir la vida de nuevo después de que la madre de Nick murió. Se enfurece cuando obtiene malas calificaciones en Matemáticas, cuando el equipo de baloncesto de UNLV pierde o cuando la batería de su teléfono se agota.

Pero nunca he visto ira de este tipo, profunda, cruda y dolorosa.

Y está dirigida a mí.

Supongo que hay cosas que nunca hemos dejado que el otro vea, aspectos secretos de nosotros que hemos mantenido ocultos. Pusimos ese lado feo, el lado lleno de celos y rabia, en lo más profundo de un rincón oscuro de nosotros mismos.

—¿A qué te refieres? —Sé muy bien a qué se refiere.

—A ti y a Jordy. ¿Qué demonios, Hannah?

Hay muchas cosas que quiero responderle, pero mi cerebro no puede procesarlas todas. Quería llamar su atención para que sintiera lo que he estado sintiendo, pero no estaba preparada para esto.

—Jordy es repugnante.

—Es tu amigo.

—Por eso sé lo asqueroso que es. Sé cómo trata a las chicas. —Da un paso atrás para alejarse de mí, como si quisiera que la distancia entre nosotros fuera lo más grande posible. Pero hay una mesa de *blackjack* vacía detrás de él y se estrella con ella.

—¿Por qué te importa a quien beso? —Debería poder besar a todos los desnudistas masculinos de Las Vegas y no tener que decirle ni una sola palabra al respecto—. Besaste a Frankie. Tuve que verte hacerlo.

—Es diferente. Frankie es mi novia.

—Ya sé, ¿de acuerdo? Me quedó muy claro desde el segundo en que llegué. Frankie es tu novia. Frankie es famosa en Las Vegas. Frankie conoce a todo el mundo. Frankie y sus admiradores. Frankie y su cuerpo diminuto con senos enormes. Frankie y su teléfono. Frankie y su blog. Frankie es tan amable que ni siquiera puedo enojarme con ella por nada de esto. —Por un segundo miro alrededor desesperada, en busca de algo que pueda arrojarle porque parece que es el momento perfecto para lanzar un objeto grande por los aires, pero no hay nada al alcance, excepto las sillas de la mesa de *blackjack*. Imagino que a los que están detrás de las cámaras del techo probablemente les disgustaría una escena como esa, por lo que me limito a agitar mis brazos de arriba abajo como una tonta.

Nick me mira fijamente, con la boca ligeramente abierta. No debí reaccionar de esta manera. No debí decir todas esas cosas de Frankie. No es que no me agrade. Sí me agrada y ese es el problema.

Uno debería odiar a la chica que está con el amor de su vida, pero no puedo lograrlo.

—¿Por qué estás molesta con ella? —pregunta Nick. A duras penas da un paso hacia mí y puedo sentir que parte de la rabia que fluía por sus venas ha comenzado a disiparse, y algo familiar que no identifico está surgiendo—. ¿Por qué estás molesta exactamente?

Obviamente, Jordy se dio cuenta de que no regresé, por ese motivo decide salir del bar en ese preciso momento y recorre el casino con la mirada hasta que nos ve. Se acerca arrastrando los pies y frotándose la parte posterior de la cabeza con la mano.

La verdad, ya me había olvidado de él.

—Hola, hermosa. Ahí estás.

—Lo siento —digo, con el tono menos convincente posible, y agito la mano para indicar que Nick está a mi lado.

Jordy sacude la cabeza y se ríe.

—¿No podías esperar, Cooper? Hannah y yo estábamos en medio de algo.

Cuando ni Nick ni yo contestamos, Jordy deja de reír y nos mira a ambos alternadamente. Me pregunto qué es lo que percibe. Tal vez nuestro lenguaje corporal, pues ambos tenemos los brazos cruzados firmemente sobre el pecho, o nuestras expresiones, pues el rostro de Nick sigue lleno de dolor, traición y una gota de algo más, y yo aprieto los dientes para evitar que broten las lágrimas.

—Demonios —dice Jordy. Obviamente se dio cuenta de todo—. Amigo, no me dijiste que ustedes tenían algo. Pensé que solo eran amigos. —Mete las manos en los bolsillos de su suéter, me mira por un segundo o dos y luego se acerca a Nick, baja la voz hasta convertirla en un susurro y señala con la cabeza en mi dirección—. ¿Ella es...?

—Sí —dice Nick, interrumpiéndolo. No mira a Jordy a los ojos; en cambio, se concentra en la alfombra y la patea con su zapato una y otra vez.

A juzgar por la forma en que Nick nos presentó en el New York-New York y las preguntas que Jordy me hizo, yo había supuesto que él no sabía nada de mí, pero parece que estaba equivocada; definitivamente sabe algo. Jordy se despide de Nick con un golpe de puño y luego se vuelve y asiente con la cabeza en mi dirección.

—Es real.

Miro a Jordy irse por un segundo y luego me vuelvo hacia Nick. Su rostro está lleno de desesperación y está observando el mío, como si yo tuviera información valiosa sin saberlo.

—¿Quién soy? —pregunto—. ¿De qué habla Jordy?

Ese gesto familiar aparece de nuevo en el rostro de Nick.

—Él sabe que... Él sabe... —Su voz parece calmada y casi todo indicio de ira ha desaparecido.

Con mi estómago revuelto, lo miro, esperando a que termine. Doy un paso para acercarme.

—Él sabe que he sentido cosas por alguien durante mucho tiempo, pero nunca le conté nada al respecto. —Nick mete las manos en los bolsillos traseros de sus *jeans* y me mira directamente—. Se preguntaba si ese alguien eras tú.

Mi cabeza da vueltas. Lo dijo que, a juzgar por mis historias, Nick sentía lo mismo que yo por él y, en algún lugar de mi subconsciente, todos estos años, siempre he sabido que así era.

Trató de decírmelo. La noche de la fiesta. Sé que quería hacerlo, pero yo no se lo permití y le dije que nunca sentiría nada por él y que dejara de pensar en ello.

—Dijiste que sí.

Nick asiente.

—¿Por qué no me lo dijiste?

Por un segundo fugaz, imagino que vivimos un momento especial. Él recorre el espacio que nos separa, me envuelve en sus brazos como lo hizo en la cima de la Torre Eiffel y me confiesa todo lo que ha sentido. Pero en cambio, no sé cómo ni por qué, su ira vuelve. No es violenta, sino calmada; la ira controlada es aún más contundente.

—Por favor, Hannah. Esto no es nada nuevo. He estado enamorado de ti durante años. ¡Años! Y siempre me alejas de ti, como si no fuera real.

—No sabía…

—Dios, traté de decirte y…

—Pero estabas ebrio.

—Pero lo decía en serio, Hannah. Tenías que saberlo. Por todas nuestras conversaciones. Eres la última persona con la que hablo antes de dormir y la primera persona con la que hablo cuando me levanto. Ha sido así todos los días durante años. Sabes que siempre has sido tú.

Tiene razón.

Lo sé. Siempre lo he sabido.

—Intento que nos reunamos y cancelas. Te doy una pista tras otra y solo me hablas de los chicos con los que sales. ¡Claro que tenía que embriagarme para decirte lo que siento! Pero solo puedo tolerar tus rechazos hasta cierto punto. ¿Qué otra cosa podía hacer? ¿Sentarme a esperar a que te dieras cuenta? Luego apareces de la nada… ¿Sabes cuántas veces deseé esto? ¿Cuánto deseé conducir hasta tu casa o levantar la mirada y ver que estabas aquí?

No puedo ni mirarlo. Agacho la cabeza y susurro:

—No.

—Todo el tiempo. He soñado con esto muchas veces, pero cuando no lo dejo todo por ti, cuando no engaño a mi novia contigo, sales corriendo y besas al chico más asqueroso que encuentras. ¿Estabas tratando de ponerme celoso? Porque funcionó. Felicitaciones.

—Esto es terriblemente injusto. No te atrevas a culparme por esto. Ni siquiera me hablaste de ella —digo—. Me mentiste.

—Sí, te mentí, ¿de acuerdo? ¿Es lo que quieres que diga? No te hablé sobre Frankie porque seguía guardando la esperanza de que uno de estos días sentirías por mí lo mismo que siento por ti, y no te dije nada acerca de la banda porque me daba vergüenza y porque no sabía cómo explicarlo... Por lo que, sí, mentí y, créeme, lo lamento mucho, pero estaba muy enamorado de ti. No sabía qué hacer al respecto y no quería darte ninguna razón para que no me correspondieras. —Suspira y se pasa la mano por el pelo, desordenándolo aún más—. Pero es evidente que no importaba. Luego conocí a Frankie y es una chica grandiosa que sí quiere estar conmigo, de modo que...

Mi mente funciona a toda marcha, mientras piensa todas las cosas que puedo decirle en este momento: "También he estado enamorada de ti, pero no me di cuenta sino hasta hoy. Entiendo perfectamente por qué mentiste, y yo también te mentí. Te perdono. ¿Podrías perdonarme? Sentémonos y hablemos de esto".

Pero cada afirmación conlleva una incógnita enorme. ¿Qué sucederá si la pronuncio? Y, más que eso, ¿importa a estas alturas?

Perdí el control de esta situación hace mucho tiempo y darme cuenta de eso hace que mi estómago se haga un nudo y que mi cabeza dé vueltas. Entro en pánico. Lo que sea que diga, lo cambiará todo.

Pero ahora dice que estaba enamorado de mí. En pretérito. Ya no tiene sentido decirle lo que siento.

Sin embargo, estoy cansada de mentirme y de mentirle, por lo que no puedo decirle que no siento nada por él.

Cualquier cosa que diga estará mal y cambiará demasiado las cosas.

Nick me sigue mirando, pero no habla. Quiere que le dé una respuesta, que reaccione, que haga algo, pero no sé qué hacer y no puedo quedarme allí sin hacer nada.

Recupero el control de la única manera que sé hacerlo.

Me voy.

Me doy la vuelta y corro. Corro por el casino, esquivo a los turistas que pasan y corro hasta llegar al ascensor, donde presiono el botón y apoyo el brazo contra la pared, jadeando y tratando de olvidar el dolor que había en el rostro de Nick.

Huir de él, de la verdad, seguramente es lo peor que pude hacer. De hecho, sé que lo es, pero es más fácil que confesarle lo que siento y que me rechace.

Me iré de Las Vegas después de perderlo todo, pero al menos no aposté mi corazón.

Capítulo 24

ENTRO TAMBALEÁNDOME a nuestra habitación de hotel vacía y ni siquiera me molesto en encender las luces. La lámpara ubicada entre las camas está encendida y con eso me basta. Me dejo caer de bruces en una de las camas, cubro mi cabeza con una almohada y hago mi mejor esfuerzo por olvidar la discusión que acabo de tener con Nick. No me importa en absoluto haber besado a Jordy. Lo besé en un momento de debilidad; un momento de tristeza, soledad, celos y despecho. Qué razones más equivocadas. Todo lo que quería era sentir que estaba en la misma posición de Nick. Si él besaba a alguien que no era yo, yo debía besar a alguien que no fuera él. Era lo justo.

Luego tuve la oportunidad de decirle lo que sentía y no lo hice. Hui.

Lo arruiné todo. Si hay algo peor que perder a Nick como novio potencial, es perder al verdadero Nick como mi mejor amigo.

Presiono la almohada con más fuerza sobre mi cabeza, en un intento por sofocar la repetición mental de nuestra pelea, pero no funciona, de modo que trato de reemplazarla con nuestro momento a solas, cuando nos rodeábamos con nuestros brazos en la cima de Las Vegas. Pero es como si hubiera sucedido hace mucho tiempo, como si fuéramos dos personas diferentes.

Después de unos cinco minutos, la cerradura de la puerta emite un pitido y la puerta se abre. Se oyen risas, pero el sonido es amortiguado por la almohada y sé que es Lo. Parece que está con alguien, seguramente Oscar, a menos que encontrara otro chico mejor en la última hora. Conociendo a Lo, no me sorprendería en lo más mínimo.

Hablar con ellos sería una tortura. Si Lo estuviera sola, no habría problema. Le diría que se sentara y le contaría todo. Pero no puedo hacer lo mismo con Oscar. No quiero que él sepa lo que sucede, en especial porque saldrá corriendo a decirle todo a Nick. De ninguna manera.

Tiro de la almohada con más fuerza y trato de hundirme en el colchón. Ruego por que me vean en la cama, crean que estoy durmiendo y vayan a otro lugar para hacer lo que vinieron a hacer aquí.

—A ver —dice Oscar—. Ven aquí. —Lo se ríe y escucho un crujido, un golpe en la cama, varios movimientos y, Dios mío, se están besando.

No tengo ni idea de qué hacer. No saben que estoy presente y están ahí, besándose como si el mundo estuviera a punto de acabarse en esta habitación oscura.

He estado en la misma habitación con Lo mientras besa a un chico, pero era cuando jugábamos "siete minutos en el paraíso", nada parecido a esto. En este momento cree que está sola con un chico y ni siquiera sabe que estoy aquí.

Siento que sé todo acerca de mi mejor amiga, pero, madre mía, no quiero saber tanto.

No puedo apretar más la almohada sobre mi cabeza, de todos modos eso no amortigua los sonidos que hacen Lo y Oscar mientras se besan, sin importar cuántas veces recito mentalmente el alfabeto o canto las capitales de los estados.

—Vamos —lo oigo decir y luego Lo se ríe de nuevo.

"No, Lo —pienso—. No lo hagas". Pero no digo nada porque ¿qué puedo decir?: "¡Oigan, chicos! Estoy aquí. Estoy despierta y, Oscar, por favor, deja de babear a mi mejor amiga". Estoy cansada y demasiado triste para pensar en una respuesta adecuada, por lo que solo me quedo allí en la cama con la almohada sobre la cabeza.

No, no, no, no.

Luego Oscar empieza a hablar.

—En serio. En serio. Dios mío, Lo.

Por lo más sagrado de este mundo, *en serio,* no puedo creer que esté narrando su sesión de besos, ¿o sí?

Pero Lo solo se ríe, mientras Oscar hace ruidos babosos y dice:

—En serio. Dios mío. En serio.

No puedo. No puedo quedarme aquí mientras mi mejor amiga sigue besando a este individuo que dice "en serio" una y otra vez.

Lo mismo digo, Oscar, porque me pregunto si "en serio" me está pasando esto en este momento.

Tilín, tilín.

Es mi notificación de mensajes de texto y es tal el hábito después de haber pasado los últimos cuatro años enviándole mensajes de texto a Nick a todas horas del día y de la noche como si me pagaran por hacerlo, que tomo mi teléfono sin pensarlo. Por instinto, mi brazo se acerca a la mesa sin recordar que tengo que fingir que estoy dormida.

La búsqueda de mi teléfono los detiene en seco. Lo chilla y se mueve en la oscuridad, y Oscar dice:

—¿Hannah?

—Lo siento —murmuro, como si no fuera gran cosa el hecho de que yo estuviera recostada en la cama de al lado mientras ellos se besan como si el Titanic se estuviera hundiendo—. Recibí un mensaje. —Si actúo como si fuera perfectamente normal el hecho de haber estado aquí todo este tiempo, tal vez todos podamos salir de esto sin mayor inconveniente.

—¡Hannah! —grita Lo.

Hasta aquí llegó la idea de no tener inconvenientes.

—Dios, Hannah —dice Oscar, que suena bastante incómodo—. Deberías estar dormida.

¿Qué? Me siento rápidamente en la cama.

—¿Sabían que estaba aquí? ¿Sabían que yo estaba aquí y siguieron besuqueándose de todos modos?

Estoy muy enojada con Oscar porque no me conoce, pero estoy aún más enojada con Lo por no decirle: "Oye, tal vez deberíamos esperar hasta que mi mejor amiga no esté a unos centímetros de nosotros". Por favor, ¿qué clase de persona hace eso? ¿Acaso Las Vegas la enloqueció?

La miro, pero no me devuelve la mirada.

—Está bien. —Guardo el teléfono en el bolsillo y me levanto de la cama—. Creo que no podré tomar una siesta. —Mi mente no había podido calmarse lo suficiente como para intentar tomar una siesta, pero ellos no lo saben y estoy bastante segura de que dormir a esta hora, aunque no sé qué hora es, no es tomar una siesta, sino dormir—. Los dejaré solos.

Me parece oír a Oscar decir "qué bien" mientras salgo a toda prisa por la puerta de la habitación en medio de la noche, pero no me doy la vuelta para asegurarme. Mañana enfrentaré a Lo por esto.

Una vez en el pasillo, apoyo la espalda contra la pared y me dejo caer al suelo.

Discutí con Nick y hui como toda una cobarde después de que me dijo que sentía algo por mí, y ahora me sacan de mi propia habitación para que mi mejor amiga pueda deslizar su lengua hasta la garganta del mejor amigo de Nick, un sujeto que conoció hace tan solo unas pocas horas.

Mis vacaciones de primavera son un asco.

Oh, sí, el mensaje. El número no es de los que están guardados en el teléfono, pero tan pronto veo el mensaje, sé de quién es.

> Hola, Hannah, es Frankie. Estoy en el primer piso de tu hotel. ¿Podemos hablar?

Tomando prestada una expresión de Oscar... ¿En serio? ¿Podría ser peor esta noche?

Bueno, no tengo nada más qué hacer. No tengo una habitación en la que pueda esconderme y Nick probablemente nunca va a volver a hablar conmigo. Bien podría bajar y dejar que Frankie me grite o lo que sea que quiere hacer. Hay que cerrar el viaje con broche de oro, ¿no? Contesto:

> Ya bajo.

Me levanto, respiro profundo un par de veces y regreso a los ascensores.

Oprimo el botón del ascensor una y otra vez con toda la fuerza de mi dedo. Hay una pareja joven en el pasillo del ascensor conmigo y miran con horror cómo oprimo el botón enérgicamente.

—Creo que ya viene —me dice el sujeto después de mi vigésimo intento.

Estoy muy molesta con Nick y conmigo misma, pero también estoy enojada con Lo por sacarme de la habitación para poder revolcarse con Oscar, un chico que apenas conoce, especialmente cuando la he necesitado toda la noche. Decirle sus verdades en la cara tiene mayor prioridad que la reunión con Frankie.

—Lo siento —le murmuro a la pareja. Oprimo el botón por última vez y luego me doy la vuelta y regreso a la habitación a pisotones. Golpeo la puerta con la palma de la mano. Estoy tentada a patear y gritar su nombre, pero es muy tarde en la noche y ya me odia medio mundo. No quiero que todos los del piso que están tratando de dormir también me odien. Aunque, si la multitud del casino es indicio de algo, no importa qué hora sea en esta ciudad, nadie está durmiendo.

Después de lo que parece una hora, la puerta se entreabre y se asoma la cabeza de Lo, que tiene el pelo enmarañado.

—¿Olvidaste tu llave? —pregunta.

—No —digo—, aquí la tengo. Quería asegurarme de que estuvieras decente. —La verdad es que quería llamar su atención de una forma dramática; ni siquiera se me ocurrió usar la llave—. ¿Podemos hablar un momento?

—¿Ahora? Estoy un poco ocupada.

—No me importa. —Empujo la puerta para abrirla y me asomo a la habitación bajo el brazo de Lo—. Oscar, Lo ya regresa. Conserva esa erección.

—¡Hannah! —Lo suena escandalizada, pero también se ríe, por ese motivo sé que no está tan enfadada conmigo. La tomo del brazo y la saco al pasillo.

—Amiga —digo, cuando la puerta se cierra detrás de nosotras—. ¿Qué demonios es todo esto?

—¿Qué? Me estoy divirtiendo. De eso se trata este viaje, ¿no?

—Sí, pero... —Inclino la cabeza hacia el pasillo para hacerle saber que vamos a dar un paseo. Avanzo por el pasillo y ella me sigue de cerca—. Acabas de conocer a Oscar.

—Pero es amigo de Nick. No es como si fuera un sujeto cualquiera que encontré en la calle.

—Lo sé, pero…

—Estabas besándote con Jordy.

—Lo sé, pero…

—Pero ¿qué, Hannah? —Lo se detiene y me mira con expresión seria—. ¿Qué es lo que quieres decir?

—Tú no eres así. —No puedo explicar por qué estoy tan molesta. ¿Es porque yo debería estar divirtiéndome con Nick y no lo estoy haciendo? ¿Porque he necesitado a Lo y a Grace, y ambas me dejaron a un lado para irse detrás de unos chicos a la primera oportunidad? ¿Porque todo este viaje ha sido una pesadilla desde el segundo en que salí de casa?

Lo pone las manos en la cintura.

—Besar a un chico que acabas de conocer en un bar cuando en realidad viniste por un chico diferente también es indicio de que tú no eres así.

—En primer lugar, yo estaba siguiendo tus sabios consejos. En segundo lugar, Nick tiene novia. ¿Cómo supiste que estaba besando a Jordy?

—Nos encontramos con Nick abajo cuando veníamos hacia aquí. Estaba furioso.

—Sé que lo estaba —digo, pateando la alfombra. La vergüenza de mi pelea en público con él me invade de nuevo—. Me dijo que estaba enamorado de mí, pero me asusté y salí corriendo. Lo arruiné todo.

—Demonios, amiga.

—¿Qué? —Levanto la cabeza y la miro con los ojos entrecerrados—. ¿Ahora sí te interesa?

Lo ladea la cabeza y frunce el ceño.

—¿Qué quieres decir?

—Las necesité durante toda la noche. He estado viviendo un infierno y pensé que podía contar con ustedes.

El rostro de Lo se contorsiona.

—Sé que vinimos aquí por ti, Hannah, pero yo también tengo una vida y lo mismo pasa con Grace. Eres mi mejor amiga, pero no voy a sentarme a hacer nada, a detener mi vida por completo, en caso de que me necesites. Estoy en Las Vegas y voy a divertirme.

—No es lo que quiero decir. —Sacudo la cabeza, en un intento por librarme de la frustración acumulada esta noche—. Quiero que ustedes se diviertan. Pero las necesité. Todavía las necesito. No sé qué está pasando.

Lo me mira fijamente con seriedad. Creo que su rostro se va a relajar y que ella me va a dar un abrazo y va decirme cómo arreglar todo. Pero en lugar de eso, entrecierra los ojos, gesto que resalta sus rasgos.

—Mira, te lo diré de la mejor manera posible porque sabes que te quiero. La verdad es que actúas como una controladora, pero no tienes absolutamente ningún control sobre las cosas que importan. Andas por ahí, esperando a que otros tomen las decisiones por ti, pero en realidad tú no haces nada. Creo que es hora de que dejes de depender de mí, de Grace y de todos los demás, y que resuelvas esto por tu cuenta.

—Pero, Lo…

—He tenido que escucharte hablar acerca de Nick durante años y, sinceramente, me estoy cansando. Si tanto lo deseas, ve por él. Habla con él. Haz algo. Si no, deja de hablar del tema y afronta las consecuencias.

—Pero no puedo…

—Este es amor del rudo, amiga —dice con una sonrisa irónica—. Ve a resolverlo. —Luego se da la vuelta y vuelve a la habitación, a los brazos de Oscar, dejándome sola en el pasillo.

Sí, quiero a Nick, pero creo que es demasiado tarde para ir a buscarlo.

Además tendré que lidiar con Frankie primero.

Capítulo 25

NO ES DIFÍCIL encontrar a Frankie abajo. A esta hora, el casino está lleno de gente ridículamente ebria regresando a tumbos a sus habitaciones y de gente de pacotilla que no quiere dar por terminada la noche y que apuesta sus últimos dólares.

Frankie es de los pocos sobrios.

Está sentada en una mesa delante de una tienda cerrada llamada El conde del sándwich. Vacilo antes de que ella me vea y me tomo un segundo para mirarla. Su pelo rojo intenso está un poco aplastado y tiene ojeras oscuras, pero, aparte de eso, se ve tan linda como cuando la vi por primera vez al comenzar esta noche. Increíble, pues alcancé a ver mi reflejo en el ascensor y me veo como si un camión me hubiera atropellado y luego hubiera retrocedido para arrollarme de nuevo, por si acaso.

Por supuesto, está inclinada sobre su teléfono. Seguramente está enviándole mensajes de texto a algún promotor de clubes o a un guardia, o tal vez está actualizando su blog y publicando su recapitulación de los acontecimientos emocionantes de la noche. Me puedo imaginar el *tweet*:

> La amiga patética de Nick trató de coquetearle
> #WTF.

Respiro profundamente, trato de sobreponerme y me acerco a ella.

—Hola.

Su cabeza se levanta bruscamente y una sonrisa aparece en su rostro.

—Gracias por venir hasta aquí, Hannah. —Suena tan feliz de verme que le devuelvo la sonrisa muy a mi pesar.

—Siento haberte hecho esperar. —Meto las manos en los bolsillos y miro el suelo—. estaba discutiendo con Lo.

—¡Oh, no! —Se levanta de un salto de la silla y me abraza con fuerza—. Lo siento mucho, Hannah. Las peleas con los mejores amigos son las peores.

No me digas. Peleé con dos en el lapso de una hora.

—Tengo una idea —dice, mientras se separa de mí; sus ojos prácticamente brillan—. Vamos a divertirnos. ¿Juegas *blackjack*? —Ni siquiera espera mi respuesta; en cambio, me lleva al casino, sortea un laberinto de mesas, la mitad de las cuales están cerradas a esta hora, y se detiene cada vez que ve una mesa de *blackjack*.

—Esa es de *blackjack*. —Señalo.

—Ay, no. Es de una sola baraja.

No sé lo que eso significa, ni lo que significan los letreros, entonces dejo que me guíe. Aun así, descarta todas las mesas, murmurando cosas como “veintiuno español” y “no, sumas altas”.

Finalmente elige una mesa que cumple con sus estándares. No hay jugadores y está en una zona de color rosa llamada la “Cueva del placer”. La crupier, una chica de pelo oscuro que lleva puesto un corsé y un collar que dice “Lourdes” en letra cursiva, nos sonríe cuando nos acercamos.

—Perfecto —dice Frankie—. Siéntate.

Me siento.

—No sé jugar *blackjack* —digo, acomodándome en la silla alta.

—No hay problema —dice Frankie—. Te diré qué hacer y también lo hará Lourdes. ¿Verdad, Lourdes?

—Por supuesto —dice Lourdes con una voz sexy y suave, y de repente me pregunto si deberíamos estar sentadas en la Cueva del placer.

—¿Es correcto que estemos aquí? —le susurro a Frankie—. Parece que estamos en el área de "chicas desnudas en exhibición". Me siento un poco fuera de lugar.

Una vez más, Lourdes sonríe.

—Está bien. Todo el mundo es bienvenido a la Cueva del placer. —Detrás de ella, una chica está bailando al ritmo de la canción de Jay Z que suena en todo el casino, por lo que no le creo del todo, pero nadie nos está sacando—. Solo necesito ver sus identificaciones.

Es cierto. Hay que tener veintiún años para apostar. Por suerte guardé mi billetera en el bolsillo de atrás cuando salí de la habitación del hotel, por lo que tengo la identificación falsa conmigo. Es la tercera vez que la utilizo esta noche, pero mi mano tiembla cuando la saco de la billetera y se la entrego a Lourdes, al mismo tiempo que Frankie le entrega la suya.

Observo el rostro de Lourdes mientras examina nuestras identificaciones. Sus ojos van y vienen de la fotografía a mi rostro, y después de la fotografía de Frankie a su rostro.

—¿Tragos? —Una camarera se acerca por detrás de nosotras y antes de poder pedirle que se vaya, Frankie ordena dos *whiskys* con Coca-Cola.

—Pero…

Frankie levanta una mano frente a mi rostro.

—Tenemos que hablar y voy a necesitar un trago para poder hacerlo.

Mi estómago se hunde en el suelo. ¿Qué es lo que va a decirme que necesita estar ebria para hacerlo? Me estaba abrazando y sonriendo hace un minuto. ¿Era una actuación para hacerme sentir cómoda y luego poder gritarme acerca de su novio?

—Bien —digo—. Pero ¿puedes traer agua también?

La camarera asiente y camina hacia la mesa de al lado, y, al darme vuelta, veo que Lourdes puso nuestras identificaciones sobre la mesa frente a nosotras. Qué alivio.

Lourdes nos mira como si estuviera esperando algo.

—¿Ahora qué hacemos? —susurro—. ¿Hay que hacer una apuesta?

—Yo me encargo —dice Frankie—. Va por mi cuenta, ¿bien?

Comienzo a decirle que puedo usar parte de mi dinero de la máquina tragamonedas, pero me detiene con su mano de nuevo. Introduce la mano en su billetera y saca un billete de cien dólares que pone sobre la mesa. Lourdes toma el billete, lo aplana frente a ella y le grita algo por encima del hombro al enorme individuo de traje que está detrás de ella.

—Dios mío —susurro de nuevo—. ¿Qué está gritando? ¿Estamos en problemas? ¿De dónde sacaste ese dinero? ¿Es robado?

—Cálmate. —Frankie me da unas palmaditas en la pierna—. Hacen eso con los billetes grandes, para que el jefe del lugar sepa que se va a cambiar un billete grande por fichas.

Lourdes empuja una pila de fichas hacia nosotras. Frankie reparte las fichas entre las dos y me explica las reglas mientras Lourdes reparte las cartas.

Miro mis dos cartas. Un ocho y un cinco.

—Tengo trece. Pido, ¿verdad?

—No —dice Frankie—. Sé que parece que deberías hacerlo, pero ella tiene dieciséis. —Pasa sus manos sobre la parte superior de su reina y su ocho, y asiente con la cabeza, como si eso fuera lo que yo debería hacer. Va en contra de lo único que sé sobre el *blackjack*, eso de quedarse con trece, pues pensé que la idea era llegar a veintiuno, pero le sigo la corriente. No sé qué tiene Frankie, pero tiene el poder de hacer que hagas lo que ella dice, incluso cuando va en contra de toda lógica y razón. Me pregunto si Frankie usó esa magia para hacer que Nick saliera con ella.

Llega el momento de que Lourdes gire su próxima carta. Es un cuatro. Lourdes completa veinte, y Frankie y yo perdemos.

—Mala suerte, señoras —dice Lourdes, mientras se inclina para recoger nuestras fichas y nuestras cartas.

—Eso no debió haber pasado —dice Frankie, sacudiendo la cabeza—. Siempre debes quedarte con una mano así. Ella debió pasar de veintiuno y perder.

La camarera nos trae nuestras bebidas, que aparentemente son gratis si se está jugando en una mesa, y Frankie sigue dándome consejos de *blackjack*, pero seguirlos solo hace que pierda todas las manos.

—Detesto el *blackjack* —digo, después de perder una mano particularmente dolorosa donde subo las apuestas porque Frankie me lo indica, y pierdo todo.

Frankie se pasa la mano por el pelo.

—No sé lo que está pasando, Hannah. Estamos cumpliendo todas las reglas al pie de la letra. ¿No es así, Lourdes?

—Así es —dice Lourdes—. Yo hubiera jugado todas esas manos de la misma forma.

—Creo que solo tengo un poco de mala suerte esta noche —murmuro.

Cumplir las reglas y ver que eso no me lleva a ninguna parte se ha convertido en un tema central en mi vida. Tanto las reglas que entiendo como las que no me llevan por un camino oscuro que no me conduce a ningún lado.

Estoy a punto de renunciar al *blackjack* por esta noche, pues he perdido casi todo el dinero de Frankie y no quiero echar mano del mío. Me estoy dando cuenta de lo perdedora que soy y mi paciencia para este estúpido juego se está agotando. La pila de cartas de Lourdes se acaba, por lo que se toma un pequeño descanso para mezclar todo de nuevo y yo tomo un gran trago de mi bebida.

—Espero que esto no te parezca muy extraño —dice Frankie, girando su silla hacia mí—. Necesito hablar contigo de algo. Sé lo cercana que eres a Nick y no sé a quién más acudir.

¿Qué es esto? Me preocupaba que fuera a enojarse conmigo por algo, pero si está tratando de tener algún tipo de charla sobre su vida sexual con Nick, creo que podría perder la razón. No considero que pueda sentarme aquí y escuchar su charla sobre las cosas que hace con él. Atestiguar el encuentro de Lo y Oscar fue más de lo que mi imaginación delicada podía tolerar. Una descripción detallada y con comentarios coloridos sobre cómo lo hacen Nick y Frankie probablemente me romperá en pedazos.

—¿Qué pasa? —Me las arreglo para preguntar.

—Bueno, seguramente has notado que estamos teniendo problemas.

Había notado una pizca de tensión entre ellos, pero, la verdad, pensé que era por mi culpa. ¿Va a confrontarme al respecto? ¿Los consejos de *blackjack* son una forma de desarmarme para después atacarme subrepticiamente? Soy más grande que ella. No soy muy grande, pero definitivamente soy más grande que ella. Si intenta pelear conmigo, tengo la ventaja.

—No lo noté —digo, mientras recojo mi pelo en un moño. No quiero que tenga nada de qué agarrarse si se me abalanza.

—Oh, eso es bueno. —Frankie extiende sus manos sobre la mesa de fieltro y las mira—. Pero sí, estamos teniendo problemas.

—Eh... ¿Por qué? —No quiero inmiscuirme, pero tengo que saber más.

—Por mi blog. A él no le gusta. Detesta que tenga tanta información personal en línea. Odia el hecho de que todos los que lean mi blog sepan que estamos saliendo. —Su teléfono emite un sonido que anuncia una notificación. Ella lo mira y lo guarda en el bolsillo—. Acabamos de pelear al respecto; fue de la nada. Estalló y se fue. No sé dónde está y no contesta su teléfono.

—Oh. —Esto no es para nada lo que había estado esperando. Se trató de su estúpido blog todo el tiempo. Tomo otro sorbo grande de mi bebida—. Bueno, sabes que Nick es muy reservado.

—Lo sé —me dice—. Creo que Nick nunca saldría de su habitación si no tuviera que hacerlo. Me dijo que la única razón por la que tiene un perfil en línea es gracias a ti. ¿Es eso cierto?

No puedo evitar sonreír al recordarlo.

—Creé la cuenta por él y le envié un correo electrónico con la contraseña para que pudiera manejarla. Era más fácil mantenernos en contacto de esa manera, mediante el chat, quiero decir.

—Casi nunca actualiza la página.

—Lo sé. Solo tiene fotografías etiquetadas. Hay unas que me envió por mensaje de texto y yo las subí por él. No creo que tenga idea de dónde está el botón para subir fotografías.

Frankie sacude la cabeza.

—Somos muy diferentes en ese sentido, ¿sabes? Mi vida entera está en línea. Mi blog es lo que soy. No puedo no incluirlo. Sería como mentir.

—Pero él lo detesta.

Frankie asiente con la cabeza y apuñala su bebida.

Intento pensar qué hacer respecto a esta situación extraña. La novia del chico del que estoy locamente enamorada (sí, a pesar de todo) me está pidiendo consejos sobre cómo resolver las cosas con él. Frankie se acerca, toma mi mano y aprieta mis dedos con fuerza.

—Me gusta mucho Nick —dice ella—. Lo sabes. Sabes que es especial.

Tan pronto como dice eso me pregunto hasta qué punto es consciente de lo que sucede. ¿Mi rostro revela mis sentimientos por Nick? ¿Acaso Frankie lo nota? ¿O solo dice eso porque sabe lo profunda que es nuestra amistad?

Pero Frankie dice que le gusta. No dice que lo ama.

¿Acaso Nick le ha dicho que la ama?

Dejo que apriete mi mano, pero no aprieto de vuelta. Cuando me suelta, llevo mi mano de nuevo a mi regazo.

—Nick es muy especial, Frankie. —Elijo mis palabras cuidadosamente. No quiero equivocarme—. Es un chico increíble. Es dulce, detallista, divertido, talentoso. Es... —Casi digo "sincero", pero hago una mueca de dolor y no digo más. Me mintió. A más no poder. Aun así, el dolor está desapareciendo rápidamente porque puedo entenderlo. Entiendo por qué lo hizo y yo también lo hice—. Bueno y, por supuesto, es muy apuesto.

Las dos sonreímos ante el comentario.

—Sí —dice—, es guapísimo.

Me aclaro la garganta.

—Pero hay otros chicos guapos por ahí, ¿sabes? Él es algo más que solo apuesto. —No puedo creer que esté teniendo esta conversación con ella. Después de todo debo ser una muy buena mentirosa y oculto mis sentimientos por Nick mejor de lo que pensaba o, tal vez, Frankie, con su dulzura, no tiene ni la menor idea. Quizá es lo suficientemente inteligente como para no ver las cosas que no quiere ver. Es decir, ¿qué opina del hecho de que Nick lleve una moneda aplanada de Disneyland colgando de su cuello? ¿Se ha molestado en preguntar? ¿Acaso le importa?

—Necesito que me digas qué hacer, Hannah. No sé cómo hacer esto. Solo quiero saber si todo esto vale la pena, ¿sabes?

Es el momento de la verdad. Probablemente tengo todo el poder en este instante. Frankie parece desesperada, tanto como para a hacer lo que yo diga. Si le digo que parece que las cosas no saldrán bien, que Nick nunca va a cambiar, que no son el uno para el otro, o algo por el estilo, sé por la expresión de su rostro que creerá lo que diga y seguramente dé la relación por terminada. Eso la sacaría del camino.

Eso dejaría a Nick libre para mí.

Pero miro a Frankie y me veo a mí misma. Veo a alguien que se preocupa por Nick tanto como yo y que quiere estar con él.

Ella no subestimó a Nick y no huyó cuando las cosas se pusieron difíciles. No desperdició oportunidad tras oportunidad de decirle lo que sentía. Sabía que lo deseaba y fue tras él.

No puedo hacerle esto. No después de que ha sido tan buena conmigo desde el momento en que la conocí. No desde que los vi juntos y la forma en que ella lo mira.

Pero no puedo decirle que estar con él es lo correcto, ¿o sí? Es decir, si lo hago, eso implicaría renunciar a él. A propósito.

Renunciar a todo lo que sentimos en la pista de baile, en la cima de la Torre Eiffel. Para siempre.

No tengo idea de a qué reglas acogerme en este caso.

—La situación es la siguiente —digo—: Parece que tienes que decidir qué es lo que más deseas. —Miro directamente a Frankie. Miro su pelo rojísimo, sus *jeans* perfectamente ajustados y su chaqueta de cuero perfectamente desgastada. Miro su rostro, lleno de preocupación y desesperación—. Conozco a Nick desde hace mucho tiempo y, en cierto modo, ha cambiado mucho. Ahora es más abierto y más relajado, pero hay cosas que no han cambiado, y no creo que esas cosas de Nick vayan a cambiar nunca. Siempre ha sido terco, siempre ha sido muy reservado y nunca le ha gustado compartir nada.

Sonrío ante un recuerdo de Nick, cuando estábamos hablando en línea y le dije por primera vez que tenía novio, y él respondió con emoticones enojados. Trató de actuar como si no estuviera celoso y dijo que solo estaba disgustado porque sabía que no íbamos a poder hablar tan a menudo. No quería compartirme. Por supuesto, me aseguré de que nada cambiara entre nosotros y ese primer novio solo duró dos semanas.

Debí comprenderlo en ese momento.

—Sí —dice Frankie—. Ni siquiera comparte su comida conmigo cuando salimos. Siempre me gusta pedir un plato y le digo a la persona con la que estoy que ordene algo diferente; así ambos podemos dividir nuestros platos para probar más cosas. Pero Nick ordena lo que ordena y no quiere dividir nada ni compartir conmigo. Ni siquiera un bocado.

Siento una punzada de celos tan fuerte que me estremezco. Conozco a Nick desde hace mucho más tiempo que Frankie, pero nunca he salido a comer con él. Nunca extendería mi mano hacia su plato, ni trataría de tomar sus papas fritas, porque a mí tampoco me gusta compartir mi comida. ¿Que otros toquen la comida de mi plato? De ninguna manera.

Todo este tiempo y no sabía que seríamos compañeros de mesa perfectos.

—No creo que él vaya a cambiar eso —digo, bajando el volumen de mi voz—. Si él no quiere compartirte con tus lectores del blog y si no se siente cómodo formando parte de tu blog, así es como va a ser siempre, y creo que pedirle que se acostumbre a eso sería como pedirle que sea alguien que no es.

Frankie deja escapar un suspiro triste.

—Detesto tener que aconsejarte que cambies tu blog, sobre todo cuando es tan divertido y bueno.

Frankie sonríe.

—Es divertido, ¿verdad?

—Sí, es grandioso. —Muerdo el interior de mi boca. No he mirado su blog todavía, pero dada la reacción de todos, estoy segura de que es lo mejor que llegó a Internet desde TMZ. Eso, o todo el mundo se impresiona fácilmente—. Pero creo que todo se reduce a cuál Nick es más importante para ti. ¿El Nick del que escribes en línea o el verdadero Nick? ¿El Nick con el que puedes sentarte a ver una película o el Nick con el que sales en el blog? ¿Cuál Nick te importa más? Eso es lo que tienes que preguntarte.

Me doy cuenta de que ni siquiera se lo estoy preguntando a Frankie. Me lo estoy preguntando a mí misma. ¿Cuál Nick es más importante para mí? ¿El que solo existe en el teléfono y en la pantalla del computador? ¿Ese cuya amistad tanto deseaba conservar que estaba dispuesta a seguir siendo un fantasma? ¿O el Nick que es real? ¿Ese con el que arruiné absolutamente todo, que arruinó todo en respuesta y con quien no estoy segura de si alguna vez las cosas volverán a ser iguales?

Frankie apoya su codo en el borde acolchado de la mesa de *blackjack* y me mira fijamente, con su boca torcida por la concentración.

—Quiero decir, ¿acaso no es más importante tener un novio real que publicar en Internet que tienes novio? —Mi estómago se agita nerviosamente mientras le digo esto porque siento que soy yo la que está tomando la decisión, que me estoy extralimitando—. ¿No preferirías tener al verdadero Nick para ti? Por eso estás con él, ¿verdad? ¿No vale la pena hacer algunos sacrificios por él?

—¿Cortas la baraja? —pregunta Lourdes, recordándome lo que estamos haciendo allí. Me extiende una carta de plástico verde y el resto de la baraja está sobre la mesa frente a ella. Seguramente mi expresión revela mi confusión respecto a lo que me pide que haga—. Toma esta carta —dice ella, agitándola delante de mí—. Ponla aquí, donde creas que la baraja puede traerte suerte.

—Soy la persona con menos suerte hoy —le digo, pero tomo la carta de todos modos.

Mientras me inclino para insertar la carta en la baraja, mi codo se desliza por fuera de la mesa, golpea el vaso y arroja la mezcla de *whisky* y Coca-Cola sobre la mesa de *blackjack*, de modo que el fieltro y las cartas se empapan, y el líquido se acumula en la bandeja de fichas multicolores que hay justo enfrente de Lourdes.

A juzgar por la expresión de odio puro en su rostro, ya no le agradamos a Lourdes.

Y tampoco al jefe de piso de Lourdes, Bill, un hombre grande y rollizo que nos frunce el ceño cuando ella lo llama para que se encargue del desastre que causé.

—Dios mío, Frankie. —Me apresuro a recoger la bebida y los cubos de hielo que se deslizan por toda la mesa cuando intento agarrarlos. Mi corazón late tan fuerte que juraría que Bill puede oírlo. No debería estar bebiendo ni apostando. Ni siquiera debería estar en Las Vegas. Seguramente, Bill se gana la vida mirando identificaciones. Es posible que su casa esté empapelada con identificaciones falsas de estúpidas chicas menores de edad de California. Sabría en menos de un segundo que la mía es falsa.

—Nos llevará a la parte de atrás y nos romperá las piernas —le susurro a Frankie a través de mis dientes apretados—. Nos matará.

—Tal vez debamos irnos —susurra ella en respuesta.

Bill nos mira.

—¿Qué pasó aquí? —Nos está analizando. De cerca. Muy de cerca. La adrenalina corre por todo mi cuerpo. Sé que mi instinto de supervivencia está activo y lo único que quiero hacer es huir.

Miro a Frankie en busca de ayuda, pero ella no me dice mucho. Espero que eso signifique que su mente está esforzándose en producir ideas para sacarnos de esta situación.

Lourdes saca una toalla de alguna parte.

—Bueno, estas chicas —nos señala con la cabeza— derramaron sus bebidas por toda la mesa. Ahora tengo que limpiar ficha por ficha.

—Señoras —dice Bill, inclinándose sobre la mesa. No parece amable. Nos mira como si estuviéramos a punto de aparecer muertas en una zanja o, por lo menos, con las rodillas fracturadas y, mientras nos da un sermón sobre el comportamiento apropiado en un casino, sin pensarlo, me levanto tan rápido como puedo. Dejo caer mi silla mientras intento salir a toda prisa, lo que probablemente enfurece a Bill aún más, pero ni siquiera doy la vuelta.

Oigo a Frankie disculparse y decir:

—Creo que tomó demasiado. Es su cumpleaños número veintiuno. La llevaré arriba.

Supongo que recoge nuestras fichas. Ni siquiera sé lo que hago, simplemente me alejo tan rápido como puedo de la mesa, dejando atrás a Lourdes y a Bill con el caos que provoqué.

Sorteo el laberinto de mesas a toda velocidad sin un destino específico. Frankie solo me alcanza cuando llego al pasillo del ascensor. Me inclino sobre mis rodillas para recuperar el aliento.

—¿Nos está siguiendo?

—Si lo está es porque hiciste todo un escándalo. ¿Qué fue todo eso?

—Pensé que iba a detenerme. —Tan pronto como las palabras salen de mi boca, me doy cuenta de lo ridícula que es la idea. Mi identificación ha funcionado toda la noche y Lourdes la miró cuando nos sentamos. Solo derramé una bebida. Sí, fue un movimiento torpe, pero no era como si estuviera contando cartas o robando fichas.

La adrenalina sigue fluyendo por mi cuerpo. Me enderezo y le sonrío a Frankie.

—Fue divertido.

Ella sacude la cabeza.

—¿Siempre haces eso?

—¿Qué?

—Huir. Saliste corriendo como si estuvieras toda en llamas.

No parece molesta porque me haya ido y la haya dejado allí, pero cuando lo dice, me doy cuenta de lo mucho que huyo de las cosas. Hui de Nick hace tan solo unas horas cuando no sabía qué más decirle. Hui de la montaña rusa cuando todo el mundo iba a subirse. Hui de Josh Ahmed cuando las cosas se tornaron demasiado enrevesadas.

Huyo. Me rindo. Me doy por vencida. Es mi reacción cada vez que algo no funciona como yo quiero.

Me encojo de hombros.

—Creo que así soy siempre.

—Eres divertida, Hannah. Me alegra haberte conocido esta noche. —Se acerca para darme el diezmillonésimo abrazo hasta ahora—. Voy a la caja y luego me voy. —Se aleja, pero sus manos siguen apretando mis hombros—. Gracias por el consejo, por cierto. Tienes razón sobre Nick.

—De nada —digo, encogiéndome de hombros—. No hay de qué.

Frankie me abraza de nuevo, y esta vez lo hace con más fuerza.

—Me encantaría que siguiéramos siendo amigas.

—Sí, claro —digo, al tiempo que me tensiono. Desearía que este abrazo terminara ya—. Por supuesto que sí. —Si es que Nick aún quiere ser mi amigo después de esta visita desastrosa, cosa que dudo mucho.

Finalmente me suelta; luego se da la vuelta y se dirige a la caja dando saltitos, dejándome sola para poder escurrirme hasta el suelo en el pasillo de los ascensores.

Bueno, ahí va. Mi oportunidad con Nick. Prácticamente los uní con una cadena y cerré el candado yo misma, pero tenía que hacerlo. No podía mentirle a Frankie. No podía pretender que Nick no era lo mejor que podía pasarle. Por mucho que quería decirle que corriera lejos y rápido, y que dejara a Nick libre para mí, no podía hacerlo. Porque al parecer huir es lo que hago. La verdad es que son una buena pareja. Puedo verlo, incluso en medio de mis celos y mi tristeza. Puedo verlo y no puedo alejarla de él.

Incluso si no son el uno para el otro, al menos ella está dispuesta a luchar por él, que es más de lo que yo he hecho.

Después de unos minutos de autocompasión, me levanto y oprimo el botón del ascensor para regresar a mi habitación. Estoy sola y ya no hay nada más de lo que pueda huir.

Capítulo 26

Domingo

LO MEJOR DE DORMIR en una habitación de hotel son las cortinas opacas. Bloquean toda la luz proveniente del mundo exterior, por lo que puedes dormir hasta una hora escandalosa y permanecer felizmente ignorante de que la vida continúa afuera, hasta que el hambre te despierta a una hora que está más cerca de la tarde que de la mañana.

Por supuesto, no consigo nada de eso en mi única noche de estadía en el Planet Hollywood, porque nadie se molestó en cerrar las cortinas opacas en primer lugar. Me despierto a las 6:45 a. m. cuando el sol se levanta, se refleja en cada superficie brillante de Las Vegas y rebota directamente en mis ojos, tan solo unas pocas horas después de haber subido a la habitación, llamar a la puerta y sacar a Oscar a patadas.

Salgo de la cama a rastras y me dirijo a la ventana para cerrar las cortinas. Las cierro bien y me quejo del hecho de que a Lo no parece molestarle la luz en lo absoluto, pues las almohadas de su cama cubren cada centímetro de su rostro. ¿Cómo hace para respirar? Golpeo su cama con rencor, pero ella ni siquiera se inmuta. Rayos. No hay nada más molesto que el hecho de que alguien duerma tranquilamente cuando yo no puedo estar más despierta. Sin embargo, todavía es temprano y ahora todo se ve agradable y oscuro. Tal vez no me cueste tanto trabajo volver a dormirme.

Bajo las sábanas, me estiro en todas las direcciones posibles antes de intentar volver a dormir en la habitación oscura. Pero, cuando estiro mis piernas, me doy cuenta de algo. Estoy sola en la cama. Me siento y miro de nuevo hacia donde está Lo, cubierta de almohadas. También está sola en su cama. Estaba tan aliviada de que ya no estuviera Oscar allí, que no me había dado cuenta de que Grace no estaba.

¿Cómo pude ser tan despistada que ni siquiera me di cuenta de que mi hermana no estaba? No sabía que había bebido tanto anoche.

Desconecto mi teléfono del cargador y lo reviso. Nada. No hay mensajes de texto ni llamadas de Grace en absoluto. La llamo, pero su teléfono va directamente al correo de voz, de modo que escribo:

¡¡¿¿Dónde estás??!!

Escribo tan rápido como puedo y miro fijamente el teléfono, deseando que responda. El sueño de hace unos minutos fue reemplazado por adrenalina y paranoia. ¿Está muerta por ahí en una zanja de Las Vegas? ¿Acaso Alex la vendió a un club de desnudistas para comprar una guitarra nueva? ¿Por qué no me ha llamado?

Mi cabeza cae de nuevo sobre la almohada, pero mi mente no se detiene. Todas las cosas horribles que pudieron sucederle a mi hermana estando sola en las calles de Las Vegas pasan por mi mente. Le envío otro mensaje de texto.

Por favor, llama lo antes posible.
Estoy preocupada por ti.

Unos minutos más tarde, mi teléfono vibra. Es Grace. Gracias a Dios.

Estoy abajo. Ya subo.

El alivio me cubre como el edredón de la cama del hotel. Para cuando mi hermana desliza la llave en la cerradura y la puerta anuncia su entrada, estoy sentada sobre la cama, con mi pierna agitándose de preocupación.

—¿Dónde has estado? —pregunto en cuanto su rostro aparece por la puerta—. Acabo de despertarme y me di cuenta de que no estabas aquí. Pensé que estabas muerta.

El pelo de Grace es una maraña bajo su boina. Puedo oler el alcohol que emana de ella como si estuviera usando un perfume llamado *Eau de Liqueur*. El maquillaje ha desaparecido por completo de su rostro y se ve agotada, pero feliz.

—¿Por qué sonríes? ¿Sabes por lo que me hiciste pasar?

Se sienta en la cama junto a mí.

—Cálmate. Estoy bien. Alex y yo estuvimos pasando el rato en un bar lejos de la avenida. Ni siquiera me di cuenta de la hora que era. No hay relojes en ningún lugar, no se puede ver el exterior y...

—Tu teléfono tiene reloj, Grace. Tenías que saber que era tarde. Al menos pudiste enviarme un mensaje.

Sé que sueno como nuestra madre. De hecho, sueno peor que mamá, que nunca está tan aterrada ni es tan fastidiosa. Bueno, al menos no conmigo, porque nunca hago nada para alterarla. Pero ahora entiendo por qué mamá le grita a veces a Grace. Hace tan solo diez minutos me di cuenta de que no estaba y fueron los peores diez minutos de mi vida.

—Sabías que estaba con Alex. Estaba bien.

Me pongo de pie y toda la frustración que se acumuló durante el transcurso de la noche se concentra.

—No lo sabía, Grace. —He mantenido la voz baja porque Lo está durmiendo, pero ya ni siquiera me importa. Esta diatriba también es para ella—. No sabía a dónde te habías ido. No sé mucho de Alex, excepto que es todo un desgraciado con su hermano. Estaba preocupada, ¿de acuerdo? No actúes como si no tuviera ninguna razón para no estar molesta porque te hubieras ido y me hubieras abandonado. No fui yo la que hizo las cosas mal.

—Hannah, Lo está durmiendo. Baja la voz.

—No, no lo haré. Esto es traición. Vinimos aquí por mí, para que pudiera conocer a Nick. Pero las cosas se fueron al demonio y, en lugar de ayudarme a superar esto, ambas me abandonaron para irse con un chico apenas pudieron. Lo me sacó de la habitación para poder revolcarse con Oscar. Estuve sentada sola en el suelo del pasillo de ascensores en medio de la noche, y tú, tú te fuiste a la primera oportunidad, ¿verdad? Dijiste que ibas a conseguir información valiosa. ¿Lo hiciste? ¿Qué fue lo que averiguaste?

—Bueno —dice ella, mirando sus manos—. La verdad, no tuvimos la oportunidad de hablar de...

—Ah, entonces, ¿no hiciste lo único que me prometiste que harías? ¡Qué sorpresa!

Lo, al parecer despierta por mi discurso matutino, se sienta en la cama.

—¿Qué pasa? —murmura. Aún trae puesta la ropa de la noche anterior y no se molestó en quitarse el maquillaje, que ahora está embarrado por todo su rostro y sobre las almohadas en las que se había estado ahogando. Si tan solo Oscar pudiera verla ahora.

—Hannah, estoy agotada —dice Grace, frotándose los ojos—. Y Lo también, obviamente. Tenemos mucho de qué hablar, pero creo que en este momento todas necesitamos dormir, ¿no te parece? Durmamos por ahora y hablemos más tarde.

Sé que discutir con mi hermana en este momento es completamente inútil. Se pone completamente irracional cuando no ha dormido lo suficiente. Levanto mis manos en el aire y digo:

—Como sea. —Y me meto de nuevo en la cama, dándome la vuelta para darle la espalda.

Oigo que se lava el rostro en el baño y luego se cambia de ropa. No puedo evitar exasperarme ante la idea de que se ponga su piyama y se meta a la cama a las siete de la mañana, cuando hay gente levantándose de la cama y quitándose su piyama a esta misma hora. Bueno, tal vez no en Las Vegas. Pero en otros lugares normales es sin duda lo que están haciendo.

Con los ojos cerrados, trato de volver a dormir, pero no puedo. El poco alcohol que tomé anoche antes de derramarlo sobre Lourdes y la mesa de *blackjack* me ayudó a dormirme bastante rápido una vez llegué a la habitación. Pero ya no hay alcohol en mi cuerpo. Lo único que queda son los recuerdos de la noche y todo lo que salió mal:

Mi hermana y mi mejor amiga me abandonaron.

Besé a Jordy.

Arruiné las cosas con Nick.

Prácticamente renuncié a él y se lo di a Frankie.

Recuerdo todo una y otra vez, desde nuestra llegada a House of Blues hasta el último abrazo de Frankie. Recuerdo especialmente mis momentos con Nick, cuando bailamos en la boda y cuando estuvimos juntos en la cima de la Torre Eiffel. Pero esos momentos ya no importan. Hui. Lo arruiné todo.

Tratar de volver a conciliar el sueño es inútil, especialmente cuando Grace está roncando en mi oído. Salgo a rastras de la cama, me cambio de ropa, me lavo los dientes y bajo a comprar café y a despejar mi cabeza.

El casino está tan lleno a primera hora de la mañana como lo está tarde en la noche, pero el público es totalmente diferente. Los turistas y quienes hacen el paseo de la vergüenza hasta sus habitaciones vagan por el piso del casino. Me siento sola en el restaurante y bebo mi café, en un intento por decidir lo que haré, cómo arreglaré las cosas con Nick. Han pasado años desde que estuve despierta durante tanto tiempo sin tener algún tipo de contacto con él, y escribo y borro al menos veinte mensajes diferentes antes de rendirme. Después de unas diez tazas de café, llevo mis angustias a la avenida principal, donde camino por Las Vegas Boulevard hasta el Venetian y regreso por el otro lado de la calle. En cierta medida soy consciente de que debería estar observando el lugar y la gente como turista que soy. Es decir, nunca antes he estado en Las Vegas y acaba de pasar una fila de personas con disfraces baratos de personajes de dibujos animados populares. Alguien con ínfulas de Hello Kitty se quitó la cabeza falsa y la sostenía en su regazo mientras fumaba un cigarrillo. Pero no puedo concentrarme en nada más que en todos los errores que he cometido y las reglas que infringí en las últimas veinticuatro horas. El largo paseo se convierte rápidamente en un recorrido de tristeza y arrepentimiento.

Este sí que es un paseo de la vergüenza. Nick y yo nunca vamos a poder superar esto. Cuatro años de ser los mejores amigos, pero ninguno de los dos pudo ser sincero.

De vuelta al Planet Hollywood tomo el ascensor hasta la habitación. Es hora de salir del hotel y lo único que quiero hacer es volver a casa. Con las manos temblorosas por tanta cafeína, enciendo la luz.

—¡Levántense, chicas, nos vamos! —grito con todas mis fuerzas.

—Apaga la luz —murmura Grace, que se da la vuelta y cubre su cabeza con la almohada.

—No —digo—. Les di tiempo para dormir. Ahora tienen que levantarse para poder salir de aquí. Es casi mediodía. Debemos registrar nuestra salida. Quiero ir a casa.

Lo se sienta y se frota los ojos.

—Pensé que hoy íbamos a ir a la piscina.

—Ese era el plan antes de vivir la peor noche de mi vida. Ahora lo único que quiero hacer es volver a casa. ¿Pueden por favor salir de la cama y vestirse para que podamos irnos?

—No —murmura Grace.

Le quito el edredón y lo arrojo al suelo.

—No tienes derecho a negarte. No tuviste la noche que yo tuve. No quiero estar en Las Vegas ni un segundo más. Si pudiera volar a casa, lo haría, porque sinceramente la idea de pasar cuatro horas en un auto con ustedes dos suena absolutamente deprimente, pero si eso es lo que hay que hacer para salir de este lugar, pues lo hago. Levántense. Antes de que me ponga furiosa.

—Hannah... —Lo se pone de pie y se tambalea hacia mí, pero levanto mi mano y la interrumpo.

—Tampoco quiero hablar contigo. Vámonos.

Supongo que el tono que utilizo les produce miedo. Aparentemente, el café hizo algo más que despertarme; me hizo sonar como si estuviera al borde de la locura, y es evidente que no quieren saber sobre qué más voy a despotricar. De modo que no hay piscina, no hay compras, no hay momento para alocarse. Las tres empacamos en silencio, nos duchamos, subimos al auto y regresamos a California.

El regreso a casa no se parece en nada a nuestro recorrido de venida. La radio está en alguna estación genérica de Las Vegas que nadie se molesta en cambiar. Grace maldice cada auto que ve a tres metros de ella y Lo se sienta en el asiento trasero, enroscada en la máxima posición fetal que el cinturón de seguridad le permite, quejándose de su dolor de cabeza.

Las ignoro a ambas.

—Tengo hambre —murmura Lo desde la parte de atrás—. Necesito comida. Necesito café. Necesito cortarme la cabeza.

—No me detendré en ningún lugar, además de esta estación de servicio, hasta que estemos en California —dice Grace—. Entren a la tienda si quieren algo. —Ninguna de las dos hace el intento de salir, por lo que rezonga—. No estoy bromeando. Ustedes me hicieron salir antes de que yo estuviera lista. Vayan al baño, coman o lo que sea, pero háganlo ya porque no pararé después.

Estoy a punto de salir del auto y dejar que Lo se valga por sí misma, pero la oigo gemir desde el asiento trasero y sé que lo está pasando mal. Está sufriendo por el exceso de alcohol y de Oscar, y por la falta de agua y de horas de sueño; apenas puedo imaginar el estado de su cabeza en este momento. Tal vez esté enojada con ella, pero no soy insensible.

—¿Quieres algo?

—Café —murmura— y también carbohidratos. Tráeme carbohidratos.

Se da la vuelta en el asiento y yo me dirijo a la tienda para comprar comida. Estoy vagando por los pasillos cuando el teléfono vibra en mi bolsillo trasero. Un mensaje.

Mis manos están ocupadas con el café y la comida para Lo, y me quejo de que mi hermana me envíe mensajes de texto cuando solo está a unos metros. Pero cuando pongo todo sobre el mostrador y saco mi teléfono, veo que el mensaje no es una lista de bocadillos enviada por Grace en lo absoluto.

Antes de irse vengan al asado en nuestra casa.
La banda toca a las 4 p. m. Alex

Seguido de una dirección en Henderson.

La dirección de Nick.

Miro el teléfono con incredulidad y varias preguntas comienzan a rondar en mi cabeza. ¿Por qué querría ver a la banda tocar en una fiesta? ¿Por qué Alex me está enviando mensajes de texto?

Considero la posibilidad de ignorarlo, pero no quiero ser grosera.

Lo siento. Ya nos fuimos.

Quiero preguntarle de qué se trata todo eso pero, sinceramente, creo que no quiero saberlo. Si Nick quisiera que fuera a la fiesta, si tuviera algo que decirme, me habría enviado un mensaje él mismo, no su hermano.

Regresen.

Pago toda la comida y regreso al auto.

—Gracias, Dios mío —dice Lo cuando le entrego un café, una botella enorme de agua y una bolsa llena de carbohidratos que van desde barras de cereales hasta papas fritas y donas azucaradas—. Eres mi dios en este momento.

—Bueno, no quiero que vomites el auto de Grace cuando tenemos un viaje de cuatro horas por delante. Todas tendríamos que tolerar eso. —Dejo una botella de agua y una barra de cereal en la guantera central para Grace. Cuando termina de llenar el tanque de gasolina, se sube al asiento del conductor, destapa el agua y se la bebe de un trago; luego enciende el auto y avanza sin decir siquiera una palabra de agradecimiento.

Estamos en la autopista en silencio absoluto por cinco minutos, durante los cuales me pregunto si debo decirle a Grace sobre el mensaje de Alex. No quiero ir a la fiesta; quiero ver Las Vegas por el espejo retrovisor y nunca más pensar en ella de nuevo. Pero tengo curiosidad por saber si Alex le dio alguna pista acerca de la fiesta y de por qué cree que debería asistir. Pienso en lo que Frankie me dijo anoche. ¿Estoy huyendo de nuevo? Como dijo Lo, para alguien que siempre quiere tener el control, no parece que haga nada por cambiar mi vida. Tal vez esta es mi oportunidad. Tal vez no se trate de infringir las reglas, sino de hacerme cargo de las cosas sobre las que sí tengo control. El silencio mordaz rápidamente se torna insoportable y no puedo llegar a ninguna respuesta por mi cuenta.

—Alex me envió un mensaje —digo en voz baja.

—¿Qué? ¿Cuándo? —Grace intenta disimular su evidente interés y algo más, tal vez celos, pero falla estrepitosamente. La conozco demasiado bien.

—Hace un momento. Dijo que la banda va a tocar en una fiesta en su casa esta tarde y que debería ir antes de marcharme de Las Vegas. —Me aclaro la garganta, tratando de asegurarme de sonar indiferente—. ¿Alguna idea de por qué?

Grace niega con la cabeza.

—Dijo que iban a tocar en una fiesta de cumpleaños hoy por la tarde, pero es todo lo que sé. No parecía que fuera gran cosa. —Mira fijamente el largo tramo de autopista que hay frente a nosotras—. ¿Cómo consiguió tu número?

Sé lo que eso significa. Quiere decir: "¿Por qué te escribió a ti y no a mí?". No sé qué responder.

—Tal vez lo sacó del teléfono de Nick. No sé.

Ahora miro la autopista y trato de aprovechar el paisaje plano e inhóspito del desierto para aclarar mi mente. Ninguna dice nada durante un largo rato, hasta que Grace rompe el silencio.

—¿No quieres ir?

—Ya vamos camino a casa —digo—, y no creo que Nick quiera verme, de todos modos. No después de lo que sucedió anoche. —Si Nick me hubiera enviado el mensaje, habría llegado a la fiesta tan rápido como nos lo permitiera el auto de Grace, pero ¿qué significaba la invitación de Alex? Casi no hablé con él en toda la noche.

—¿Qué pasó anoche? —pregunta Grace.

Es cierto. Grace se perdió de casi todo por andar por ahí con Alex. Me vuelvo hacia la ventana con un gran suspiro. No quiero contarle nada, pues sigo enfadada, pero la necesidad de contar con la opinión de alguien es más fuerte que mi ira, de modo que le cuento todo lo que pasó entre Nick y yo, incluyendo la charla que tuve con Frankie mientras jugábamos *blackjack*.

Grace no dice nada durante un largo rato y sigue mirando por la ventana. Quiero que diga algo, pero la verdad no quiero saber lo que opina, por lo que también miro por la ventana.

—¿Por qué hiciste eso? —chilla Lo desde el asiento trasero—. ¿Por qué le dijiste a Frankie que se quedara con Nick?

—Bueno —espeto—, fue la única amiga que tuve anoche, por lo que no podía ser cruel con ella. Al menos ella sí quería estar conmigo.

Lo hace caso omiso de mi indirecta.

—Creo que deberías ir a la fiesta.

—¿Para qué? ¿Para que Nick pueda seguir gritándome? ¿Para humillarme aún más? ¿Qué gano con eso?

—Alex cree que puedes ganar algo con eso —dice entonces Grace.

—Sí, bueno, Alex y Nick ni siquiera se llevan bien. —Pienso en el momento que compartí con Nick, cuando dijo que su hermano había estado interesado en Frankie originalmente. No le menciono eso a mi hermana, pero creo que es una buena razón para dudar de las intenciones de Alex para llevarme a la fiesta.

—Bueno —dice Grace, girando un poco la cabeza para mirarme—. Yo también creo que deberías ir.

Pero seguimos avanzando por la autopista, alejándonos más y más de Las Vegas.

Tan pronto como salimos del área metropolitana de Las Vegas, el paisaje se reduce a piedras y arena, pero delante de nosotras se ve un pequeño grupo de edificios y me doy cuenta de que estamos acercándonos a la frontera estatal entre California y Nevada.

Y a los tres casinos que están justo en la frontera.

Veo que los edificios se acercan cada vez más y puedo ver la enorme montaña rusa amarilla serpenteando alrededor del Buffalo Bill's Resort y Casino.

Llegar a la frontera significa que estamos saliendo de Nevada y que oficialmente estoy huyendo de Nick y declinando la invitación de Alex. No quiero ver a Nick porque creo que todo está arruinado, pero ni siquiera lo sé a ciencia cierta. Tengo miedo de hacer algo que podría arreglarse porque temo que arreglarlo me dé miedo.

"Qué estupidez —me digo—. No quiero vivir así".

Por ese motivo decido no hacerlo.

—Detente —le digo a Grace—. Voy a subirme a la montaña rusa.

Capítulo 27

ESTAMOS EN EL AMPLIO estacionamiento de Buffalo Bill's Resort y Casino, que está sorprendentemente lleno. Me había preguntado quién se molestaría en venir a un casino en la frontera estatal cuando Las Vegas está a solo cuarenta minutos en auto, pero al parecer la respuesta es: todo el mundo. Decenas de autobuses turísticos ocupan el extremo más lejano del estacionamiento y tenemos que dar varias vueltas para encontrar un lugar dónde dejar el auto.

Ahora que nos estacionamos, la pista de la montaña rusa amarilla está mucho más cerca y se ve mucho más aterradora de lo que se veía desde la autopista. No sé en qué estaba pensando cuando le dije a Grace que se detuviera. Debo haber tenido un derrame cerebral.

—Mejor dejémoslo así —digo—. Solo bromeaba. No quiero hacerlo.

Lo gime desde el asiento de atrás y se da la vuelta.

Grace se acomoda en su asiento para poder mirarme de frente.

—Mira —dice—. Sé que estás enfadada conmigo y lo entiendo. En serio. Pero necesito que dejes de odiarme por un momento y escuches mis consejos de hermana mayor, ¿de acuerdo?

Escuchar los consejos de Grace no es algo que quiera hacer en este momento, pero supongo que la otra opción sería subirme a esa montaña rusa, de modo que la dejo hablar.

—No tienes que esperar hasta la universidad para que tu vida comience, ¿sabes? Puedes empezar ahora. —La miro fijamente en silencio—. Has pasado los últimos cuatro años de tu vida sin hacer nada. Estudias, obtienes buenas calificaciones, pero no has vivido. Has salido con chicos que ni siquiera te gustan, solo para no tener que sentir nada real por ellos. Te enamoraste de Nick y ni siquiera quieres admitirlo. Siempre dices que vas a hacer esto o aquello en la universidad, pero es solo una excusa.

—No lo es.

—Sí lo es. Es una excusa ridícula para mantenerte a salvo y tener el control. ¿Qué crees que va a pasar en la universidad? De todos modos vas a tener que estudiar y obtener buenas calificaciones, ¿sabes? Pero, a decir verdad, va a ser más difícil. También vas a tener que trabajar. ¿Vas a seguir posponiendo tu vida cuando eso ocurra? ¿Vas a seguir inventando excusas?

Visualizo la vida en UCLA el próximo año. Aunque Grace me habla de sus trabajos y sus exámenes, me doy cuenta de que he permitido que las escenas de fiestas universitarias gobiernen lo que imagino que pasará en los próximos cuatro años.

La verdad es que, por más que me gusta imaginar que iré a fiestas y que viviré mi única vida, lo que más quiero es que me vaya bien en la universidad. Quiero estudiar, aprobar las materias y mantener un buen promedio.

Pero si voy a hacer todo eso, ¿cuándo voy a tener tiempo para vivir mi vida? ¿Cuando me gradúe? ¿Cuando haga un posgrado? ¿Cuando tenga trabajo? ¿Tendré tiempo para divertirme entonces? ¿O el trabajo va a ser mi prioridad y todo lo demás será secundario?

Si sigo esperando para divertirme y huyo de las cosas nuevas hasta que mi vida esté bajo control, ¿qué sucederá?

—Nunca voy a divertirme, ¿verdad?

—No tienes que elegir, Hannah. No tienes que elegir entre el éxito o la diversión, ni entre la vida o el amor. Hay muchas puertas por las que puedes pasar. —Se pasa las manos por el pelo y me mira fijamente—. Puedes tener ambas cosas. Está permitido. Solo tienes que salir y hacer algo al respecto. No te sientes a esperar a que la vida llegue a ti. Ve y toma lo que quieras, lo que sea.

Grace toca su collar con los dedos mientras habla y eso me lleva a pensar en todo por lo que ha pasado a causa de Gabe. A lo que renunció por esa relación y al hecho de que se quedó sin nada.

Pero en realidad no se quedó con las manos vacías. Aún tiene otras partes de ella misma. Gabe no era lo único que le daba sentido a Grace. También se lo da UCLA, *Rocker* y el hecho de ser mi hermana. Tiene todas esas cosas y, por eso, perder su relación la destrozó, pero solo temporalmente. Cuenta con el resto de aspectos de su vida para ayudarla a sobreponerse.

Pongo los codos en las rodillas e inclino mi cabeza hacia delante y la apoyo en mis manos.

—He estado haciendo todo mal. —Dejo pasar las buenas oportunidades porque no sé hacer varias cosas al tiempo, porque le tengo demasiado miedo al fracaso.

—Vas a estar bien —dice Grace, extendiendo su brazo a mi alrededor y acercándome a ella. Mi instinto es alejarme; después de las últimas horas que hemos vivido, no quiero que me consuele. Pero, en cambio, me hundo en su abrazo y ella me aprieta con fuerza.

—Está bien —digo, enderezándome en el asiento—. Voy a hacerlo. Voy a subirme a la montaña rusa, pero hagámoslo deprisa antes de que cambie de opinión.

—No tengo que subir a esa cosa contigo, ¿verdad? —se queja Lo.

Salgo del auto de un salto.

—Claro que sí. —Abro la puerta trasera, me inclino y tiro de ella hasta que queda sentada—. Este es tu castigo por las travesuras de ayer, dama de la noche. Me debes un paseo en esta trampa mortal.

—Hannah, seguramente voy a vomitar.

—No me importa. Sal.

Salir del asiento trasero es una lucha para Lo, pero al final las tres caminamos hacia Buffalo Bill's para buscar la entrada a la montaña rusa.

No hay suficientes palabras para describir lo diferente que es Buffalo Bill's de los casinos que visitamos en Las Vegas. Mientras que el Planet Hollywood era todo blanco, rojo y brillante, Buffalo Bill's es de color marrón, sucio y está decorado como el Viejo Oeste. Huele a cenicero y, sin duda alguna, somos las más jóvenes del lugar, muchas décadas más jóvenes.

—Obviamente, aquí no vamos a encontrar chicos —susurra Grace mientras cruzamos las puertas y entramos al casino pobremente iluminado.

—Aquí no vamos a encontrar nada, excepto cáncer de pulmón —contesto, tratando de no inhalar el olor a humo de cigarrillo y a sudor. La gente fumaba en los casinos de Las Vegas, pero supongo que la ventilación era mejor porque casi no me di cuenta. Aquí el humo se filtra en mi torrente sanguíneo.

—¿Podemos apresurarnos? —El rostro de Lo se ve aún más verde mientras caminamos por Buffalo Bill's, aunque no creí que eso fuera humanamente posible—. Este lugar no me ayuda a disminuir mis ganas de vomitar.

—¡Ajá! —dice Grace, que señala un letrero que dice MONTAÑA RUSA—. Por acá.

—Hay muchas botas de vaquero aquí —le digo a Grace mientras nos arrastra por el casino. Ella va a la cabeza, sosteniendo mi muñeca, mientras yo me aferro a la de Lo; una cadena humana de chicas miserables.

—Es como la versión *country* de "gente de Walmart" —dice Grace.

Encontrar la taquilla de la montaña rusa no es tan complicado como lo fue anoche en el New York-New York, sobre todo porque parece que Buffalo Bill's no tiene mucho qué ofrecer.

Me aferro a mi esperanza secreta de que la montaña esté cerrada, idea que no es del todo ridícula, teniendo en cuenta que nunca la hemos visto en funcionamiento. Aun así, seguimos los letreros que llevan a la montaña rusa (se llama el Desperado) y vemos a alguien sentado detrás de la taquilla, un individuo de aspecto aburrido de unos veinticinco años, con un audífono en la oreja y jugando en su teléfono.

—Hola —dice Grace mientras la alcanzamos—. ¿Está funcionando la montaña rusa?

—Funcionará si quieren subirse —dice—. Así tendría algo qué hacer. —Su voz suena como si no hubiera hablado en horas.

—¿La pondrás a funcionar solo para las tres? —Tengo la esperanza de que diga que hay que esperar a que todos los vagones se llenen, pero claramente eso es algo que no va a suceder.

—Por supuesto. No tengo nada más qué hacer en este momento. —Registra los tres boletos y señala hacia abajo para indicarnos dónde queda la entrada.

—Hannah debe ir al frente —dice Lo.

Da la impresión de que fuera a desmayarse allí mismo y está sosteniéndose de la barra que demarcaría la fila de la montaña rusa, si es que hubiera alguien haciendo fila, para mantenerse en pie. No debería regocijarme tanto en su miseria, pero no puedo evitarlo. Estoy muy complacida.

—Sí, claro —dice Grace—. Hannah siéntate al frente. Nosotras nos sentaremos justo detrás de ti.

Fijo la mirada en el vagón. Es un vagón de montaña rusa largo y nosotras somos las únicas que van a subirse a él. Tenemos esta trampa mortal para nosotras solas.

El pánico me invade. Mi corazón late descontrolado, mi estómago toca fondo, estoy sudando como si estuviera en un sauna y ni siquiera he hecho el intento de subirme al vagón todavía.

Respiro profundo una vez y luego otra.

—Oigan —digo, pero ni siquiera sé si puedo completar la idea. El letrero dice que el Desperado es una de las montañas rusas más altas y rápidas del país, y de repente me arrepiento de no haber tenido la epifanía acerca de tomar las riendas de mi vida estando en casa, cuando tenía la posibilidad de subirme a las atracciones para niños de Disneyland en lugar de a esto.

Grace toma mi mano.

—Puedes hacerlo —dice—. No pienses en la sensación de no tener el control, ¿de acuerdo? Concéntrate en la sensación de libertad. Es como si estuvieras volando. No da miedo. Es liberadora.

Lo se endereza.

—Respira profundo.

Lo hago.

—¿Se van a subir o no? —pregunta el chico. Para alguien que está aburrido a muerte, sin duda tiene prisa.

—No creo que tengas algo mejor qué hacer que esperarnos —contesta bruscamente Grace. Sonrío. Mi hermana está empezando a agradarme de nuevo.

Grace me mira y respiro profundo mientras recuerdo el rostro de Nick anoche. Se expuso por completo, me dijo todo lo que sentía. ¿Cómo habría resultado todo si, en lugar de huir, hubiera tomado el control y hubiera hecho esto? Imagino que su rostro se habría visto diferente, que las cosas habrían sido diferentes y me aferro a esa imagen con todas mis fuerzas.

—Está bien —digo—. Hagámoslo.

Me siento en el vagón, bajo la barra hasta mi regazo y me giro para ver a Lo y a Grace hacer lo mismo detrás de mí.

—Puedes hacerlo. —Grace se inclina hacia delante y me despeina con la mano—. Recuerda: la vida puede ser aterradora y divertida al mismo tiempo. El temor la hace divertida.

Me giro y sigo respirando. Inhalo, exhalo. Inhalo, exhalo. Puedo perder el control. Si lo hago, no voy a morir, no voy a vomitar.

La montaña rusa hace un ruido y, antes de que mi pánico empeore, se sacude hacia delante y empezamos a avanzar. Salimos lentamente del casino por la pared y llegamos a la pista amarilla que vimos desde la autopista.

El vagón acelera y, antes de comprender lo que está pasando, vamos a toda velocidad y subimos por un tramo inclinado de la pista que hay frente a nosotras.

—¡Chicas! —grito. Tomé clases de Física Aplicada y sé lo que implica subir por ese tramo. Significa que vamos a caer cuando lleguemos al final.

El vagón chasquea a medida que subimos más y más; mi estómago se sacude y mis palmas sudan sobre la barra que está delante de mí.

—¡Puedes hacerlo! —grita Grace, mientras Lo gime con tristeza.

Finalmente llegamos a la cima de la pendiente de la pista. Me tomo un segundo para mirar a mi alrededor. Veo la autopista y los autos que pasan. Veo el estacionamiento, los otros casinos, el centro comercial de descuentos y kilómetros y kilómetros de desierto. Se ve desolado, pero también se ve extrañamente hermoso. Antes de poder seguir pensando en lo que estoy viendo, comenzamos a caer.

Grito.

Esta montaña rusa es rápida. Caemos hacia un túnel oscuro, mientras mi pelo flota sobre mi rostro y detrás de mí, y siento como si mis mejillas fueran a separarse de mi cráneo. Mi trasero se levanta del asiento ligeramente a medida que caemos y me aferro a la barra que tengo enfrente con todas mis fuerzas.

Detrás de mí, Grace también grita, pero es un grito de placer, no de terror, y me doy cuenta, mientras la velocidad de nuestra caída nos lleva a otra pendiente, de que no estoy para nada aterrada.

De hecho, me estoy divirtiendo.

—¡Uuu! —grito.

—¡Levanta los brazos! —me grita Grace y al bajar por la siguiente caída, que se retuerce en una espiral audaz, lo intento. Levanto una mano de la barra y luego la otra y, mientras caemos, miro la vasta extensión del desierto y siento como si estuviera volando. Siento que soy libre.

Es increíble.

Nuestro recorrido en la montaña rusa es demasiado corto. Antes de siquiera darme cuenta, el vagón se detiene de nuevo en el casino y termina el recorrido. Levanto la barra y salgo a la plataforma. Lo sale a rastras del vagón y corre hacia el bote de la basura que hay en la esquina, donde vomita.

—¿Y bien? —pregunta Grace.

No sé cómo explicarle la sensación de desprendimiento, de libertad, de vacío, de despreocupación por la caída y de dejarme llevar por ella.

Trato de buscar la manera de expresar todo eso en palabras, pero cuando no se me ocurre nada, simplemente digo:

—Quiero hacerlo de nuevo.

Capítulo 28

SUBIMOS AL DESPERADO tres veces más y con eso le damos un muy buen uso al resto de mis ganancias de la máquina tragamonedas. Bueno, Grace y yo lo hacemos. Lo estaba en el baño mientras nosotras repetíamos el recorrido. Cada vez me divierto más, grito durante las caídas y levanto las manos cuando pasamos por la espiral. Río, grito y casi lloro; lo estoy pasando muy bien.

En nuestro siguiente recorrido, mientras oímos los chasquidos de camino a la cima de la pista, Grace lleva las manos a su nuca y desabrocha el collar. Lo sostiene en su mano cuando nos detenemos en el punto más alto y, cuando el vagón se inclina para bajar por la pista a toda velocidad, levanta los brazos y relaja los dedos para que el collar salga volando detrás de nosotras.

Después de salir del vagón, me inclino, pongo las manos sobre mis rodillas y trato de recuperar el aliento.

—No puedo creer que hayas hecho eso —digo—. Ese collar era costoso, Grace.

Grace se encoge de hombros.

—No querías subir a la montaña rusa, pero lo hiciste y te encantó. —Se pasa la mano por el pelo—. De modo que pensé... que debería haber hecho eso hace mucho tiempo.

No quiero decir nada cursi para expresarle lo orgullosa que me siento de ella, entonces le doy un fuerte abrazo. Luego me enderezo, la miro y digo:

—Tengo que ir a esa fiesta.

Mentiría si dijera que Nick no estuvo en mi mente cada vez que subimos a esa montaña rusa. Estoy esforzándome por conquistar mis miedos y, por más que solía tener miedo de perder el control, aún temo perder a Nick. Sí, está con Frankie y está enojado conmigo, pero eso no es motivo suficiente para permitir que se eche a perder una amistad de cuatro años. Tal vez no pueda estar con él, pero no puedo irme de Las Vegas sin enmendar las cosas. No puedo huir. Claramente no sé qué va a pasar cuando me presente en la fiesta, pero no puede ser peor que la forma en que dejé las cosas con él. Si Grace puede liberarse de Gabe, yo puedo expresar mis sentimientos de frente. Tengo que arreglar esto. Hablar. Disculparme. Recuperar a mi mejor amigo.

Grace rodea mis hombros con su brazo y me da un apretón.

—Busquemos a Lo y vayámonos de aquí.

Lo nos espera en la entrada del Desperado mientras bebe un refresco. Se ve menos verde y nos dedica una sonrisa lánguida mientras nos acercamos.

—¿Cuatro veces? —pregunta.

Asiento con la cabeza.

—Estoy enamorada. Puedes ser la dama de honor cuando me case con el Desperado.

—Deberías hacer algo superosado cuando lleguemos a casa. Voy a hacer una lista de actividades ilícitas con las que puedes probar suerte. —Se levanta de su silla y pone su brazo alrededor de mi otro hombro.

—No nos aloquemos por ahora —digo y todas nos reímos mientras caminamos hacia el auto.

Busco la dirección de la fiesta en el GPS de Grace y nos dirigimos de nuevo hacia Las Vegas, en un estado de ánimo considerablemente mejor del que habíamos tenido tan solo una hora antes. Mi enfado hacia ellas se disipó y fue reemplazado por un nerviosismo muy similar a las mariposas en el estómago que tenía cuando hicimos este mismo recorrido ayer. ¿Estará Nick feliz de verme? ¿Ir a la fiesta empeorará las cosas? No creo que Alex me hubiera invitado si Nick no me quisiera allí, pero quién sabe; las cosas siempre son complicadas entre ellos.

Estoy vigorizada por mi recorrido en la montaña rusa, pero eso no detiene mi mente, ni me impide pensar en todo lo que podría salir mal.

—¿Vas a decirle que vas? —pregunta Grace.

—No. Me acojo al elemento sorpresa. Espero que esta vez juegue a mi favor. —Tomo mi bolso, que está en el suelo junto a mis pies y busco en el fondo la moneda de payaso. La arrojé dentro junto con mi billetera esta mañana mientras estábamos empacando las maletas, pero ahora la quiero conmigo otra vez. Sonriendo, froto mi pulgar sobre sus bordes y luego la meto en el bolsillo de mis *jeans*.

Me doy la vuelta para ver a Lo, que está sentada y se ve menos proclive a vomitar.

—¿Quieres ayudarme?

Se inclina hacia delante en su asiento, hasta donde el cinturón de seguridad se lo permite, y toma mi brazo.

—Amiga, siento mucho lo de anoche. No sé qué me pasó.

Grace se ríe desde el asiento delantero.

—Eh, creo que su nombre es Oscar.

Lo pone los ojos en blanco.

—Sabes cómo me pongo. Tú tenías a Nick y yo también quería divertirme con un chico lindo, pero no quería arruinar tu noche.

—La verdad, no me estaba divirtiendo con un chico lindo. Estaba viviendo un drama con un chico que tiene novia.

—Te entiendo, de veras —se deja caer de nuevo sobre su asiento—, pero siempre me ha frustrado la tensión sexual evidente que hay entre tu mejor amigo y tú. Quería que hicieras algo al respecto, ¿sabes? Supongo que, en una extraña medida, pensé que, si te dejaba sola, podrías resolver el problema.

—Hannah y tú son amigas perfectas la una para la otra —dice Grace, dándome un codazo desde el otro lado de la guantera—. Ella necesita que alguien la saque a rastras, con gritos y patadas, de su zona de confort de vez en cuando; alguien que la obligue a actuar.

Resoplo.

—Pero no en exceso. ¿Te imaginas que ambas estuviéramos tratando de dormir con un chico en la habitación del hotel?

—¿En lugar de quedarnos en la oscuridad mirándonos mutuamente? —Lo se inclina hacia delante de nuevo y me guiña el ojo—. ¿Por qué estabas ahí tendida como una demente, demente?

—¡Estaba tratando de revolcarme en mi autocompasión por toda esta situación con Nick! ¡Interrumpiste mis lamentos!

—Somos bastante peculiares, ¿verdad?

Trato de darme la vuelta en mi asiento para abrazarla, pero me niego a quitarme el cinturón de seguridad en un vehículo en movimiento, de modo que termino dándole palmaditas en el hombro en vez de eso.

—¿Vas a volver a hablar con Oscar?

Se encoge de hombros y me lanza una de esas sonrisas maliciosas.

—Tal vez lo haga, si arreglas las cosas con tu mejor amigo.

Me volteo de nuevo y miro el largo tramo de autopista que se extiende frente a nosotras.

—Esa es la idea.

Capítulo 29

SALIMOS DE LA AUTOPISTA en Henderson y ahora estamos a solo unos minutos de la casa de Nick y Alex, según el GPS. Bajo el espejo del parasol y trato desesperadamente de arreglar mi pelo y mi maquillaje. Salimos del hotel tan enojadas esta mañana que ninguna se ve la mitad de bien de lo que podría verse. Aunque sé que no hay esperanza para Nick y para mí en términos románticos, de todos modos quiero que su último recuerdo de mi yo real sea bueno. Me ha oído en el teléfono en mi peor momento, pero no hace falta que me vea como un espantajo. Lo último que quiero es que mi rostro destartalado lo distraiga de mi disculpa.

—Llegamos —dice Grace, cuando da la vuelta en una calle de casas antiguas, cada una igual a la anterior.

Le envié un mensaje a Alex para avisarle que íbamos en camino, pero aparte de saber que los chicos de la banda van a estar allí, no tengo ni idea de qué debo esperar. Una incógnita así, usualmente, me aterra hasta el punto de impedirme actuar, pero ahora no me perturba. Lo único que importa es arreglar las cosas con Nick.

Encontramos la casa, pero no podemos estacionarnos cerca porque hay autos en la entrada y estacionados a lo largo de la calle.

—Bien, chicas —digo—. Llegó la hora.

—Puedes hacerlo —dice Lo.

Grace me da palmaditas en la pierna para tratar de tranquilizarme.

—Eso espero. —Les sonrío—. Gracias.

Caminamos hacia la casa, donde retumba la música desde el patio trasero. Casi llegamos a la fiesta cuando escucho mi nombre y Alex salta de la parte trasera de la camioneta que está estacionada en la entrada.

Lo saludo con la mano y por el rabillo del ojo veo que se dibuja una enorme sonrisa en el rostro de Grace.

Durante todo el tiempo que hemos estado en Las Vegas, no le he prestado mucha atención a Alex. Mi atención estaba concentrada en Nick y, a decir verdad, Nick nunca ha hablado muy bien de su hermano. Fue bastante fácil para mí evitarlo desde que llegamos ayer y él me facilitó las cosas al irse con mi hermana en cada oportunidad. Sin embargo, ahora que lo veo, comprendo por qué Grace lo escogió a él entre la multitud del concierto hace tantos años. Es una versión mayor, más extravertida y *punk-rock* de Nick, con aves de colores tatuadas en su brazo derecho y una frase misteriosa que se asoma por el cuello en V de su camisa. Cuando mi hermana le sonríe, él le devuelve la sonrisa, un calco de la adorable sonrisa de Nick, pero con más actitud.

—Me alegra que vinieran. —Mete las manos en los bolsillos de su suéter y pasea su mirada entre Grace y la puerta entreabierta de la entrada, sin mirarme ni una sola vez a mí.

—Hannah, ¿puedo hablar contigo a solas un momento? —murmura, mirando al suelo.

Veo que el rostro de mi hermana se entristece por un segundo fugaz, pero convierte su expresión en una pequeña sonrisa.

—Vamos a estar aquí —dice Grace y lleva a Lo a dar un paseo por la acera.

Alex vuelve a sentarse en el borde de la camioneta, balanceando sus pies como un niño pequeño en el patio de recreo, y le da unas palmaditas al espacio vacío que hay junto a él. Me siento a su lado.

—Bueno... gracias por venir —dice.

—No hay de qué. —Intento que mi voz no lo revele, pero esto es alarmantemente incómodo. Alex está concentrado en sus zapatos mientras sus pies se balancean de atrás adelante, y se me ocurre que debería decir algo porque esta situación es demasiado extraña como para poder manejarla.

—¿Todo esto se trata de Grace? —pregunto—. ¿O es sobre Nick? Solo quiero saber de qué vamos a hablar.

Alex deja escapar una risa nerviosa.

—Oye, creo que tu hermana es increíble, pero eso no es ningún secreto. No necesito que me ayudes con eso.

Quiero sonreír porque, en serio, eso que dice es supertierno, pero me es imposible cuando mi estómago prácticamente está en mis zapatos. Destino toda mi concentración en tratar de sonar indiferente cuando digo:

—Entonces se trata de Nick.

Los hermanos Cooper no son muy cercanos. Nick me ha dicho muchas veces que sé mucho más de él que su hermano y parece que Alex nunca deja pasar ninguna oportunidad de atormentar a Nick de alguna manera. ¿Por qué se está involucrando con nuestra amistad ahora?

Alex deja de mover sus pies, levanta una pierna, se sienta sobre ella en el piso de la camioneta y se acomoda para mirarme de frente.

—Escucha, Hannah. Sé que no siempre he sido el mejor hermano para Nick. Es nuestra naturaleza. Solo estamos los dos con papá, ¿sabes? Tienes una hermana. Sabes cómo es.

Me encojo de hombros. Por lo que sé, mi relación con Grace es tan opuesta a su relación con Nick, como el Planet Hollywood lo es a Buffalo Bill's, pero no creo que eso sea importante ahora.

—A veces soy cruel con él, lo sé, pero... —Levanta la mano, acomoda su sombrero y se rasca la parte posterior de la cabeza— sí sé esto de mi hermano: está molesto en este instante, pero sé que se arrepentiría mucho de que te fueras de Las Vegas cuando las cosas están así. Siempre se interpone en su propio camino y no puedo dejar que lo haga esta vez.

Recojo mi pelo en un moño mientras dejo que todo eso dé vueltas en mi cabeza. Entonces recuerdo lo que dijo Nick anoche en la cima de la Torre Eiffel.

—¿Tiene esto algo qué ver con Frankie?

Niega con la cabeza mientras se ríe.

—No. Ella es historia aparte.

Lo miro con los ojos entrecerrados.

—Entonces, ¿me hiciste venir aquí únicamente porque quieres ayudar a Nick? ¿En serio?

—Sé que no me crees, pero... —Sacude la cabeza de nuevo, como si no pudiera creer lo que está diciendo—, siento que estoy en deuda con él. Siguió hablando contigo, pero yo nunca seguí en contacto con Grace después de que nos conocimos. Le preguntaba a Nick por ella, pero nunca hice nada al respecto.

Bueno, esto sí que es sorprendente.

—¿Por qué no?

—Demasiado bueno para ser cierto, supongo. —Su risa no tiene el menor indicio de humor—. Soy estúpido. Pero cuando ustedes aparecieron anoche y Grace estaba allí, cielos, sentí como si fuera una señal del universo. Fue raro.

Abro la boca para responder, lista para decirle que a pesar de que Grace arrojó su collar de la montaña rusa, estoy casi segura de que no tiene intención de involucrarse en otra relación por ahora, pero él levanta la mano y me detiene.

—No sé qué pasó entre mi hermano y tú anoche, pero no importa. Se conocen desde hace mucho. Eres importante para él y sé que piensas que soy un idiota, y tal vez lo sea, pero Nick es mi hermano y, bueno, sabes que a veces le cuesta decir lo correcto. Eso de "tratar con personas" nunca ha sido fácil para él; en serio quiero que sea feliz. No quiero ver que se convierte en un idiota como yo.

Sus confesiones me dejan sin palabras. Bajo la mirada hacia mis rodillas, intento procesar todo y luego lo miro de nuevo. Abro la boca, pero no sale nada.

—En fin —dice—, ¿vas a ir a la fiesta? Nick no sabe que estás aquí y estaba pensando que, bueno, tal vez podrías darle una sorpresa. Como anoche, pero espero que con mejores resultados.

—Claro —digo—. Siempre y cuando no reveles secretos de la familia Cooper ni nada parecido. Ya viví todo el drama que puedo soportar. —Llegó el momento. Vine a hablar con Nick para enmendar las cosas. El hecho de que su hermano quiera ayudarme a hacerlo, facilita las cosas, supongo.

Alex sonríe y me ayuda a bajar de la camioneta. Les hago una señal a las chicas, que están sentadas en la acera de enfrente, mirándonos.

Tan pronto como Grace está a un brazo de distancia de Alex, él pasa su brazo alrededor de su hombro, la acerca y le da un beso en la cabeza.

—Me alegra verte de nuevo, hermosa.

—Vamos a sorprender a Nick, creo —les digo y me encojo de hombros.

—¡Sííííí! —dice Lo—. Me encantan las sorpresas y anoche fue un desastre tan monumental que tenemos que empezar de nuevo.

En vez de llevarnos por la puerta principal, Alex abre una puerta a un lado de la casa y nos hace pasar. Sostiene un dedo sobre su boca mientras pasamos una por una y luego cierra cuidadosamente la puerta.

—Bien —susurra—, Nick está allí atrás, pero no quiero que las vea todavía.

—La verdad, no tienes la necesidad de susurrar —le dice Lo—. Podíamos escuchar la música desde la frontera estatal.

Alex pone los ojos en blanco, pero ninguna de las tres puede evitar reírse.

—De acuerdo —dice en un tono de voz normal—. La banda va a empezar a tocar en unos cinco minutos. Lo mejor es que Nick no sepa por ahora que vinieron, tal vez puedan quedarse aquí un rato. ¿Les parece?

—¿Eso es todo? ¿Vas a dejarnos aquí? —Señalo con mi mano los tres botes de la basura, un cobertizo de almacenamiento y una cortadora de césped—. ¿En qué consiste la sorpresa?

—Ya lo sabrán, lo prometo. Solo quédense aquí y estén alerta. —Tira de las cuerdas que cuelgan de la parte delantera de su sudadera—. ¿Quieren una cerveza?

Lo hace un ruido como de arcadas ante la oferta de más alcohol, pero Grace asiente con entusiasmo.

Recuerdo la noche anterior y el hecho de que la primera vez que bebí me llevó a un soso beso con lengua con Jordy y a casi hacerme matar por un jefe de casino.

—Nada para mí —digo, estremeciéndome—, gracias.

Alex regresa un minuto después con un vaso de fiesta rojo lleno de cerveza para Grace y observo la pintura descascarada de la pared de la casa mientras él le da un beso.

—Muy bien, Hannah —dice, cuando su boca vuelve a estar disponible—. ¿Estás lista?

—La verdad, no. No tengo idea de lo que tengo que hacer. —Cederle el control a Alex hace que mi corazón lata como si estuviera en lo más alto del Desperado, pero intento aferrarme a la idea de lo divertido que resultó, la rapidez de la caída libre, la emoción de la velocidad y el viento en mi pelo. Tengo que confiar en Alex esta vez.

—Solo esperen la señal.

—¿Cuál es la señal? —pregunto, pero él se aleja hacia el clamor de la fiesta y me deja más confundida de lo que estaba cuando llegué—. ¿Y ahora qué? —miro a las chicas, con la esperanza de que tengan alguna respuesta. Una esperanza bastante inútil, ya que el plan es de Alex y acaba de irse a instalar los instrumentos de la banda.

Grace toma un enorme trago de su cerveza y luego se encoge de hombros.

—Supongo que tenemos que esperar.

Capítulo 30

DESPUÉS DE SIETE MINUTOS, cinco arañas y quince vistazos por la esquina de la casa, todavía estamos ocultas en el espacio entre la casa Cooper y la cerca de madera que la separa de sus vecinos. Froto mi moneda como si un genio estuviera a punto de salir de ella, mientras Grace baila sola al ritmo de la música que sale a todo volumen de los altavoces que hay en el patio. Lo, irritada por el exceso de energía, asoma la cabeza en el cobertizo de almacenamiento, saca un par de toallas viejas para que las dos nos sentemos y las extiende sobre el césped.

—No puedo creer que no estés a punto de volverte loca, Hannah —dice Grace, dando una vuelta.

Tiene razón. Estoy un poco molesta por la falta de información de Alex pero, aparte de eso, estoy sorprendentemente tranquila, a pesar de que literalmente no tengo ni idea de qué estamos esperando.

—Entonces, ¿qué vas a hacer cuando veas a Nick? —Lo se da la vuelta y se apoya en mis rodillas flexionadas, yo tomo un mechón de su pelo y comienzo a trenzarlo en un intento por mantener las manos y la mente ocupadas—. Si de veras quieres darle una sorpresa monumental, creo que deberías correr hacia la banda, quitarle el micrófono a Jordy y cantarle una canción.

—¡No! ¡Qué horror! Nick lo detestaría. —Me estremezco con la sola idea—. ¿Se imaginan? ¿Todo el mundo sacando sus cámaras y publicándolo en Instagram? Si fuera el caso, apoyaría su decisión de nunca volver a hablarme.

—Bueno, por suerte, Frankie es la presidenta de tu club de admiradores —dice Grace—. Y Nick te adora. Podrías gritar desde lo alto del Stratosphere y sabrías que te perdonaría.

Antes de que podamos pensar en un verdadero plan, uno que no implique humillación pública, la música a todo volumen se apaga y es sustituida por el ruido de la batería y las guitarras afinándose. La banda se prepara para tocar.

—Creo que eso es lo que estamos esperando —dice Grace, tendiéndole una mano a Lo y luego a mí.

Sacudo la parte de atrás de mis *jeans* mientras me asomo por un costado de la casa por millonésima vez. El patio está lleno de personas, muchas más de lo que parece, si bien la calle está llena de autos. Los instrumentos de la banda están ubicados en el rincón posterior derecho, del lado opuesto a donde estamos ocultas detrás de la pared, y los chicos están acomodando sus instrumentos, preparándose para tocar.

—¿Ves a Nick? —susurra Lo. Me toma de los hombros y se inclina sobre mí—. ¿Dónde está? —Lo vimos por un instante cuando nos asomamos la primera vez, pero desde entonces, prácticamente desapareció. No sé cómo va a funcionar esta disculpa si ni siquiera sé dónde está.

Pero en ese momento no importa, porque Jordy agarra el micrófono y lo golpea un par de veces antes de hablar por él.

—¿Cómo están todos? Gracias por venir. Hoy vamos a tocar algo nuevo.

Un gritito surge entre la multitud y los chicos del escenario se ríen.

—Sé que les encanta lo de siempre, pero hemos estado trabajando en unas canciones nuevas para que ustedes, nuestros amigos más queridos, sean los primeros en oírlas.

Alguien del público aplaude y una chica grita:

—¡Te amo, Jordy!

Claramente nunca lo ha besado.

—Bueno, si les gustan las nuevas canciones, asegúrense de decírselo a Nick. Don Sensible ha trabajado como esclavo en ellas. —Jordy niega con la cabeza—. Esta la queríamos estrenar anoche en House of Blues, pero a Nick le dio un ataque de pánico en el último minuto y nos rogó que no la tocáramos, lo que ahora me parece que tiene sentido. En fin, creo que les va a gustar. Se llama "Embrujado".

Jordy dice un rápido "un, dos, tres" en el micrófono, mientras Drew marca el ritmo en la batería y Automatic Friday comienza a tocar una canción que nunca antes he oído.

Trato de escuchar, pero sigo pensando en lo que dijo Jordy antes de que comenzara a cantar.

—¿Qué quiso decir? —les pregunto a las chicas sin dejar de mirar a la banda y la multitud. Sigo sin ver a Nick—. Cuando dijo que le dijeran a Nick si les gustaban las canciones. ¿Qué quiso decir?

Las chicas no me responden y no intento obtener una respuesta porque, en ese momento, Nick aparece en la puerta corrediza de cristal de la casa. No camina hacia el patio; permanece bajo el dintel y la puerta de cristal lo enmarca. Lleva una camiseta gris y *jeans*, trae puestas sus gafas y su pelo está despeinado, pero no como si pudiera decir "pasé diez minutos tratando de hacer que mi pelo se viera así", sino "no dormí nada y me peiné con un zapato".

Se ve precioso.

Está sosteniendo un vaso plástico rojo y está mirando fijamente a Jordy. Su boca sigue la letra de la canción, como si él estuviera arriba en el escenario y, por primera vez desde que Jordy comenzó a cantar, escucho la letra.

Algunos viven historias de amor,
pero la nuestra es una historia de fantasmas.
Me persigues a dondequiera que voy,
solo veo tu rostro a mi alrededor.

Jordy está cantando la letra, pero Nick está cantando al tiempo con él, como si fuera suya, y entonces comprendo todo:

Por qué Nick es casi un miembro de la banda.

Con qué quería sorprenderme.

Por qué Jordy es tan malo para conquistar.

Por qué Alex quería que viera a la banda tocar.

Jordy no es quien escribe las canciones de Automatic Friday.

Es Nick.

Esta es la señal, sé que lo es y estoy paralizada. Completamente paralizada. Me doy cuenta de que las chicas detrás de mí llegaron a la misma conclusión que yo, pero no me doy la vuelta para confirmarlo porque no puedo apartar los ojos de Nick, que está golpeando ligeramente su pie en el umbral de la puerta corrediza y cantando al tiempo con Jordy. Lo veo sacar el teléfono del bolsillo trasero. Lo mira, pone el pulgar a unos centímetros de la pantalla, frunce el ceño y lo pone de nuevo en el bolsillo, con un aire decepcionado. Luego saca la cadena que cuelga de su cuello, saca la moneda de fantasmas de su camiseta y después la guarda de nuevo.

Por fin salgo de mi asombro y me doy la vuelta; veo a Grace y a Lo mirándome fijamente, con los ojos a punto de salírseles de las cuencas.

—Hannah —dice Lo, enterrando sus dedos en mis brazos—, ¿qué vas a hacer?

Saco mi teléfono y le escribo un mensaje de texto a Nick.

Esta es mi nueva canción favorita.

Oprimo "Enviar" y vuelvo a asomarme por la pared de la casa. Sí, estoy actuando como toda una acosadora, pero vale la pena cuando lo veo sacar su teléfono de nuevo. Mira fijamente la pantalla, sonríe y luego observa la multitud con desespero. Lo hace justo cuando Jordy termina la canción, por lo que les mascullo a Grace y a Lo:

—Deséenme suerte. —Entro a la fiesta, cruzo el patio lleno de extraños y camino hasta la puerta corrediza de cristal.

Ahí está. Mi Nick. Mi mejor amigo. Sus gafas están un poco torcidas, al igual que su pelo. Los dedos que me han enviado miles de mensajes tamborilean con nerviosismo sobre su muslo. La boca que se ríe de mis chistes y me cuenta secretos está apretada en un gesto serio mientras observa la multitud.

Está buscándome.

Por primera vez desde que bajé las escaleras y les di la idea de este viaje a Lo y a Grace, no estoy pensando. No me preocupa arruinar nuestra amistad, ni Frankie, ni infringir las reglas. Me ilumino desde el interior cuando por fin me ve y recorro la distancia que nos separa como si él fuera un imán y me estuviera atrayendo hacia él. Cuando llego a donde está, utilizo ambas manos para acercar su rostro al mío y lo beso.

Capítulo 31

EN EL INSTANTE en que mis labios tocan los de Nick, mi mente se apaga y cuatro años de sentimientos reprimidos, de confusión, de anhelo y de deseo actúan por mí. Es lo que había querido y está ocurriendo.

Las manos de Nick toman mi cintura tan pronto como entramos en contacto y me acerca a su cuerpo. Retiro las manos de su rostro, pongo los brazos alrededor de su cuello y me pongo de puntillas para tratar de acercarme lo más que puedo a él. Pareciera que nuestra cercanía no es suficiente.

Tan pronto como mi cerebro se vuelve a encender y me doy cuenta de que, de verdad, en serio, estoy besando a Nick Cooper, él se aleja. Me sorprende la ausencia de sus labios y, cuando veo su rostro, veo seriedad. Una expresión seria y una mirada de preocupación. No es la expresión de alguien que finalmente le dio un beso a la chica por la que afirmaba sentir algo.

—Fantasma —dice—. Antes de que... tenemos que hablar.

La realidad de nuestra situación regresa para aplastarme. Acabo de besar a mi mejor amigo, que tiene novia, delante de todos sus amigos. Maldición.

—Dios, Nick. Lo siento. Yo…

Pero me sonríe y no hay rastro de enojo en su rostro.

—Aquí no —dice—. Ven conmigo.

Nick me toma de la mano, entrelazando nuestros dedos, y me hace cruzar la puerta corrediza de cristal. Tan pronto como entramos a la casa vacía, me sorprende una abrumadora sensación de familiaridad. Obviamente, nunca he estado en la casa de Nick, pero la he visto en las fotografías y la primera vez que hablamos por videoconferencia me la mostró rápidamente. Pasamos el sofá donde Nick dio su primer beso (en séptimo grado, a la hermana de la novia de Alex mientras veían *Happy Feet*). Sin necesidad de que me muestre el camino, sé que el pasillo está a la izquierda y que el dormitorio de Nick es la primera puerta a la izquierda que tiene un rasguño en la pintura, donde un Alex más joven le lanzó una baqueta a un Nick más joven y falló en golpearlo en el rostro, por poco.

Nick abre la puerta que tiene el rasguño en la pintura y entro a su habitación después de él. Suelta mi mano y cierra lentamente la puerta mientras paseo por su dormitorio, donde me siento como en casa, pues el lugar me es familiar a pesar de que nunca he estado aquí antes. Veo su computador portátil cerrado sobre el escritorio de segunda mano, donde se sentó durante los últimos cuatro años para conversar conmigo. Veo las puertas con espejos de su armario, donde posó para tomarse *selfies* de cuerpo entero cuando quería que le diera luz verde a su atuendo antes de salir en las noches. Veo su cama deshecha, donde se tendía sobre su almohada individual y hablaba conmigo acurrucado contra la pared. Me siento en el borde de la cama y deslizo mis dedos sobre sus sábanas a cuadros, e intento imaginarlo ahí, hablando conmigo. Dirijo la mirada hacia su mesita de noche e imagino su teléfono allí, zumbando con un mensaje de texto que yo envié, y a él tomándolo a toda prisa como hago yo cuando me envía mensajes.

—No puedo creer que estés en mi habitación —dice y se sienta a mi lado. Lo hace de modo que nuestras piernas se tocan desde la cadera hasta la rodilla.

—Nick, sobre lo que pasó afuera, yo no...

—No digas más, Fantasma. —Apoya su mano sobre mi muslo y se acomoda en la cama para mirarme de frente. Echo de menos la presión de su pierna tan pronto como se mueve, pero el peso de su mano es un sustituto maravilloso—. Quiero mostrarte algo. —Se extiende por delante de mí hasta su mesita de noche, donde hay libros y cuadernos acumulados en una pila desordenada. Saca un cuaderno desgastado de la mitad de la pila y me lo entrega—. Ábrelo.

No sé qué esperar. Uso estos mismos cuadernos para tomar notas en clase, pero no sé por qué habría de mostrarme sus tareas en este momento. No obstante, solo basta con darle una mirada a la cubierta para darme cuenta de que no se trata de un cuaderno escolar, en absoluto.

Con la caligrafía desordenada e infantil de Nick, está escrito en el espacio en blanco de la cubierta: *Canciones de fantasmas*.

Mi corazón se acelera conforme paso página tras página y veo las letras. Son letras de las canciones de Automatic Friday. Versos escritos, tachados y escritos de nuevo. Palabras con garabatos encima, títulos en la parte superior de las páginas en letra imprenta, listas desordenadas de rimas, dibujos de fantasmas en las esquinas. Paso los dedos sobre el papel y puedo sentir el relieve de cada palabra, escrita con bolígrafo cuidadosa y deliberadamente.

La letra de cada canción que me ha gustado, cada canción que he escuchado en la oscuridad y que he ansiado oír, cada palabra que he imaginado que está dedicada solo a mí.

En la caligrafía de Nick.

—Todas son sobre ti. Todas ellas.

—Nick. —Es lo que siempre he querido oír, pero mi estómago se revuelve del pánico—. ¿Qué significa esto? —Las palabras cierran mi garganta cuando las digo, pero sé que debo obligarlas a salir—. ¿Qué hay de Frankie? No puedo hacerle esto. No debí haberte besado. No soy de esas chicas que…

—Ay, Fantasma. —Toma de nuevo el cuaderno y lo pone sobre la mesita de noche, luego toma mi mano, la acerca a su boca y besa cada uno de mis dedos.

Mi cabeza me dice a gritos que me aparte, pero la boca de Nick roza suavemente mis dedos y de alguna manera eso hace que mis habilidades motoras desaparezcan por completo. Sacudo mi mano para librarme de él y me levanto para tomar distancia, pero no llego muy lejos cuando toma mi mano de nuevo y me hace sentar en la cama.

—Frankie y yo terminamos. Esta mañana.

El mundo se detiene; frena abruptamente.

—¿Qué?

Las palabras salen de su boca, como si estuviera ansioso por decírmelas; quiere que yo lo sepa lo más pronto posible.

—Terminé con ella, Fantasma. Bueno, en realidad, fue mutuo. Nos gustamos mucho, pero no nos sentíamos bien juntos y ambos lo sabíamos. Siempre lo supe, pero cuando apareciste ayer por la noche fue muy claro para mí.

—Deja escapar un largo suspiro—. La llamé esta mañana, fuimos a IHOP y terminamos mientras comíamos panqueques. Yo pagué todo.

Estoy casi segura de que mi boca está abierta mientras lo miro. Al parecer, sentir sus labios en mis dedos también me hizo olvidar cómo se habla.

—Dijo que le diste un buen consejo anoche. —Inclina la cabeza—. ¿En serio le dijiste que el blog era más importante que yo?

Retiro mi mano.

—¿Qué? ¡No! ¡Eso no fue lo que dije! Le dije que tenía que decidir si el verdadero Nick era más importante que el Nick sobre el que escribía. —Dejo escapar una risa corta, y ahora me aferro a su mano y dibujo círculos en su palma con el pulgar—. Creí que la decisión era bastante obvia —digo en un susurro.

—Creo que ella también lo vio así. —Cierra los dedos alrededor de mi mano y la aprieta—. Ahora estás aquí. Podemos empezar de nuevo. Sabes que eres tú. Siempre has sido tú.

Pone mi rostro entre sus manos como si fuera un objeto frágil que quiere proteger y besa suavemente mis labios. Prácticamente me estoy derritiendo en un charco con forma de Hannah sobre su cama, pues sus labios son muy suaves y él está siendo delicado. Siento como si estuviera en el paraíso. Suavemente separa mis labios con su lengua, y yo levanto mis manos y las paso por su pelo, deslizando mis dedos de arriba abajo sobre la parte posterior de su cabeza.

Algo de lo que hago con mis manos en su pelo lo excita. Deja escapar un gemido grave desde algún lugar de la parte de atrás de su garganta, y lleva su boca a mi oreja y a mi cuello, y luego a mi otra oreja y a mi cuello de nuevo, respirando agitadamente, besando mi piel hormigueante y diciendo "Fantasma" en mi oído una y otra vez. Es como estar en el Desperado de nuevo; voy en caída libre de la manera más excitante imaginable.

—¿Qué te hizo venir aquí? —susurra en mi oído.

—Alex. —Es todo lo que puedo decir. Es difícil pensar con claridad con sus manos, sus labios y su lengua por todo mi cuerpo; nunca me he sentido tan feliz de no saber lo que va a ocurrir a continuación.

—Maldición —dice de repente—. Ahora le debo una. —Su aliento me hace cosquillas en la oreja y me río. No sé qué me pasa.

Después, no sé ni siquiera cómo sucede, pero estoy sobre mi espalda con su cuerpo sobre el mío. No estamos besándonos; solo nos estamos mirando, respirando agitadamente y tratando de no parpadear. Su pelo está completamente desordenado gracias a mis dedos ansiosos, su rostro está sonrojado, mi moneda cuelga de la cadena que tiene en su cuello y roza mi pecho. Dios mío, no puedo creer que esto esté sucediendo. Las canciones son mías y Nick me está besando. Esto es más de lo que pensé que podía pedir.

—Iba a buscarte —dice.

—¿Qué quieres decir?

—Iba a conducir hasta California mañana, Fantasma. Lamento mucho haberte dejado ir anoche. No debí haber hecho eso. —Apoya su peso en una de sus manos, usa la otra para retirar suavemente un mechón de pelo de mi rostro y luego desliza sus dedos suavemente por mi mejilla—.

Solo necesitaba estar a solas un tiempo para pensar. Tenía mucho qué pensar, había demasiada gente alrededor y estaban sucediendo demasiadas cosas.

Le sonrío, completamente aliviada. Abro la boca para contarle lo que sucedió desde la última vez que lo vi pero, de alguna manera, en lugar de hablar, nos besamos de nuevo. Está bien, podemos hablar más tarde. Besarse es mejor.

Ahora es más profundo, rápido y con más confianza. Nick sigue estando sobre mí, pero se acerca y apoya su peso sobre mi cuerpo, inmovilizándome. Su mano se desliza hacia mi cadera, la envuelve y me acerca más a él. Levanto la cadera hacia él, arqueando la espalda y tratando de acercarme lo más posible, mientras su boca sigue en la mía y su lengua delinea mis labios. No pienso en nada más que en sus labios y su cuerpo, y en que no sabía que me estaba perdiendo de todo esto.

—Lo lamento mucho —digo a la primera oportunidad, cuando su boca se separa de la mía y se dirige hacia el espacio que hay bajo mi oreja.

Se detiene y me mira, confundido.

—¿Qué lamentas?

—Haber tardado tanto tiempo. En darme cuenta, quiero decir.

—No lo lamentes —dice—. No era el momento, pero ahora lo es.

Mueve sus brazos y apoya los codos en la cama, a lado y lado de mi cabeza. Me mira y memoriza cada centímetro de mi rostro.

—Solo quiero que sepas… —levanto las manos para quitarle las gafas y ponerlas en la mesita de noche— que esto es aún mejor que la montaña rusa.

—Fantasma —dice—, eso es lo más sexy que me han dicho. —Y me sonríe con su magnífica sonrisa que está justo enfrente de mí.

En la vida real.

Reconocimientos

HANNAH Y NICK han estado en mi corazón desde que escribí las primeras líneas de esta historia en el año 2012; aprendí mucho sobre el amor, la amistad y ser fiel a uno mismo mientras la escribía y la reescribía. ¡Gracias por leer este libro y formar parte de la aventura de Hannah y Nick!

Esta obra no serían más que ideas vagas en un correo electrónico desarticulado si no fuera por la genialidad de Elizabeth Briggs. Liz, gracias por estar conmigo y con este libro de principio a fin.

Un agradecimiento especial para las personas que convirtieron esta historia en un libro. A Jill Corcoran, mi agente, gracias por tu paciencia mientras llegaba al fondo de esta historia, y por tu entusiasmo y apoyo. A Kat Brzozowski, editora impresionante, ¡es una suerte trabajar contigo! He amado, aprendido y reído a cada paso de este proceso. Gracias a todo el equipo fabuloso en St. Martin's, ¡todos ustedes son increíbles! Soy muy afortunada de tener a un grupo de personas tan talentosas a mi lado.

A todos los escritores y amigos extraordinarios que me ayudaron a llegar al fondo de la historia de Hannah y Nick cuando me era imposible hacerlo, gracias por leer mis escritos, por reír y llorar conmigo y responder todos mis correos electrónicos frenéticos. Jessica Cline, Dana Elmendorf, Melanie Jacobson, Emery Lord, Kelsey Macke, Ghenet Myrthil, Kristin Rae, Kathryn Rose, Robin Reul,

Keiko Sanders, Rachel Searles, Shana Sliver, Katy Upperman y Tameka Young, cada uno de ustedes dejó su huella en el corazón de este libro y ni él ni yo seríamos lo mismo sin ustedes.

Gracias a la gente maravillosa del programa de maestrías de Spalding University, específicamente a mi grupo del taller de París, por ayudarme a descubrir por dónde empezar. A Edie Hemingway, por tu apoyo y ánimo, y a Susan Campbell Bartoletti, tanto por tu ingenio como por tu odio hacia un personaje en particular; ambas cosas permitieron que este libro fuera mil veces mejor.

A Steve Soboslai, a Punchline y a Blue of Colors, gracias por su música. Si nunca hubiera oído "Universe", Hannah y Nick no existirían.

A Liz, Kat, Dana, Rachel y Amaris, ustedes son mis amigas y estaría perdida sin su apoyo. Siempre son las "vino en punto" para ustedes, señoras. A los escritores de NBC, gracias por estar conmigo y con este libro desde el principio.

A todas las personas con las que he ido a Las Vegas; algunas de las cosas que sucedieron allí no necesariamente se quedaron allí. Un consejo de vida: si no quieres que tu aventura en Las Vegas termine en una novela, no vayas a Las Vegas con un escritor (bueno, al menos no mencioné nombres). Erin, Claire, Tameka, Rachael y Ashley, siempre serán mis compañeras favoritas para ir a Las Vegas. Estoy ansiosa por ir a nuestro próximo viaje.

A todos mis estudiantes pasados, presentes y futuros, esto es para ustedes. Promoción 2014 de CHS, escribí esto mientras estaba a su cargo, de modo que siempre pensaré en ustedes cuando lo lea.

A mis padres, gracias por animarme siempre a vivir una vida creativa, y a mi abuela, gracias por ser la mujer más increíble que conozco.

Por último, a mi esposo, que respondió mi mensaje instantáneo en AOL en 1998 y nunca dejó de escribirme, llamarme y enviarme mensajes de texto y de video. Gracias por ser mi mejor amigo y no un impostor virtual.